俳句入門三十三講

飯田龍太

講談社エディトリアル

目次

III 秀句の条件

俳句入門三十三講

序　今のこころ姿を

俳句に関わりをもつようになって、気がついてみると、いつか半世紀近くの歳月が過ぎ去ってしまいました。わが為事の微小を顧《かえり》みるとき、まことに忸怩《じくじ》たるものがありますが、しかし、俳句に関わることは、直接間接即俳人に関わることでもあると思うと、矢張り歳月のただならぬものをおぼえぬわけにはいきません。

芭蕉とか蕪村といった秀れた古人はもとより、何らの面識をもたなかった多くの先人に対しても、その作品に感銘し、愛誦するとき、面晤《めんご》の有無にかかわりなく、その「人」とのかかりそめならぬ縁《えにし》を思います。

まして永い歳月の間に、俳句を通して直接かかわりを持った俳友知人の誰彼を思い浮かべるとき、ひとしお感慨深いものがあります。

もとより愉《たの》しかったこと、うれしかったことはたっぷりありますが、同時に、淋しいこと、悲しいことも決して尠《すくな》くはありません。生老病死、あるいは愛別離苦は世の常にちがいありませんが、世俗の交りとはまた別の世界で互いにこころ通いあった俳句のつきあいというものは、一種独特のものがあるだけに、格別胸にのこります。

かれこれもう十年ほど前のことになりましょうか。ある日、いくつかの来信のなかに、特別部厚な封書がありました。一瞬、雑誌の投稿原稿か、と思い、裏をかえしてみると、全く未知のひと。しかし、封書の片隅に、紫インクで金米糖《コンペイトー》のような検印が押してある。住所は東京都巣鴨何丁目何番地の何番と数字が続いている。「ああそうか、刑務所に収監されているひとだな」と、すぐ納得しました。

こういうことは別段珍しいことではなく、とくに戦後は、刑務所内で俳句会を催すことが積極的に奨励されたとみえ、私の知人のなかにも、依嘱されて直接刑務所へ出向き、永年指導に当たったひとが何人かあります。あるいはまた、個人として、所内から作品を送って指導を求める場合もしばしばありましたから、別段気にもとめず開封しますと、原稿紙に綺麗な字で俳句がずらっと書いてある。枚数からして、約二百句ほどはあったようです。

そして同封された手紙を見ますと、内意はおおむね次のような文面。

「私は巣鴨に収容されている死刑囚です。俳句は好きで、収監されるずっと以前から作っていました。死刑の宣告をうけたいまも作りつづけています。しかし、刑が確定した以上、いつ刑を執行されるか、明日のこともわからない。私には身寄りの者はひとりもありません。

知人もありません。いくら俳句を作ってもこれを托すひとがないのです。たまたま貴方の名前を知り、お願いすることにしました。同封のこの句稿を保存して下さい。そしてこれからも生まれた俳句は貴方宛に全部送りますから、全部保存して置いて下さい云々」と。

原稿の字も綺麗ですが、作品もなかなかしっかりしているように見受けました。たとえばそのなかの一句だけ引用すると、

寒夜この死の音消ゆる壁の中

聞くところによると、刑の執行は、明け方が多いそうですが、寝静まった深夜の監房の中に刑務官の足音がする。予告がない以上、それが執行の知らせでないことはわかっていても、矢張り胸の動悸はおさえようがない。だが、足音は何事もなく自分の独房の前を過ぎ、廊下の闇の彼方へ。壁越しに耳そばだてるそのおもいを、ずばりと「死の音消ゆる壁の中」といい切ったこの作品の迫力は、たいへんなものではないでしょうか。

しかも、上五字の据え方といい、一作全体の収約技法といい、この一句だけ見ても、俳句に相当な年季を重ねたひとと思われました。私は即座にペンをとって、次のような内容の返信をしたためました。

「貴方は何か勘違いをされているようです。たしかに私は俳人で、俳句の雑誌を主宰したり、

新聞やその他の俳句の選者をしています。当たっている当たっていないは別として、求められれば、これはいい句と思う、これは感心しないと、その都度自分の意見を正直に述べます。作品がいいか、そうでないか、たったそれだけのこと。かつまた対象は作品そのものであって、作者の性別はもとより、身分も境遇も評価外のことです。貴方はその点を勘違いしているようだ。

かつまた私は、俳句は、こん日ただ今の自分のこころ姿を正直に表現することを第一義とする。それが後世に遺るか遺らないかは、二義以下のことと考えているものです。

まして、貴方の作品を保存するなどという気持ちはさらさらないし、死刑囚であるということもまた私には無縁。のみならず境遇に甘えることは、常日頃、俳句の一番いけないことと考えているものです。

ただし、私の主宰する雑誌なり、選に当たる新聞なりに、規定に従って出句されるなら、その場合は、他と何の分け隔てもなく、作品の是非を卒直に申しましょう。以上です」

すると、数日して再び金米糖印の返信がきました。ひらいてみると、

「お手紙の主旨、実によく判りました。浅はかな考えに恥入るばかりです。これからは規定に従って投句しますから、是非、厳正な御選をお願い致します」とあります。

事実、その月から雑誌の規定用紙にきちんと五句記して送ってきました。しかも作品内容

は、前にあげたような深刻なものではなく、四季春秋の変化にこころゆだねた温雅なものが大部分でした。

はじめは一句入選、ときに二句入選という程度でしたが、一年余りすると、みるみる上達して、三句入選から四句入選という上位に進出するようになりました。しかもひと月として欠詠がない。

投句用紙には、住所年齢氏名その他記入するところがありますが、雑誌発表は、東京誰々とあるだけですから、一般読者は、境涯など作品から推測するほかはない。また、編集に関わるひとにしても、選に当たる私が口外しない限り、くわしいことは何も知らないのです。のみならず作品そのものに、露《あら》わに死刑囚を匂わすようなものは一句もありませんから、それと気のついたひとは、一人もありませんでした。

それから約二年半ほど経《た》ったころだったでしょうか。久々に金米糖印の厚い封書がきました。なにやら懐しい気分で開封しました。毎月毎月、穏かな作品に接しているうちに、いつか刑のことなど思いの外にあったようです。便箋数枚に、克明に記した長文の手紙でした。

中身は懇篤《こんとく》な前文からはじまり、「間もなく先生のお住まいのあたりは、見渡す限り桃の花が咲きさかって、美しい風景になると聞いております」という文面がつづき、一見淡々とした無沙汰の挨拶に見えました。

しかし、読み進んでいくうちに、次第になにか緊迫したものが感じられてくるのです。俳句を通して、いろいろお世話になって重ねがさね有難いという意味合いですが、どうもただの挨拶とは思えない文脈です。そして最後に、

「東の空がほのかに白みはじめました。どうぞこれからも健康に十分御留意していただいて、是非共ながが生きをなさっていただきたいと切望致します。さようなら」とあります。

思わず頭へかっと血がのぼりました。咄嗟《とっさ》に訣別の辞と知ったためです。と同時に、最後まで読み通してはじめてそれと気づいた我が身の迂闊《うかつ》さ。のみならず、私に余分の悲しみを与えまいとする深いこころづかいに、ほとんど夢中でペンを執りました。返信のつもりですが、そのとき何を書いたのか、全く記憶がありません。

ともかく書きおわって、おお急ぎで速達便で出しましたが、もとより返事はなく、また返《へん》戻《れい》されてもきませんでした。

刑務所勤務の友人に、それとなく訊《き》くと、それは間違いなく執行前の遺書です、と断言しました。はじめに肉親も知人もない、といったのは、矢張り本当で、俳句だけがこころの寄り処だったのでしょう。そしてこの世の最後に当たり、私に一書を遺したのにちがいないのです。

しかし、その遺書に俳句はひとつも記されてありませんでした。

あれからもう何年か経ちますが、俳句に関わるさまざまの経験のなかでも、私にとっては、いまなお消しがたい痛恨の一事です。保存を拒んだことが正しかったかどうか。俳句の指導として、はたして正しい方途であったかどうか。思いなやむばかりで、まだまだ結論など得られようはありませんが、昨今、たとえば芭蕉の多くの秀作のなかでも、愛人といわれた寿貞尼の死を旅中で知ったときの、元禄七年の作、

数ならぬ身となおもひそ玉祭　　芭蕉

あるいはまた、『奥の細道』のなかの、

文月や六日も常の夜には似ず　　芭蕉

など、なにやら身にしみるおもいをおぼえることとも関わって、俳句というものの在り様に、深淵をのぞき見る感じがします。

芭蕉はもとより天賦の詩人。類《たぐい》まれな天才にちがいありませんが、元禄あたりから作品がにわかに昇華し、見事な句が櫛比《しつぴ》するさまを眺めるとき、逆に、芭蕉自身の胸中には天才の意識が消え去っていったのではないか、と痛感します。「数ならぬ身となおもひそ」と、切々として寿貞尼に呼びかけるこの思いは、我々の凡情とも決して無縁ではないのではないか、

と。死刑囚と芭蕉とでは、あまりに唐突の対照に見えますが、今の私には決して無縁とは思われないなにかがあるように思われてなりません。

それはそれとして、俳句入門三十三講と称し、その折そのときの感想を輯《あつ》めたこの一集は、顧みてお恥ずかしい限りの内容にちがいありませんが、ただ私としては、いついかなる場合にも、こと俳句に関する限り、わが身を偽らず、正直に感想を述べること、この一事だけは外《はず》すまい、とこころがけてきたつもりです。その一端でも汲みとっていただければこんなうれしいことはありません。

なお、収録項目の採否は、鑑賞文を除き、一切を学術文庫編集部にゆだねました。すこしでも客観的に、と考えたためです。

昭和六十一年　盛夏

I　実作の要点

1　自分の肉眼でとらえる

今日は句稿を綺麗に書いた結果だろうと思いますが、淀みのない披講で、してみると今までの披講のよし悪しは、すべて出席者の側に責任があったということになる。

昔、蛇笏《だこつ》が甲府の句会を指導されたころは、和服の場合は羽織・袴を着用の事というふうなことが古い『雲母』には書いてある。それは俳句会をより良くするということよりも、人に迷惑をかけないという態度だと思うんです。そういう意味合いも含めて、できるだけ句稿を清記するときは、披講しやすいような字で書いていただきたい。

また今日は、ここへたいへん立派な黒板を寄附していただいた。これに書くのは、自分の申し上げたいことを精いっぱい理解していただきたいという気持ちからです。今日は書初めの日ですから、なぜ落としたかということを具体的に作品について申し上げたい。

笑ふ山中学生に道とへり

この場合、「笑ふ山」というのは、大体遠くに見える風景だと思うんです。それから「中学生に道とへり」というと、あまりに接触し過ぎて明確な印象を与えないと思う。私は最初「笑ふ山中」とあるんで、おかしな表現だなと思ったんですが、「中学生に道とへり」と気づいて、それなら内容的にはなかなかおもしろい。しかし、「山笑ふ」という季語はあるが「笑ふ山」という使いかたはない。

黄の声のひろがる昼の花菜畑

この作品の場合、逆に昼の花菜畑から黄の声がひろがるというふうに表現すれば、この作品はもう少し花の黄のひろがりと、つまり対象と自分との関係が作品の調べにのってくると思う。

やすやすと墓をはなるる雪解風

さてこの句は今までと違って、文字で見た場合よりも耳で聞くと、その欠点がよくわかる句だと思う。なるほどこの句は、読んでわかったような感じがするけれども、風は、どこでも目に見えるものではないわけなんです。墓へ触れた風がわかるというのは、ある特定な場合を想定しないといけない。草なら靡《なび》くけれど、墓は靡いたりするものではない。「やすやすと墓をはなるる」というのでは、離れるのは人間ということになる。「やすやす」に独断があるにしても、墓を本人が離れたときに、はじめて風を肌に感じたということのほうが、雪解風それ自体を正確に読者に感じさせることができるのではないか。

だからこの句は「やすやすと墓をはなれて雪解風」というふうにして擬人化しないほうがいい。擬人化する場合は、よくよくそれ以外に方法がないというときにかぎる。いってみれば「如し」と同じように、擬人化をやすやすとすることが最近の作品の技巧の弊害になっていると思う。

強東風に八百屋玻璃戸を閉《き》ししより

この作品はどこにも夕方とか、夜とかいう言葉はないのですが、夕暮れ早くその日は店を閉ざしてしまった、こういうことだと思う。

ただこの場合問題は、強東風に——理屈をそっくり表現の上に写したのが、この「に」という一字です。それからもう一つ、八百屋の場合は玻璃戸《はりど》ではないでしょう。玻璃という言葉は硝子戸《ガラスど》なんて言葉の生まれる前の、ずっと昔のバタ臭さのある言葉です。これは「八百屋硝子戸閉ししより」ということですこしも悪くない。むしろ「を」という言葉があれば、この「強東風に」の「に」と響き合って全く散文的になる。

それからもう一つ、八百屋を行きずりに眺めて、ああ今日は早く閉まったなあという感じであれば、この「強東風に」は「東風強し」で十分通ると思う。「東風強し八百屋硝子戸閉ししより」でいい。

あはあはと舞ふも滲むも春の雪

大体推敲《すいこう》というものの骨子は、相手にわからせようとして推敲するのではなく、自分の作品として十分納得できた、言いたいことが言えたというのが推敲の基本であるべきです。これなら人にわかるということだけでは、隙のある推敲の姿勢だと思う。

そういう意味合いで「あはあは」は、なにも春の雪だから淡いという言葉があるのだということでなくて、「舞ふも滲むも春の雪」というところが作者が納得した部分で、「あはあは」はこれならわかるという部分になる。

桜満開に昼月ののぼるなり

この場合もいちばん気になるのは「に」というところ。この「に」は、や、かな、けりに匹敵するような強めだと思う。

それから、「昼月」という言葉なんです。昼月というものは、淡いもので大体動きがないんです。ハッと気がついて宙天にあるのが昼月です。まして春なんですから。それが「のぼるなり」ということになれば、これまた強めです。

そういう場合、どちらかに柔らかい部分をつくらなければ、作品の中心がはっきりしない。それには「桜満開昼月ののぼるなり」、それだけで作品全体の強さが全然違う。そして同時に「のぼるなり」というのは、みるみる昇ってゆくのではなくて、いわく言い難い春ののどけさという印象に変わってくるわけです。

そういう意味合いでこれらの句は、たった「に」の一字でどうしてもとれない。「に」を削ってとるのは作者に失敬ですからね。

春風に陽を翻し青木の実

私の身辺に自然に生えた青木の実があるんですが、明るい日に空を眺めて、春が近づいたなあと思うころに、いつか紅になっておるというのが青木の実だと思う。したがってそういう場合の気持ちのとらえかたとして、季語というものに捉われず、春という言葉はまことに適切。

しかし問題は、この場合でも「に」という点です。すくなくともこの表現では、春の風が吹く日、陽が翻る感じがする。そしていつか青い葉のなかに紅を点じた実がある。そういう把握ではないかと思うんですが、この場合も「春の風陽を翻し青木の実」でいい。

杉に近づく春昼の警報機

春の杉というのは、ご承知のように赤茶けている。そして実がなっておるわけです。外見は決して生き生きしたものではないけれど、なにかぼっさりした感じがする。

そういう意味合いで、これはささやかな点景をとらえておるけれども、一応春昼という言葉は警報機の響きのなかに、明確に季節をとらえている。そうなってくると「近づく」ということがはっきりしない。「杉に真近く春昼の警報機」とすれば、作者の最初の意図にそぐわないかもしれないがわかる句になる。春の杉を見た今日の作品ではこれがいい。

春疾風杉をみあげる二人の子

「杉をみあげる」という言葉によって、すくなくともかなり大きな杉であることをはっきり示している。それから見上げるという動作が、一人の子供ではなにかそこに淋しさが出てくる。二人ということによって柔らかさが生まれてくる。そこに春の季節感の的確な把握が生まれる。

さて、だいぶ文句ばかり並べたので、感動した作品を二、三挙げます。

受験校じっと動かず鴉と木　六角　文夫

老人はそれぞれ違ふ日向もつ　塚原　麦生

私はどっちを巻頭にしようかと、ちょっと迷ったんですが、というのは両方にいいところはあるし、またこういう句を推奨すると、どうもちょっと誤解されやしないかなあという懸《け》念《ねん》を両方とも持っておる。なぜかというと「受験校」という言葉は、作品の内容からすると、必ずしも春早いころの受験の学校とはいえないと思う。季感を決定することになれば「動かず鴉《からす》と木」というところ。そういうのは寒さの印象にある。

したがって、こういう作品は、受験校だから春だというふうに解釈してしまっては、「鴉と木」という感覚的でいちばん肝腎な詩的部分が見落とされることになってしまう。

同じ意味で、「老人はそれぞれ違ふ日向《ひなた》もつ」……「冬日向」という季語はあるが、「日向」という季語はないのではないか。ところが「それぞれ違ふ日向」というのは、同じ日向でありながら、ヒゲの老人にはヒゲの日向、ハゲ頭の老人にはハゲ頭の日向、そういう個々の日向ということで内容的にはまさに冬のものであると思う。

で、申し上げたいことは、すくなくとも俳句を作る場合、自分の季語にして使うというときに、まず季語というものは正確にどういう限定があるんだ、どういう通念があるんだということを知った上で、万止むを得ないものとしてとらえなければならない。そういう意味合いで、この作品、二つともたいへんおもしろい句です。

もう一つ付け加えれば、私はつい先日、ある座談会で、自分の句も含めて自然諷詠というもののおおかたは、自然に媚びたそういう描写である場合が多いのではないか。その結果として表現が巧みで滑らかであるにもかかわらず、存外自然の正体を見せていない作品になる、ということを申しあげた。

つまり、自然というものは、いつでも変わらないものという受け止め方をしては決して正体を現さない。やはり日々変わっているのだということを自分自身の肉眼でとらえたとき、初めて自分の作品のなかに不変のものとして定着するのではないかと思う。

（一九七〇年三月）

2　誰に尊敬の念を抱くか

いつも静かな神苑ですが、今日は珍しく隣の建物で、ご年輩の方々が盛んな会をされておりまして、さっき通りすがりに見ますと、一人一人立って堂々とした演説をぶっていました。年とってから発声をよくするということは健康上もよろしいそうです。

先ごろ親しい人とたまたま「年取ったら常に精神を若く保つべきではないか。それにはどうすればいいか」ということが話題になりました。そこでまあ自分の田へ水を引くことにもなりますが、結論として「俳句なんぞは、そういった気持ちの訓練というか、精神に弾力を持たせるという点で、たいそう効果があるようだ」ということで話が終わったのです。

しかし私は、そういう話し合いがあった後、ただ俳句を作ってさえいればそうなるのかどうか、少々疑問になってきた。というのは、先ごろ必要があって大正期の作家――鬼城《きじょう》、蛇《だ》笏《こつ》、普羅《ふら》、石鼎《せきてい》という人達の全作品を読み通してみた。特に興味があったのは、それらの人達の最晩年の作品です。

もちろんそれにはそれぞれの色彩の違いがある。石鼎の場合は脳にかかわる病気であったと聞いていますが、とにかく病体であったということ。鬼城の場合は生活意識の問題が大きくのしかかってきています。それでも壮年の作品には秀れたものがありながら、七十何歳かで亡くなられる晩年の作品は、生彩がとみに消滅していったと思います。

前田普羅の場合は、以上の二人の方に比べると、かなり晩年に至るまで俳句に対する厳しい姿勢と情熱を持ち続けていて、俳壇的声望を失ってからも作者の血みどろの努力に応えた作品があったように思う。けれども才能のある普羅の場合さえ、その作品には、やはり一抹のわびしさというか、あるいはもっといえば狭さというものがある。

で、いまいったように三者三様、晩年の衰弱というものは、それぞれ違った原因がありますが、結局最後の問題としては、まず第一に考えられることは、過去の才能に対する一種の郷愁というものに頼りすぎたのではないか。

そういう郷愁を、もっとも甘く考えてしまったのが鬼城です。その点、鬼城という人は優れた才能を持ちながら、文芸の道を歩む人の姿としては非常に残念だったと思う。

次に石鼎の場合は、これは病体ですから、気の毒です。しかし病体ということは、普羅の場合ももちろんそうですし、子規《しき》、茅舎《ぼうしゃ》といった方もあるわけですから、これはそういうことばかり一概にいえないと思う。

やはり三者並べた場合、いちばん問題になるというか身につまされるのは普羅の場合です。

普羅の作品が血みどろの努力を重ねながら、またその努力は一部報いられたとはいっても、世間の批判というものが終始冷たかった理由はどこにあるか。これは多分に独断のきらいがあるが、普羅という人は自然だけ見て、人間に対する関心が、稀薄だったんではないか。

それからもっといえば、鬼城にしても、普羅にしても、あるいは不幸病体に陥ったとはいえ石鼎の場合でも、その人達が晩年にどういうふうな人を常に念頭に描いておったか、また自分の心に宿る「最も尊敬すべき人」というものを持っていたかどうかということ。

たとえば芭蕉の場合でいえば、西行を思い、某を思うということが、晩年のあの『奥の細道』その他の文芸の表現のなかに脈々と出てくるし、それはじつに痛切なものです。

そういうことを考えてくると、われわれがいかに厳しく自然を見つめ、鋭い観照のまなこを向けようとも、それだけでは老境の支えにならないんじゃないか？　つまり詩の若々しさというものは、自分なりに解釈するならば老いてなおかつ「誰に尊敬の念を抱くか」ということにあるんじゃあなかろうか。

ともかくそういう意味で、過去に勝れた才能を示した作家の詩の衰弱というものは、その人の心のなかから尊敬する人の姿が失われていった場合であるように思えてくるのです。

私は先ほどの大きな老人の声と若い人達の今の世相というものをひき比べてみて、これはひとごとならず自分自身の生き方、そしてまた自分の尊敬する人を身近でも過去でもいいが、そのなかからたくさん見いだしてゆくことが、真の意味の回春であり青春の弾力であるように思えるのです。そしてそのような方向をたどって実践された人の作品というものは意外に平明で力強く豊かであり、澄んでしかも重い作品になる傾向が強いのではないか。

さて、今日の巻頭作品について簡単に。

物思ひしてたのしみし麦の秋　安永　典生

これは今日の互選のなかでもずいぶん入って、非常に立派な作品でした。たとえば、「麦秋や馬いななきてあとさびし　麦生」という人口に膾炙《かいしゃ》した秀れた句がありますが、これと前者を比較してみても、若さというものと、同時に重みというもの、こういうものが、それぞれの年齢に沿うた形でありうるということを感じますね。

それからこういう句がありました。

初つばめ黒レースの手街角に

この「初つばめ」というのは、燕は春の季題だが実際に即していえば春半ばころだと思う。とりわけ「初」という言葉はそれを強めた言葉になるわけですが、初めて見たということだけではなくて、燕を見たよろこびも入っておる。まず初つばめを見て、すっかり春景色だな、夏も間近いなあという感じも含めて、伸びやかな気持ちを表現している。そのときに街角で、たまたま黒レースの手袋の女性を見かけたのです。その黒レースということは、洋服にしても和服にしても、その背景には明るい盛装を連想できるわけです。ともかくそういうふうなことで、作者の狙いというものは必ずしも悪くない。

しかしその場合「初つばめ黒レースの手街角に」だったら全くこれは散文的な表現です。散文的な表現というのは、外見はより抵抗を感じさせないで叙述する方法だろうと思う。詩の場合だってむろんそうなんですが、しかし短い詩の場合はより抵抗を感じさせないで表現しながら、作者がとらえた焦点は、そのなかで一句全部に響くような表現をとらなければ、作品は生きたものにならない。たとえばこの作品の場合、

初つばめ街角に黒レースの手

こういうことになってくると、この黒というのは、ある意味で明るい色彩を含んだ、着てるものがどうだとか女が美しいとか、背が高いとか低いとかそういうことにかかわりなく、黒のなかにはっきり明るさが出てくる。

その点この句には表現にわずかな欠点があり、私には不満なんです。

（一九七〇年五月）

3　ありふれた素材を鮮やかに

先ほど、披講を聞いていてギョッとした句があるんです。それは何人かお採りになって、その作品を採らない方でも印象にある作品だと思いますが、

梅雨深し羽音梢を離れずに

これは、ずいぶんうまい句を落としたな、今日は頭がボンヤリしているのかなと思って、ビックリしたんですが、じつはこの作品ですぐ気がついたことは、「梅雨深し羽音」というのを、披講のとき、「葉音」と受け取ったわけなんです。

梅雨が深い時期に、梢から葉の音が離れなかったというのは、梅雨そのものの深い印象を鮮明にとらえた句で、この句がもしそのとおりだとすれば、巻頭かあるいはそれに近い作品にしても私は少しも後めたさはないと思って、一瞬気持ちの動揺を覚えたのです。

しかし鳥の羽音となると、作品は一瞬の風景の微妙な把握には違いないんですが、梅雨深しという背景のもっている季節の深い洞察までには至らないと思う。しかも鳥の羽音というところは、その部分が感覚的であればあるほど作品は脆《もろ》さを示してくると思う。

さて今日の巻頭作品、

緋ダリヤの丸さ高さのわがうるほひ　金井　徳夫

この作品、聞いておりましたが、どなたもお採りにならない。なるほどそういわれてみると、この作品は『雲母』でなじんでおる表現とはだいぶ趣が変わっておる。むろん表現が変わっておるということだけで選句の興味をひくというのは、いちばん戒めなければならない姿勢だと思う。ただし、表現の新しさと同時に内容の新鮮な把握が結びついたときには、それぞれ選句する人が目をみひらいてその作品に敬意を表すべきじゃないか。

大体「丸さ」という言葉が非常に効果的だと思う。というよりも実体を正確にとらえておる。丸いダリヤといえば、これは明らかにポンポンダリヤなんです。その紅の花のなかからうるおいを感じたというのは、ポンポンダリヤというのは、最初は一つ咲くんですが、気がつくと無数の花のにぎわい、盛りというものは、一つの花の姿とは違って丸みに豊かなうるおいを現じておる。

つまり私の申し上げたいことは、ありふれた素材でもそれが作者に新鮮に映った瞬間の印象を、もう一度胸に叩きこんで作品には刻まれておる、ということです。

大体金井徳夫さんという方は、非常に作品の起伏の激しい方で、これはたいへんな天才が生まれたかと思うと、次の日には——これ以上申し上げませんが(笑)、今日あたりのようなずば抜けた作品をつくる。これは作者の個性だと思うんです。

そういう意味合いから引き続いてこれはもう定評ある橋本渡舟さんの句ですが、

日盛るや雀が歩く鶏が走る　　橋本　渡舟

ある。万一「日盛りや」と読まれた方が先ほど、作者にも確かめてみたんですが、披講のなかで一度「日盛りや」と読まれた方がある。万一「日盛りや」ということになると作品として減点してもいいんじゃないか。

なぜかというと「日盛りや」ということになると、その季語のもっておる一種の内容というか、感性というか、そういったものが、既成のリズムにのるわけなんです。ところが「日盛るや」ということになれば、そこに表現の躓《つまず》きといいますか、屈折といいますか、間合いというものが生まれると思う。

私が「日盛るや」という言葉をくどくど申し上げるのは、「雀が歩く鶏が走る」というある放心といいますか、心の虚《うつ》ろな一瞬のなかに鮮やかに見えた風景というもの、それが思いがけず空を飛ぶべき雀が炎暑の地面を歩いておる、そしてその傍を鶏も歩いておる、そこに日盛りの強い光がある、そういう季節諷詠があるからです。それは渡舟さんの「赤松の西日が語り出しにけり」という擬人化とは全く異質の、自然というものの洞察の深さと、同時に鮮やかに作者の内容の個性というものがある。そういう意味合いでみごとな秀作だろうと思う。

今日は文句をつけたい句がたくさんあるんですが、残念ながら時間がないから、特に気の

ついたところだけ申し上げますと、

一瞬の肉片が消ゆ梅雨の檻

これは大ベテランの作品なんですが、この梅雨の檻に獣を感ずるか、感じないかということが、この作品から感じとる鑑賞の軽重だと思う。それは作品の軽重ではなくて、読者の側の鑑賞の軽重だと思う。あるいは深浅だろうと思う。この場合、獣をこの表現のなかから意識する人があったとすれば、ある意味の短詩の鑑賞力に欠陥がある人だと思う。

そういうことはなにから出てくるかというと、梅雨の檻の肉片が消え去った後にも、作品のなかにまざまざと赤い色を見せておることです。湿っておる檻のセメントの床に、現れようと、投げられようと、拾われようと、食べられようと、ともかく鮮やかな肉片が供されておる。この作品に獣がいようといまいと、湿ったセメントの床がこの作品の隠された重みになっている。

問題は、そういうふうな重い表現のなかに「一瞬」という言葉の使い方、ここに非常な矛盾があると思う。この曖昧模糊《あいまいもこ》たる「一瞬」なんて言葉は、最初に使ったらなかなか成功し難い言葉なんです。

それにもう一つは、作者がいちばん表現したいものはなにかというと、梅雨の檻と肉片だと思う。とすればこの「一瞬」は、なるべく力を弱めて作品のなかへ溶けこんで表現することが、表現としてはいちばん効果的でしょう。

それからもう一点、「消ゆ」という言葉、これは梅雨の檻を弱める表現なんです。そうなら、「肉片が一瞬に消え梅雨の檻」、こうすべきだと思う。今日の作品のなかでも、これは相当高いレベルの作品であるだけに表現の点で非常に惜しい欠点です。

「梅雨の檻」と「肉片」と同時に二つのことを表現したい場合、それが等量に表現のなかに生きる場合には、特に作品の表現には工夫しなければいけないことを申し上げたんですが、たとえば、

無数にある石段呼び声涼しくて

これは誰がどう読んでも、ちょっと難しいリズムだと思う。

「無数にある石段」というのはお寺であろうと、神社であろうと、なんでもいいけれども、木立のなかの石段が無数に目の前にひらいている。これは瞬間の印象を、瞬間の感覚としてとらえておるわけです。ところが「呼び声涼しくて」ということになると、このリズムは全く壊れてしまう。なぜかというと、「石段」と「呼び声」とが、作品のなかである意味では等量に扱われておる。同じ重みで、同じ重みに扱ってしまってはこういう表現は生きてこない。それより、ただこういうふうに「呼び」を除いてしまえば、「無数にある石段声の涼しくて」。なぜ素直にそう言わないのか、いま文句いったってしょうがないんですが(笑)。背景の事

実あるいは実体というものをとらえており、内容はなかなかおもしろいのに残念ですね。

　　鶏糞の香り梅の実につきし

梅の実に鶏糞の匂いがついたというのは、私なんか田舎におって日ごろそういう風景に接しておる。梅雨やや前の、あるいは梅雨時でもいいんですが、鶏糞は決していい匂いがするものでない。ところが、それを「香り」と書いている。香りという感覚は、香水の香という字なんです。それを鶏の糞の香りとはなんと蕪雑《ぶざつ》な表現をしたものだ。

　特にその近辺に青梅が累々として実っておる。そういう梅の実の、しかも葉と同じ色でありながら、別な一つの充実を示したものに鶏の糞の匂いがついたというのは、表現あるいは素材としても決してなまはんかなものではない。この場合は当然香りではなく、臭という字。「鶏糞のにほひ梅の実につきし」という具合に表現したらよい。

　それから、これはどなたもお採りにならなかったんですが、なかなかおもしろい作品として、

　　「暮六ツ茶屋」のうしろ雨くる祭笛

暮六ツ茶屋というのは、これは括弧《かっこ》してあるんですが、まあ私は短い詩型のなかで括弧とか、句読点をつけることはちょっと問題があるように思うわけですが、これはしかし好き嫌

いみたいなもんで、特に主張として申し上げる気持ちはないんです。

しかし暮六ツ茶屋となれば、それは固有名詞であることはわかっておる。それがどこにあるかは知らないけれど（このとき、冬崖氏より浅草観音様の前にあるとの声あり）……浅草にあるそうで。ともかくこの言葉は作品のなかに溶けこんでおる。

そして「雨くる」というのは「雨降る」とは違い、しとしとした雨であると思う。ということになれば必ずしも夏でなくてもいいかもしれないけれども、この作品のもっておる情緒・情感というものは、かなり懐旧の思いが深い。まあ、それはたまたま雨が降る日にそこへ来たらお祭りで、祭笛が聞えてきたということで、実際だというのは屁理屈なんです。実際をどういうふうに省略して作品の事実にするかということが、作者の苦心のありようなんです。そうなってくると祭笛は、あたら懐旧の思いないしは情緒の深みに屋上屋を重ねて、古めかしいものに古めかしい衣装を添えてしまったことになる。

そういうことで、たとえばほかの句で、

よく見れば山毛欅虫ねむる梅雨夕焼

「よくみれば薺《なずな》花さく――」があって、まあちょっと具合が悪いんですが、この場合そんなによく見なくてもいいんじゃないか（笑）。

山毛欅《ぶな》虫っていうのは、知らない人もあると思いますが、ほぼ三センチぐらいの青い虫なんです。それから山毛欅ってのは、私の大ざっぱな知識でいえば、関東地方あたりであれば、五、六百メートル以上くらいの所に生えておる欅《けやき》の葉にちょっと丸みをつけたような葉の大きな木なんです。春の芽生えが特に美しい。梅雨時になるとそれに青虫が目だたないようについておる。そういうのをよく見たから発見したんだということなんですが、それじゃよく見ておるのは青虫のほうで、梅雨夕焼は見ていないのかという理屈になる。だからそれは、「よく見れば」と言いながら読者にはちっともよく見せてくれない。これは非常に不親切な表現です。親切な表現は、「山毛欅虫ねむる梅雨夕焼」で十分よく見える。「よく見れば」なんていうから全然見えなくなってしまう（笑）。しかも「山毛欅虫ねむる梅雨夕焼」という表現になれば、ねむるという独創ないしは主観も梅雨の夕焼のなかに溶けこんで、それは眠りのなかに読者を誘うものになる。そういう意味合いで、前句の祭笛が蛇足であるごとく、この言葉も蛇足になりましょう。

（一九七〇年六月）

4　忌の句の難しさ

今日は恒例の山廬忌（飯田蛇笏忌）でたいそう大勢の方がお見えになりました。先ほど、塚原麦生さんのお話にもありましたように、蛇笏は足かけ九年前の、ちょうど今日の明け方昏睡状態になりまして、それから約一週間ほど同じ状態が続き、三十七年の十月三日に亡くなった。したがって、私は特に九年前の朝方の思いが非常に鮮やかに印象に残っておるわけなんですが、ただこのように回を重ねておりますと、しだいに会に明るさといいますか、思い出にほのぼのと光がさしてくるような感じが強くなってくる。

ところで、こういうふうな会で思いつくことは、忌の句の難しさです。ここでも、先ほどから二、三の方の話題にのぼったわけなんですが、昨年のこの句会で、非常に大勢の方の互選にのぼり、また私もその作品を第一位に推した、

蛇笏はや秋の思ひのなかにあり　　松村　蒼石

いかにも蒼石さんらしい句。そしてまた蒼石さんだけの感慨でもない。ふくらみのある非常に立派な作品だと思う。で、忌の問題として、忌日を句の素材にした場合の根本精神は、

どういうものかということを考えてみますと、おそらく蛇笏を直接にはご存じないと思うんですが、細田大岳さんの、

山廬忌の山廬遠くも近くも見ゆ

この作品にしても、ある似通ったこころの動きがあると思う。

ところで、忌というものは誰の場合に忌をつけ、誰の場合は忌をつけてはいけないという決めはないわけです。決めがないのに季題として許されるのはなぜかということを、一応私は俳人として考えてしかるべきことだと思う。

忌以外の他のあまたの季語には、一つの定められた約束があり、普遍的な共感の場がある。ところが、忌というものだけは、作者だけの考えでもよろしいと――。いってみれば、自分自身の心にとどめてひそかに書きとどめておく、いわばその日その日の日記のようなこころばえというものがあって、はじめてその忌の句は作者のものになるんじゃないか。

もっと別な作例を申し上げますと、私は必要があって、つい二、三日前、先ごろ亡くなられた石田《いしだ》波郷《はきよう》さんの『酒中花』と『酒中花以後』という句集を通覧、再読したわけなんですが、そのなかでふと気がついたのは、『酒中花』だけでも忌の作品が非常にたくさんある。これは作者が命数いくばくもないことを感じての感慨であることも原因しましょうが、そのな

かで西行忌の作品が特に多かったように思う。次いで横光忌。

この西行といいますと、波郷にとっては直接には縁もゆかりもない。俳人であればむしろ時雨忌などがより多く出てきてもよろしいと思うんですが、西行忌が強く念頭にあったということは、波郷という人の、すくなくとも晩年の心懐を思いとどめる上に、一つのポイントになりはしないか。その作品は、

某酒場にて

とまり木に隠れごころや西行忌　石田　波郷

水底にある水草や西行忌

それから私がいちばん感心したのは、これは波郷が病床におるとかおらないとか、そういうことは別にして、

ほしいまま旅したまひき西行忌　石田　波郷

これは、私はなかなか簡単な句のようで——西行という人は、平安末期から鎌倉にかけての戦乱の世を、いわゆる保元の乱なんていう時を生き抜いた人ですが、波郷の五十数年の短い生涯であっても、そのなかにあって戦乱から戦後にかけての波瀾の人生を思い返したとき、伝統の詩に心寄せた波郷の思いは、芭蕉より西行に非常に近かったように思う。

求めて旅に出た芭蕉の心境、平和な元禄よりも、戦乱を背景としたときに、社会に対して

も、人生に対してもかなり厳しく見つめておった西行の人生と、なにか一脈通ずるところがあると思う。しかしそういう個人の感情あるいは経歴を除いても、「ほしいまま旅したまひき西行忌」というのは、じつにふくよかな西行を語ると同時に、なにかつぶやくような思いのこめられた作品だと思う。

つまり忌の句の成功の秘密は、うまく言いとめようとするよりも、いかに正直に気持ちを述べるか、この一点にある。巧みということなら、波郷の句では「とまり木」が抜群です。しかし、句の迫力と深さはこの第三句に及ばない。

その点、例の芥川を追悼した「たましひのたとへば秋の螢かな　蛇笏」は両者を兼ね備えたよろしさがあります。私は、虚子の序文と蛇笏の追悼句——明治以後の俳人のなかで、このふたつはたいへん特色のある在り方であったと思っています。蛇笏に限ったことではありませんが、一年一度それぞれの心に通う、それぞれの姿でひとりの人を選んで、しんみり秋の一日の思いを通い合わせるこういう句会の在り方は、俳人として有意義でしょう。

今日は、じつはいい作品もありましたし、たくさん感想を申し上げたいんですが、一つだけに絞って申し上げます。

夏の終りは杖を売る登山口

これは、じつは表現の点で少し注釈を必要とすると思う。つまり内容的にいえば、登山口で杖を売って、それが鮮やかに見えるのは、理屈でいえば、むしろ夏の初めだと思う。しかし詩の心としては、夏の終わりに売れ残ったもののほうが白々と印象的に見えてくる。

それなら「夏の終りも杖を売る登山口」、これだと非常に明快なんですが、これではただ事実の叙述に終わる。したがってこの作品は、内容的には「夏の終りは」つまり「夏の終りの感じは」ということです。杖を売る夏の始めの場合の一般的な印象と、それから売れ残った夏の終わりの杖を比較して、しみじみ行楽の時期が過ぎたという感じを受けるその区別。しかし俳句をやらない人には、この区別は難解になる可能性があるんじゃないか。

したがってこれは、「夏の終り」ここである一派の人たちのように三字くらい空けて、「杖を売る登山口」と書かなければ、意味は素直には通じない欠点がある。

そういう点で、この作品はこのままでもいいが強いていえば、「夏の終りの杖を売る登山口」というふうにしたらもっと明解になりはしないか。

（一九七〇年九月）

5　俳句は生命をいとおしむもの

最近『俳句』誌上で石川桂郎さんと藤田湘子さんが、「俳句は私小説であるかどうか」ということで論争しております。私は「俳句は私小説だ」と一刀両断に言いきることには不賛成なんです。大体俳句のような短い詩型をひとくちに言ってしまうと、必ず指から洩れるいろいろな欠点が出てくる。で、そう断定する人は、当然それを承知の上で言いきっておるわけなんで、虚子は「写生」と言い、波郷は「私小説」と言い、ないしは蛇笏は俳句の交わりは「人温」だと言っている。

それもこれもひっくるめて考えてみると、結局俳句は「生命をいとおしむもの」ということになりはしないか。ただし、いとおしむべき生命というものは、自分の生命だけではないと思う。人の生命――いってみれば、過去の秀れた先人に対する敬意をも含めていとおしむということになる。それが文芸の本質ではないか。

それに俳句の場合はもう一つ、自然をいとおしむ気持ちが根底にあって、はじめて俳句の性格が生まれてくると思う。そういう意味合いで、今日あたりの作品を見てみますと、たと

えば、

秋日あかるくまた人が逝く掲示板

この作品に即していえば、「掲示板」というのは、公会堂とかなんとかいう所で〝式場はあちら〟という矢印がついているものでもいい。そして「また人が逝く」というのは、見ず知らずの市井《しせい》の感情だと思う。これは明らかに行きずりの、共に今の世の空気を吸っておった人がああ亡くなってしまったかという軽い気持ちであるし、「秋日あかるく」というのが、逆にその明るさにもかかわらず自分となんのかかわりあいもない人が今日も亡くなってゆくかという、そういう気持ちになる。しかし、これは選者にとっては、最大限のサービスの解釈（笑）。

これがたとえば「秋日あかるくまた人がゐる掲示板」ということになると、掲示板の前に見ず知らずの人がいるというただそれだけのことになる。しかし「ゐる」と「逝く」とでは死んだ人と生きた人との差だけではなく、内容的にぐんと意味が違ってくる。しかし作品そのものの価値はどちらがいいかとなると「逝く」というふうに一概に内容を深刻にすれば、それで作品が高度になり、私の申し上げる「いとおしむもの」にすぐに直結するものになるとはかぎらない。自然も人間の関係も、あまり狭く考えないほうが作者の生命のありようははっきり現れてくるものです。そういう意味合いから、

山脈やえんまこほろぎ頭が平ら　小泉　大

この場合、作品の表面には、主観的な感情はいっさい見えない。しかし「山脈や」という大胆な上五の措辞《そじ》は、晴れきった、あるいは澄みきった秋も末つ方の風景を強く感じさせて、遠近のなかに自然を受け止めた作者の感情が明らかに見える。そういう点なかなかみごとな作品。

葉鶏頭信玄澎湃としてありぬ　小泉　大

この場合「葉鶏頭《はげいとう》」という言葉が、じつにさりげなくおかれておるけれども、内容と深い関連性をもった季物の選択であると思う。ずっと昔に「葉鶏頭うるほふ影をうち重ね　依田由基人」という作品がありましたが、これでもわかるとおり葉鶏頭は紅《くれない》といっても、一見うるおいがあるようにみえて、また同時に影という言葉があるように決して陽気な花ではない。そこに「信玄澎湃《ほうはい》としてありぬ」が明快に響く。乱世を背景にして強く鮮やかだが、影をもったその人の一生を眼の前に見せる。ともかくこの作品なかなか鮮やかな句だと思う。

それから今日の作品のなかで、二通りに読まれた作品がありました。それは、

冬が来てゐる杉山の裏のみち　角田　杜南

披講のさい、「裏手みち」と読まれた場合と、「裏のみち」と読まれた場合があった。なるほど私ももう一度句稿を拝見してみたんですが、「て」とも読めるし、「の」とも読める。

ただこの場合、「裏手みち」というのと、「裏のみち」というのでは句の内容がだいぶ違ってくるように思う。これは調べの上のことだけでなくて、作者の眼のありどころが違ってくる。で、これはどちらがいいかということを、いま即座に断定できませんが、ともかく「裏のみち」ということになると、作者の心のありどころは足元の道にあるわけです。何遍か踏んで知りぬいた道というニュアンスがあるわけなんです。ところが「裏手みち」ということになると、むしろ眼が周辺一帯にある。「の」という言葉と、一気に畳みこんだ「手」という表現とでは、その作品の鑑賞角度を、ガラッと変える。

こういう場合の決めようは、作者が作品をつくった場合、いったい事実はどちらだったかということが、作品を決定する最後の決め手だと思う。どちらでも解釈できる場合であったら、やはり事実に近いものにする。それがいちばん作者の句にする手っ取り早い方法ではないか。

（一九七〇年十月）

6　独断と独創性

今井勲さんから、自分の作品が独断的か、それとも十分人に理解してもらえるか、その見分け方を教えてほしいという質問があった。それについて考えを述べたい。

俳句をも含めて詩というものは、元来独断的なものです。この独断の新しさが読む人の心にある衝撃を与えて感動を呼ぶ。しかし、独断が作品の上で立派に通用するかどうかは、表出された内容が事実の情景に接しないでも十分読者のものとなりうる場合だけである。

たとえば今日の作品で、

　干栗のひかりは遠い山のひかり　　雨宮　更聞

問題は「干栗のひかり」である。山で採った直後の栗はすばらしい光沢があるが、これが日に干されるとたちまち色失せてしまって、この作品に示すほど鮮やかではない。

しかし、山にあった時のひかりをいつまでも保ち続けてほしいという作者の気持ちをそのまま作品に盛りこんだこと——事実見たものがふたたび姿を変えて新しい事実となって読者にまざまざと感じられるかどうかによって作の成否は決まるのですが、この点でも掲出作はその独断がみごとに成功した。「独断とは自分がいちばん言いたいことはどこにあるかを見極めて、忠実にこれを作品の中心に据えること」――私はそう考えている。

夜は夜の獣が走る葛の花

この句では、葛《くず》の花が夜目にもしろくといった具合にいかにもはっきり見えるかのように表現されているが、実際には、日中ならともかく、たとえ月が皓々《こうこう》と照ってもあの花はそんなに見えるものではない（笑）。花が見えるか見えないかはっきりしないなら、むしろ「葛の花」を「葛の谷」に改めたほうがいいだろう。こうした独断は一見鮮烈に見えながら、そのじつ、表現だけの独断で内容が従《つ》いてこない。

地に優しく鶴嘴寝かし雁仰ぐ

鶴嘴《つるはし》が置かれた場所がどこであっても「優しく」と叙した感覚はみごとである。この「優しく」には季節の明確な把握があり、春よりもむしろ秋、それも小春日和といった味わいがある。だが、結論的にいうと下五がなっていない。ここで作品はいっぺんに陳腐になった。つまらぬ風流が作品の迫力と余裕を消した。気どったポーズが鼻についてせっかくの鮮度がガタ落ちになった作例のひとつ。

誰かの選にも入っていたが名乗りがなかったのを幸いに（笑）俎上《そじょう》にのせたい作品がある。

夜の鼠来る仏壇に秋の花

面白い内容をもった作品だが、この場合は、事実を叙することに忠実になりすぎてしまって先ほど述べた独断がない。――ということは、作者の主観あるいは独創性といったものを極度に抑えすぎたからにほかならない。「秋の花」といっている以上、花が鮮やかに見えるような情景に表現されていないと意味がなくなる。「鼠来てゐる仏壇に秋の花」としたらいくぶん、その欠点が救われるかもしれない。

さて、今日の作品は全体的にはまず結構な水準だったと思うが、そのなかで、

女の子なんばんを手のひらに乗せ　高室　呉龍

選句のときに、もうこの作品は呉龍さんだな、と、直感したほど、独自な作風である。前に触れた更聞さんの作品では新しいひかりを感じさせられたが、この作品の場合はそれとは違って、手のひらに乗せられたなんばんの明るさ、あるいは色彩を鮮やかにとらえてみせる作者の格別な技量によるもので、対象を完全に自家薬籠中のものにしているといえる。あまり深入りして説明すると鑑賞過剰になってしまうかもしれないが、怖々とまではいかないまでも、さりとて無造作に手のひらにのせたというのでもないという、男の子と違った女の子の手、指の白さ、細さ、あるいは微妙な心理状態までがありありとうかがわれて、実物を超えた美しさがある。

このように実物のなんばんより鮮やかに、鮮やかなものをより正確に――これが写実だろ

うと思う。このような「自然の手強さ」というものが、また自然諷詠の醍醐味であるわけでしょう。

このほか晨策、甲子雄、夢想、大吉の諸氏の作品もそれぞれよかったが、

蜜柑山からひかりを持って帰る　武田　真二

これは字足らずですが、詩の表現形式として俳句を選んだ以上、型を破って新しさを出すような安易なことはあまりやらないほうがいい。しかし、この作品の場合は危ないところで俳句のリズムをとらえてまずまずよろしいというところ。

秋冷の人の来さうな雨が降る　辻　蕗村

月形半平太ならば春雨ときまっているが(笑)、この作品は雨がどのように降っているかということが鑑賞の要《かなめ》である。すなわち秋の雨の通念あるいは概念といったものをいっさい無視して作者の主観のままに断定しているために、ほかの雨を想像させない強さがある。

（一九七〇年十月）

7　独自性と完成度

今朝の「朝日新聞」を見ると、井本農一氏が〈俳壇この一年〉と題して、「今年の俳壇ぐらい泰平無事の年も珍しい。大した論争もなく、刮目《かつもく》すべき句集もなかった。その半面、俳句人口はふえ続け、それぞれの結社を中心に楽しみむつみあっている。だが俳句人口の増大・結社の繁栄は俳句作家を宗匠化する危険がある。俳句作家はチヤホヤされる句会から帰ったらまず心を洗うことである。」

というようなことを書いているが、私も全く同感で、つけ加えていえば句会の持つ安易な仲間意識を捨てて、ひとりの心を見つめること、つまり人の和とか結社の隆盛とかいうものは、ひとりの作品の価値とは全然別物だということをかみしめることが必要だと思う。

東京から毎月熱心に出席される山本三風子さん達の句会で、作品の評価をその完成度におくか、独自性におくかということで論議が分かれ、結局、結論が得られないまま、ともかくお互いに良い作品をつくろうや、ということで会を終えたということでしたが、作品の独自性と完成度との関係はたいへん難しく、それだけに大切な問題でもあると思う。結論からいうと、この二つの要素を離れ離れに考えて評価の基準にしてはいけないということで、つまりオリジナリティーはその作品の意匠ではないということを念頭におくことが肝要であり、完成度の高い作品ほど、その底に流れるオリジナルな味わいは強いのだと思う。

さて今日の作品ですが、まず、

冬の滝ひびきて岩をはなさざる　石橋多美夫

この句は時間の経過のなかで作者のオリジナリティーが十分消化されている。それが「岩をはなさざる」という、極めて独創的な把握でありながら、その独創性が表面から消えて、読者にもはっきりと見える形象として作品化されたのではないかと思われる。

独自性という問題から見ていくと、

鉱脈の中押し通る寒夜の夢　伯耆　白燕

のほうが、一読前句に比して明瞭であるように見えるが、それだけにオリジナルな味わいの沈潜度という点で「冬の滝」の句に一歩譲るものと考えるわけである。

しかし、この句の良さは「寒夜の夢」という結びの表現の淡さにあると思う。「夢」などという言葉を使うと、どうしてもその部分だけが妙に目だって気どった印象を与えがちであるが、この句の場合は、それがかえって情景にある淡さと柔らかさを与えて、坑道のなかのきらきらした鉱石の印象を鮮やかにする効果を上げている。

葉かげの蜜柑に雨がくる波がくる　小林　幸人

葉かげに見え隠れする蜜柑を見ていると、しぐれてきた。ただそれだけではない。近くの海の波音まで加わって、冷え冷えとした光景になってきたというのがこの句の大意である。しかしこの作品の場合、必ずしも海の近くであると断定できないところがある。むしろこの眼前の蜜柑に接する前に見てきた海の波の冷たさが心のなかに残像としてあったものが、たまたま降ってきた雨に触発されてイメージが重なったと見るべきであり、この句を読んでいると、そこはかとなき旅愁といったものが感じられる。つまり「波がくる」に独創性と柔らかい感性が認められ、佳句だと思う。

年迫る木影の澄める出入口　辻　蕗村

この句、木陰でなく木影である点に留意されたい。年末近くなった出入り口に、すでに一葉をもとどめないようになった木の影が伸びている。それもただ影があるというだけでなく「澄める」といった感じで、そこに「もう今年も年末になったなあ」という感懐がにじみ出てくる。そこにこの作品の独創性がある。

街から村へきらきらと十二月　広瀬　直人

ある日、丘などの高所にのぼって眺望した風景でしょう。それなら「村から街へきらきらと」でなければならないと思うのだがそうではなく、街には正しくきらきらと輝く感じがあります。まずそれが目につく。そうしてそのきらきらとした感じが、だんだん村のほうへ伸びてきている。その感じが、ああもう十二月になったなあという感じに、無理なく結びつく。つまり「村から街へ」であったら、自分の部屋にいて頬杖《ほおづえ》をついていても作れるが、逆に「街から村へ」ということになると、事情は全く異なって、土着の心で、実景として自分の目で確かめた写実の強さを持った句となる。

例会の雑事の後の冬日向　浅利　昭吾

この句については、まず目に見えない「私」の主張がある点に留意されたい。つまるところそれがこの作者の持つ客観性につながるわけで、目だたない句だけれども性根の据わったところがある。この席にいる人々は、もちろん俳句関係者ばかりなので、例会といえばすぐに句会だなと思ってしまうが、この句の場合、句会と限定しなくても、なんの会合であってもさしつかえない。毎月定期的に開かれるなにかの会のお世話をする立場にある作者は、いつもつまらない雑事に追われている。そしてそれが終わってホッと一息つくときにあらためて暖かい日向の気持ちよさに気づいたのである。「冬日向」という季語は、一抹のわびしさをともなった幹事である人の安堵《あんど》感と結びついていて、的確な把握になっている。

雪時雨していちじくの幹ばかり　渡辺　露山

この作品では「雪時雨」に注目したい。つまり、みぞれというよりも雪の後の雨が広葉の落ち尽くしたいちじくの木のあたりに降りしきっている。そしていま眼にしうるものは、その幹ばかりであるという見るからにさむざむとした風景、そういう独創的な発見に負うところが大きいといえる。

氏神の森の木の葉が堰に満つ　　三枝　たま

この句は、たまたま神社の森に行ってみたら、そのあたりの堰に木の葉が散り敷いていたというようにも見えるが、そうではない。作者が日常洗い物をする堰（地方では〝使い端〟という）に氏神の森の木の葉が流れついてきたというように解釈すべきでしょう。それは、この句の表現からみて、木の葉が満ちてきたということによって、神の森に対する敬虔《けいけん》な気持ちとある安らぎとが感じられるからです。あるいは、事実は全く違うかもしれないが、この作品によってこのように感じられるということであれば、それはそれでよいのではないかと思う。

結論的にいえば、総じて今日の作品にはあまり感性のみに頼っているものはなく、独創性と完成度を兼ね備えたものが、おのずから秀作という結果になっておったように思いました。

（一九七一年一月）

8 自然観照の確かさ

今日、私が特に気持ちをひかれた作品は、

寒林や人の眼を避け声を恋ひ　米山　源雄

冬夕焼ひと日の起伏照らさるる　広瀬　町子

の二句。どちらを巻頭にしようかと、ちょっと迷っておったんですが、まあ町子さんの作品もかなり明快な句だと思うんです。ある意味ではたいへん骨太な句で、ただこの作品の場合、「冷やかに人住める地の起伏あり　蛇笏」こういう比較的知られた前例があるために、まあ同列の作品だとすると、源雄さんのほうがやや有利ではないか。

その源雄さんの作品ですが、考えてみるとこの作品は、いかにも源雄さんらしい作品で、たとえば有名な「ともしびは母大屋根は父極寒裡　源雄」というふうな名調子、いつも非常にロマンチックな句を作る。ただ今日の場合は、それとはいくぶん変わった作品、特に特選とかなんとかいう句ではないんですが、

鶏鳴の家二軒ある霞かな　米山　源雄

蕪村に負けないぞ、と、相当な新古典派を見せておる（笑）。むろん「五月雨や大河を前に家二軒」という句がありますから、これを評価のなかへ入れてみても、「鶏鳴の家二軒ある霞かな」は、やはり内容的に蕪村とは明らかに違っておる。「大河を前に家二軒」というのは、あくまでも写生句。だが「鶏鳴の家二軒ある霞かな」は、この霞というところに、風景のなかに気持ちまで溶かしこんだ作者の気持ちの在り方がある。しかしそうはいっても、やはりこの作品は特に特選にしなければならない句ではない。

「寒林や人の眼を避け声を恋ひ」、この作品の場合特に感銘するというか、作品としての新鮮さは寒の林の、すべての葉の落ち尽くした、そういう状景があたかも人の眼を避けておるような感じだと――。むろんそれも作者のただならぬ力量ですが、しかしもうひとつ、「眼を避け声を恋ひ」、この声は単に人声とだけ解釈しては、作者の作品にこめた気息に添わないものだと思うんです。この場合の声は、むしろ人声というよりももっと天然自然の、たとえば小鳥の声や風の音、その他もろもろの声、たとえ人間の声であってもそれは野の声として感じとった表現だと思う。この作品のよさは、そういう微妙なものでありながらその底に寒の林というものを見極めた、そういう観照の確かさにある。

写生ということなんですが、たとえば今日の作品でたいへん面白い句があったんです。それは、

幹をつかみて剪定の手を伸ばす　岩間　光風

剪定夫小枝にかこまれて話す　広瀬　直人

の二句。表現のうまみという点では明らかに直人さんの作品のほうがきめ細やかで、そして剪定《せんてい》というものの状景をとらえて、そういう表現のうまみという点では明らかに勝っておる。ただ、この光風さんの作品と比較してみると、どちらに作品そのものの力があるかということになると、今度は逆に、小枝にかこまれて、というところが、うまみであると同時に脆《もろ》さにつながることになる。ところが、「幹をつかみて剪定の手を伸ばす」というのは、まさにそれは作者が幹をつかんでおる、そのとおり読者にも手のひらにザラザラとした、その真冬から早春にかけての肌ざわりをまざまざと感じさせる。それから伸ばしておる手の先には、ややうるみを帯びた早春の小枝そのものも明確に見せている。これはある意味で写生というよりも、自分の体験をこめた、そういう写実の句だと思う。

ここにこの二つの作品の、同じような対象をとらえながら、片方が線の太さといいますか、光風さんの作品に一歩譲るところがある。私としてはそう思うんです。次に、

手拭一本樒の明るき山を行く　稲垣　晩童

特に変わった句を採ろうと思ったんではないのですが、なかなかおもしろい句だと思う。はじめは手拭一本なんて、なにか、このごろの、三波春夫とか(笑)、北島なにがしとかのや

くざ調のようで（笑）、ところが楤《たら》の明るき山を行く、というところで、作品のきめがガラッと変わってくる。それからもうひとつこの作品は、約束としての季題の上では、特定な季節の限定はない。楤の花とか、楤の芽というのは、明らかに歳時記に載っておる。しかし楤というだけでは、これは季語の、歳時記の採用にはなっておらない。

ご承知のように楤というのは、山峡あるいはちょっとした小高い丘、そういうところに存外目だたない姿で、夏は通りすぎていくわけです。そうして花が咲いて……ちょっと黄色味がかった花ですが、むろん楤の芽の時期は、それは食用として、非常に愛好される。しかしこの楤の木は存外の所にあるわけなんです。深山幽谷にあると思っておるのは、それは実際を知らない人で、たとえば昨年あたり秋、今井浜へ行く途中の箱根の、あのバスのなかから見ますと、あの有料道路のあたりにいっぱい楤の花が咲いておる。芽を摘んでしまうとああいう状景にはならないんで、高いお金を出して、凝った顔をして料理屋で山菜料理とかなんとかいう、そういう都会の人はあっても、事実そういうふうな……道の傍らにあっても知らないんじゃないか。したがってこれは必ずしも深山幽谷の景とはかぎらない。明るき山を行く、というのは、そういう、作品に即していえば、伊豆あたりの小高い日当たりのいい、そんな所にいっぱい見られるわけです。

楤の木が目だつという時期は、満目蕭々《まんもくしょうしょう》としたなかでもいつか春めいてきたころ。明るきという言葉には、そういう季節を負うた、そしてトゲトゲしておるけれどもやや水分の多い、その冬芽のふくらんできた、そういう春先の状景であることがかなり明確に伝わる句だと思う。これは季語がなまじある以上に季節感の濃密な句だと思うんです。特に手拭一本ということは、作者がふらっと手拭一本を持って出かけた。たぶん浴後の散策で、その手拭にはほのかな湿りがあると解釈しても決して鑑賞過剰ではないと思うんです。ここに、この作品には、読者をやや無視した、それよりも作者が感じたものを強く打ち出すことに集中した、そういう図太さといいますか、俳句の本質というものはこうしたところにあるんだと……。

私はこの句は決して天下の名句だとか……そこまで言葉を極めるつもりはないけれども、しかしこの作品の背景にある作者の姿勢というものには、俳句を作る上に、すくなくとも新しいひとつの自然観照の姿勢として、教えるものをもっておる。つまり省略した部分が目だたない形で作者の表現のなかにうまく溶けこんでおる。

たとえばこれが失敗した場合はどうなるかというと、こういう作品があるんです。

「裏表なくきさらぎの桑畑」、まあ裏表というのは、近ごろ目だつ表現のひとつではあるんですが、そういうことは別として、いったいこの作品は、作者がどういう点を言おうとしておるのか、やや不分明じゃないか。「裏表なくきさらぎの桑畑」、なるほど如月《きさらぎ》の桑畑というのは、先ほどの手拭一本の句でも言ったように、いちばん桑畑が桑畑らしい感じ。これは「桑の葉の照るに耐へゆく帰省かな」という、水原秋櫻子《みずはらしゅうおうし》の有名な作品があるんですが、これもなるほど桑の葉の真青に茂っておる、そういう鬱々《うつうつ》たる真夏の桑畑らしい風景。しかし、山梨のような所に住んでいる人には、一月から二月へかけての枯れた桑畑が意外に印象的なものです。こういう山国に育った人のそれが風土感覚だろうと思う。したがって、この観照は平凡のようにみえて決して陳腐ではない。そういう作品の押さえこみというものはみごとなんですが、裏表なくということはいったいどういうことか。強いていえば桑畑の桑に二月のひかりがまんべんなく――まあそういう意味にもとれるけれども、しかし如月の桑畑がある場所、ということにしたほうが、作品としてもっとはっきりするのではないか。

自分かってな実感を含めて申し上げますと、桑畑が特にそういう早春のころ目だつというのは、あの幹の艶々した白いひかりだろうと思う。したがってこの裏表もそういうふうに解釈してできないことはない。けれどもそれなら桑畑でなく、桑そのものでなければならない。桑畑であれば裏表でなく別な表現があってしかるべきです。たとえばこれが、自分の家のほとりでも他人の家でもかまわないけれども、家の表も裏も……。俳句のいわゆる写実、見える句にするということは、こういうことだと思うんです。「裏も表もきさらぎの桑畑」――ということになってはじめて、山国に住む人の実感する風景になる。

それからこういう表現の問題でもうひとつ付け加えますと、「青菜の香たち寒明けの小鳥店」、互選にもたくさん入りましたし、寒明けの小鳥屋へ入ったらたまたまその青菜の香がツンと鼻をついたと、つまり感覚の句。感覚的な内容を作品化する場合は、小鳥屋へ入ったときか出るときか、あるいは入ってしばらく経ったときか、つまり感じ取った瞬間を、作品のうちに明確に示す、それで成功不成功は決まると思うんです。小鳥屋へ入ってしばらくすれば、小鳥の匂いやらなにやらそれはたちこめておるわけです。で、香だちということは、小鳥屋へ入った瞬間、真青な菜の葉が見えた。

しかもそれを香といったことによって色も見えてくる。だからこの場合、この香という言葉は成功しているんです。成功しておるけれども、「青菜の香たち寒明けの小鳥店」、この香たちという表現が非常に説明的だと思うんです。ここがこの作品のわずかなたるみじゃあないか。つまり小鳥屋へ入って一瞬目に見え、そしてその目に見えた瞬間、匂いを感じたということだとすれば、これは「香だつ青菜」と、この香だつを上にもってこないと、つまり上句を強く打ち出すことによってはじめて、静かな小鳥屋の暖かい日ざしが寒明けの季語に結びついてくる。わずかな点で賛成できない句です。

それから逆に同情してしまった作品がある。それは、

冬木の芽ひかりを起し翔ぶ鵯か　　辻　藹村

という句で、披講のとき、私がかってに加筆したほうを読んでもらったわけですが、この原

句は「飛ぶは鵯《ひよどり》か」でした。この「は」の一字。「飛ぶは鵯か」は強めです。そうなってくると「冬木の芽ひかりを起し」というそういうときに、鵯が一瞬春めいてきた、あるいはいくらかうるおいを帯びてきた雑木山のあたりをかすめて飛んだ、その「ひかり」というものは冬木の芽のひかりであり同時に鵯のひかりでもある。そういう同時感覚を、一句のなかに畳みこんでないような気がする。「飛ぶは鵯か」と「翔ぶ鵯か」を比較してみると、つまり冬木の芽も鵯のひかりも作者は特にどれほどだという感覚でこの雑木山を見ているわけではないとすれば、「起し」というこの非常に主観的な言葉を生かすためには、これはどうしても「は」を消さなければ、感覚が統一しないと思う。

それからどなたもお採りにならないから申し上げるわけではないんですが、「笹子鳴く墓碑に豊竹甲斐大夫　井上静川」。これは俳句というよりもむしろ俳諧風な、たとえば文壇俳句なんていうのへ出したら、ずいぶんたくさんの点が入るんではないか。で、この俳句と俳諧ということ、この点がどう違うかということ、今の俳壇はもっと考える必要があるのではないか。

子規が俳諧という言葉から俳句という新語を用いて文学意識を高めた。むろんそういう功績は大きいと思うんです。しかし同時に俳諧というもののもっておる古風なよろしさをも失った点、これは非常に惜しい。そういうものを生かした人は、いわゆる月並出の人ですね。

たとえば村上鬼城《むらかみきじょう》だとか、ないしは川端茅舎《かわばたぼうしゃ》とか、それから久保田万太郎《くぼたまんたろう》。

もっと大事なことは、近く出る蛇笏《だこつ》全句集、私はこの全句集の場合、いちばん注意して読んでいただきたいと思う点のひとつは、山廬集のなかでも明治末年から大正初期、つまり「芋の露連山影を正しうす」などのように、はっきり俳壇に意欲を示すその前、虚子《きょし》が俳壇を引退し、蛇笏も郷土山梨へ帰った。しかしその間作った作品は、これはたいへんな数なんです。これは私は、こっそり親父の手帳を十何冊かまだ持っておる。そのなかには、そのまま公開すると親不孝になりそうな内容もたっぷり書いてある(笑)。私もまあそういうことはしないつもりですが(笑)。

そのなかに、たとえば「笹子」という題があると三十句から五十句ぐらい作ってあるんです。年譜には学業の一切を放棄してとかなんとか気どったことを書いてあるんだけど、実際はむしろ東京から帰っての、三年ないし四年のあいだの、蛇笏の俳句に対する打ちこみ方というものは、目的をもたない、気どった言葉でいえば無償の恩恵というものを、いちばん堪能した時代、そういうなかから、山廬集に収録されておる句はおそらく何百分の一ぐらいだろうと思うんです。

主として自分だけでこっそり作り、ときに国民俳句へ出しておった蛇笏作品、それは明治末年から大正初期、時間的にいえば僅か三、四年のあいだの、山廬集に収録した作品はわずかなんですが、この裏には捨てられた何百何千という作例がある。私は具体的にそれを知っておる。

で、そういう捨てた作品、残した作品のなかで、どういうものを残したかといえば、いまいったように、俳句というよりも俳諧の、つまりその作品がある意味の無償の恩恵というものをいちばん自然が自分に与えてくれた、そういう作品。これが山廬集のひとつの見どころだろうと。

いわゆる人生探究派というようなことがいわれるようになってレベルが上がったひとつの原因は、その作者が何の某と記されることによって、より以上のレベルが上がる作品、非常に観照がシャープになり、また内容も深く感じられる。たとえば波郷《はきよう》の「霜の墓抱き起されしとき見たり」、病床におって、自分が抱き起こされたときにちらっと墓の頭が、霜に覆われた冷たい墓の頭が見えた。これは作者が病床にあるという前提を念頭において、いっそう明確になる。これは、いまいったように、明らかに俳諧から俳句に転じた、そういう系列のなかから生まれた作品だと思う。

しかしそれ以前の俳句というものの、いわゆる俳諧の醍醐味はなにかといえば、井上静川でも、高浜虚子でも、あるいは高室呉龍でも、作者名のあるなしにかかわらず、そのものだけで結構だと。作者が誰であろうと作品としておもしろいんだと。こういうものが俳諧であり、そしてまたそれこそが作品のありようだと。ところが、そういう傾向の作品は、つまらないとか危険だとか、そういう批評で忘れ去られていったわけなんで、事実はそういうものを忘れたことによって、俳句というものは非常に骨が細くなった。

「笹子鳴く墓碑に豊竹甲斐大夫」。なぜ私がそういうことを強調するかというと、井上静川さんが見た豊竹甲斐大夫、豊竹ってのは義太夫の場合たくさん出てくる。しかし私は、静川さんが墓碑に読んだ甲斐大夫という人の、内容も背景もなにも知りはしない。なんにも知らないけれども、そしてその墓碑に刻まれた豊竹甲斐大夫という名前をその表現のままで読みとれば、そこには二年や三年前に亡くなったなまなましい墓碑とはどうしても考えられない。なにやら歳月の厚みというものが感じられる。同時にその豊竹甲斐大夫という言葉の持っておる響きのなかにも、甲斐大夫に対する知識の有無にかかわらず、ひっそりとして、冬の笹鳴きの静けさのなかに囲まれておる墓碑がまざまざと見えれば、抱き起こされたとき見たのか見ないのかといったものとは全く違った次元の、そういう作品の姿勢、俳人の姿勢というものが浮かび上がってくる。

　私が特に申し上げたいことは、俳句の厚みというもの、あるいはふくよかさというものは、そういうひとつの、自分のはっきりした作品の意識というものが表現のなかへ溶けこんで、表現されたよろこびが浮かび上がってきたときに、存外ふくよかな肉も厚みも余情も連想も豊かに出るのではないか。

すくなくともわれわれが、優れた俳人として注目に価するような人は、茅舎にしても虚子にしても、蛇笏にしても、存外わがままな道程というか、道順を踏んでおるということをかなりはっきりと申し上げられると思う。俳句の行き詰まり、感覚の独善、ますます狭い小路へ入っていく、そういう危険性を避けるためにも、いまいったような、楤《たら》の明るさ、あるいは豊竹甲斐大夫、こういう句も決して古めかしいものではない。こういう点を今日私は特に強く感じました。

（一九七一年二月）

9　比喩と対比

きのこのやうに姉妹そだちて東風の家　　角田　逸雨

これが今日の巻頭に推した作品だが、皆さんはあまりお採りにならなかったようです。この句の問題点は比喩ということ。「きのこのやうに」という場合、椎茸《しいたけ》のことであることは、格別説明しなくても、わかると思うんです。そして、土地にもよるけれども、大体山梨県のあたりだと、室へ入れない場合でも、二月のはじめになると、いつしかもう、ぼつっと小さいコブコブがいっぱい出ておって、中旬から下旬に入ると、かなりきのこの姿がととのってくる。これは現今のように椎茸栽培が広範囲にわたっておる現状では、格別特殊な素材ではないと思うんです。

檜山あたりに置かれた榾《ほた》の場合、いつかしらもう育っておる。これが姉妹というものの感じと、ようく関連しておる。つまり姉妹育ちて……むろんこれは、いくらなんでも自分の娘さんや、あるいはお孫さんたちを「きのこのやうに」という比喩はとらないと思うんですが、近くの、あるいは見知りの家の、姉妹が、すくすくと育って、もうあんなになったかと。そういう形容がきのこと相関連して、どちらに比重がかかるということがなく、比喩というものが対象に密着している句だと思うんです。

それからいまいったきのことというもの、あるいは姉妹というものが、なぜ強く関連されるかといえば、すべてここで、東風の家でとどめを刺していると思う。「東風の家」、むろん春風の吹きはじめの、やや肌寒い、そういう時期の、そこにポツンと置かれた家……これはこういう表現をされた場合は、私は複数ではないと思うんです。明らかに単数である。これが詩の感受の正当な仕方だと思う。

こういう点で、私はこの作品には、目に見えない作品の強制があると思うんです。したがってその姉妹も、そういうポツンと……吹きさらしといえばやや強すぎますが……ともかくそういう野中の、一軒ポツンと置かれた家の、子供達が健康に育っておる。さらにいえばそれは、姉妹そのものの年齢から頰の色から、あるいはふくよかなすべての姿も象徴している。こういう作品だと思うんです。

大体、「やう」だとか「ごとし」という言葉は、作品の場合、これだけの用意がなければ、決して一流の句にはなり難い。それは三流の、おおむね七十点ぐらいの作品にはたやすくなるけれども、そこを超えて秀れた作品になるには、こういう、はっきりした言葉が全体に作用する、表現の効果、把握の確かさ、それらのものが揃わなければ、決してなり得ないと思うんです。

私はそういう点で、たとえばこれは、言葉というものの微妙さということで、いつも不満がわだかまって、それを見るのも聞くのもいちばんいやな日本の言葉として……あるいは私の主観があるかもしれませんが……あの例の広島の碑面の言葉。これはおそらく私だけでなく、日本のおおかたの人がそういう感じをもっているかもしれませんが、……あの碑面のいやらしさっていうのか、ということよりもっと感情的にいえば、あれを読むと私は胸がムカムカしてくる。というのは、あの広島原爆碑文の「安らかに眠って下さい、あやまちはくりかえしませんから」、広島市長が言うのには、あやまちはくりかえしませんというのは、日本人だけでなくこれは全人類の願いですと。

これはまさに単なる詭弁《きべん》だと思うんです。そういう詭弁を弄して、それがつじつまがあうと考えるところに、政治家のいやらしさがある。これを世の中の人が読んで……エチオピアや、イタリアやイギリスの人が考えますか。日本人だけでなく、アメリカ人もイギリス人もそう考えるんなら、それは人類すべての願いだと受け取ってもいい。そういうところに私は、この言葉のいやらしさ、というよりも、そういうものを正当化しようという政治家の詭弁というもの、ぬけぬけ嘘を言ういやらしさを感ずる。もっと人間というものは、その言葉に含まれているものを直截《ちょくせつ》に受け止め、また直截に表現して、それが伝わることを信ずべきです。

それがこうした碑に刻する言葉の意義ではないか。

それで思いつくことは、身近な碑で、たとえばあの御坂《みさか》峠の上にある、「富士には月見草がよく似合ふ」――これは、実際に碑を見ても見なくても、非常に有名な言葉ですから、皆さんもご承知だと思うんですが、この言葉の場合、私は今まで、これを否定する言葉として、いったい富士の周辺のどこに月見草があるのか、まして三ッ峠《とうげ》の上に、月見草があるわけないじゃあないか、こういうバカなことを言っているのを聞く。これはちょうど政治家のそういう詭弁を裏返しにした、ごく常識的な人間の、常識を一歩も出ない、そういう批判だと思うんです。

それではそういう人にももっとわかりやすい碑に刻むには、どういう文句がいいか。それだったら「富士には白樺がよく似合ふ」それなら、あのへんの土産店に額縁になっていっぱいある。あえて太宰治《だざいおさむ》という作家の、名をわずらわさなくってもいい。あるいは「富士には山桜がよく似合ふ」となったら、これは観光絵ハガキ。こういう例はいくつも思い浮かぶ。たとえば「富士には竜胆《りんどう》がよく似合ふ」となると、これは写真にはなかなか写りにくいけれど、桜より白樺より、やや正確なイメージを捉えた、そしてあるひとつの輪郭をもった言葉になる。

それでは、「富士には月見草がよく似合ふ」とはどう違うか、ということになると、それはいったい、その富士が見える風景であるかどうか。夏の夕暮れ、鮮やかにあの黄色い花の開くのが月見草なんです。とすれば、そのときに富士は、白樺に似合う、あるいは山桜に似合う富士のように鮮やかに見えるはずはない。「似合ふ」という、その対象におかれた富士山というものは、朝に昼に、あるいは春夏秋冬見つづけていながら、それが靄《もや》のなかに消えた瞬間、鮮やかに見えてきた月見草の鮮明な黄色い色――そういうところに、この作者が富士に寄せた愛情、感情あるいは作品にこめられた太宰という人の哀感、もうひとついえば、私は、この文句のよろしさというものはそこにあからさまに見え、鮮やかに見える富士には、ちょっと照れくさい。むしろ、靄に包まれた、夏の夕闇のなかに、ほのかに輪郭だけを保って、眼前の月見草だけが鮮やかに見える、そういうデリケートな感情というもの、月見草が似合うか似合わないかという詮索以上に、そこには太宰治という作家の個性が、よく出ているのだと思う。

そういう意味合いから私は、先ほど来申し上げた、そういうものを偽らずに表現することが、大きくいえば日本人のこころであり、また、そういうものに魅力を感ずる正直さというものこそ、俳句の真髄じゃあないかと。それは今までの、余情だとか余韻だとか、あるいは省略だとか、ないしは新しい言葉でいえば、比喩だとか象徴だとか、そういう言葉もすべて含めて、そういう要素をもったところにあると思う。

たとえば、「いくたびも雪の深さを尋ねけり」、正岡子規の句。この句がなぜ一般の人に深く記憶され、そして理解されるかということは、子規が病床にあったという前提を必ずしも必要としない。もうふたたび起きられない重患の床にある、しんしんと降り積もっていく雪の、哀しいけれども、自然の鮮《あたら》しさというものに対する、死を目前にしながら生きておる瞬間の、そういう、こころの華やぎという、この明暗両方をもっておるということは、なるほど、病床にいるという前提をおいて鑑賞すれば、よりいっそうわかることはわかるんです。

しかし、この作品が秀作であるという最大の根拠は、そういう前提にあるのではない。むしろ、「いくたびも雪の深さを尋ねけり」というその思いのなかには、幼いころそういう感情を懐《いだ》き、あるいは中年を過ぎ老年になればなおさらのこと、降る雪の鮮しさというものは、そこに生命の証《あかし》といいますか、そういう自然の微妙な新鮮さに接することによって、はじめて生き生きとした、そういう感情を甦らせるという、極めて健康な詩精神に強く訴えるところにある。

そういう意味合いからいっても、「あやまちはくりかえしませんから」というふうな言葉は言語道断《ごんごどうだん》です。そういうことは、理屈の上でどのように説明しても、そのなかにこもっておる卑屈な神経というものは、短い文句、まして短い詩の場合は、決して人は、それによってたぶらかされるものではない。

ところで今日の作品、

雪起し匍ふ断崖の草立てり　一瀬貴一郎

この「雪起し」という言葉ですが、これは非常に特殊な季語で、北陸方面なんかで使われる方言なんですが、むろん季題としても古くから使われている。雷のことで、冬鳴る雷のことを、向こうでは「雪起し」といって、たくさんの例句もある。で、これは私が北陸方面だというのは、「断崖の草立てり」という形容は、いわば枯草が直立しておると解されるところの、そういう状景描写のなかにも、それは伊豆や、紀州、あるいは九州方面にはみられない「雪起し」に照応する響きがあると思う。そういう季語の、さらにいえば特殊性を超えて、北方の風土の実質といいますか、実態というものをとらえたところに、この作品の立派さがあると思うんです。

鳩に弱くて雀に強し春疾風　山寺　秋雨

これはやや不鮮明な印象を与えるために特選には採らなかった作品なんですが、対象をとらえた眼の確かさは面白いと思う。「鳩に弱くて雀に強し春疾風」、俳句が自然の移り変わりを対象とする以上、四季どのような姿で、そういうものが見えるかということを、まずとらえなければいけないんじゃないか。別に植物図鑑や動物図鑑を見たほうがいいというんではなくて、その時その折の季節の変貌というものを正確に知ることが、まず俳人の大事な要素だと思うんです。

春の疾風が吹きすぎるとふっとんでいく雀と、それから梢高くまるまるとまっておるそういう山鳩の風景。これは街中の状況だということであれば、はなはだつまらない作品なんですが、疾風鳩に弱くて雀に強し、と、こういうふうにほかの一切を省略して、これだけを強く打ち出した場合は、さっきの「東風の家」ではないけれども、俳句の普通の鑑賞からすれば、それは広々としたなかの、鳩と雀だけというふうに解釈すべきだし、また、鳩もこれは山鳩、河原鳩、そういうものではないかと思う。それで、この句が逆に「鳩に強くて雀に弱し」なら一見わかりやすいようだけれども、それなら迫力は薄い句になる。

猟期ということにかかわらず、山鳩の場合は、寒いうちはなかなか敏捷なんです。ところがぽかぽかして暖かくなってくると、よく鳩の声が聞える。営巣の前は存外、人怖《お》じしないんです。そして雌雄二羽の鳩が高い梢の上でまるまると陽を浴びておるとすると……こういう風景は、皆さんもなんべんか実際にご覧になっていると思いますが……逆にその風のなかをすばやくすっとんでいく雀。こういう二つの対比のなかに、表現の点では一見すっきりしないんですが、自然を観る眼の確かさがある。なかなか面白い句だと思います。

（一九七一年三月）

10　倦怠期と季語への懐疑

私の選句にひとつ加えていただきたい作品がある。これは作者の責任でも私の責任でもないわけなんですが、先ほど披講していただいたように、角田杜南さんの作品。回ってきた句稿では、皆さんご覧になったように「雪解け易くなるぼうふらのうきしづみ」とあった。ところが作者の発言によりますと、「雲解け易くなるぼうふらのうきしづみ」というのが正しい出稿の意図。「雪解け易く」というと季節的にもぼうふらは夏、早い場合でも暮春からですから、雪とぼうふらでは当然一致しないわけです。どこでどう間違えたのかわかりませんが、ともかく作者の訂正を採用するとすれば、この句は今日の私の選句へは当然入るべき句です。

いま雪とか雲とかぼうふらとかということで季節のことに触れたんですが、ふつう雑詠の場合、雑誌へ出句されるときは、それは夏でも春でも冬でも季節は当然自由で、必ずしもその季節の作品でなければならないということはないわけですが、こういうふうな句会の場合は、句会案内には「当季雑詠」とあります。「当季雑詠」というのは、その季節の作品を出してほしいということで、これはなにもその季節季節の作品ならよろしいということだけでなく、いわば俳人独特の、句会の場合のエチケットのようなものも含む。今の季節の作品であるということは、鑑賞する側でも自分も作ってきておるし、また、肌にその季節を感じてきているためにお互いたいへん理解しやすいし、また楽しくもある。吟行したときにその日の「嘱目《しょくもく》」ということがありますが、それと同じように、こういう句会の場合は、そういう規定があってもなくても、その季節の作品を出句されるほうがよろしいと思うのです。

で、もうひとつ季節にかかわってくることとしては、自分ではその季節のつもりで出句したにもかかわらず、読者のほうの受け止め方、ないしは作品の内容の解釈の仕方によっては、その季節からずれる場合がある。つまり季語の選択を誤った場合、そういう作品が生まれるわけです。たとえば今日の作品でも、これはどなたもお採りにならなかったと思うんですが、こういう句がある。

白桃の闇流れ寄る藁の家

今はまさに桃の花の季節。ところが「白桃」とあれば、これは果実なのです。花ではない。「紅桃の闇流れ寄る」ということになれば、これは花になる。しかし「白桃」という場合は、やはりあのふっくらした、桃の季節もやや晩季に出てくるみずみずとしたあの桃の実です。したがってこれは当季ではない。

それでは仮に、当季であるなしを除外したとしても、夏のなかばから終わりにかけての白桃の季節に、「闇流れ寄る」という感じはないと思うのです。「紅桃の闇流れ寄る」、あるいは「花桃に」……大体「の」ではないな、これは（笑）……ここも気に入らない。それにしてもこういう場合はですね……藁の家であると……藁もちょっと苦しいけれども（爆笑）、ともかく大きい藁屋がある。皆さん笑いますがね、この藁の家ということ、これは小さな藁屋でないということで、これがこの作品の案外な効果なんです。闇がとりまく藁の家となれば、これはどっしりした大きな藁屋が考えられます。したがって白桃の時期の鬱々《うつうつ》とした夏の重い闇がその家をとりまいたとなると、その時期の作品としてはなかなかいい。ただ流れ寄ったりなんかするからだめであって（笑）内容としては悪くないわけです。まあこれは作者にきいてみないとわかりませんが、とにかくそういう点で、この「白桃」という言葉、まして作者に花の意識があったとしたら、この句はまったく表現のミス。

もしもこれが果実であれば「流れ寄る」に欠陥がある。季語についてはここ二、三年、触れることが多いわけですが、それについて最近私は、何人か出版される句稿を拝見する機会があったわけですが、それに限らず、ある年季をかけてでき上がった句集を見たとき、私だけでなく多くの人が、初期のものがたいへんいいのではないかという。これは年季をかけて熱心に句作してこられた方には、このくらい失敬なことはないわけです。

かつて私も中村草田男《なかむらくさたお》さんの句集を批評したときに、結局一所懸命にやっておられるけれども、いちばんいいのは最初のほうで、後はだんだんジリ貧だと書いたことがある。そうしたら草田男さんがずいぶん気にされて、「あんたそういうこと言うけれど、俺は後のほうがいいと思っているんだよ」(笑)。

まあこれは、多くの人のおっしゃることもわからないわけではない。私のいう草田男さんの句業というものも、必ずしも最初の『長子』だけがいいわけではなくて、その次の句集あたりはかなり充実したものなんです。それにしても十何年か前で、今より私もいくらか威勢がよかったころだから、ことのついでに威勢よく言ってしまったんですが、ただ、そういうふうな草田男だとか虚子だとか著名な人でなくっても、やはり初期の句というものはなかなか力があるんです。

その一つの原因としては、まず季語に対する感度というもの、俳句を作るにあたってまず季語があり十七字であるということ、これが第一歩の手ほどきであるということは皆さんも経験していらっしゃる。そういう場合、存外物の見方に曖昧さがないということ。それが作品としては意外に成功する率が多い。

ちょうどいま結婚のシーズンで、それでこんなことが思い浮かぶのかもしれませんが、結婚というのは、俳人と季語との結びつきによく似ているなと思います。最初は、つまり俳句と結婚したてのころは、持っておる特性というものをたいへん大事にするわけです。彼女の笑くぼがいいとかなんとか（笑）。そういう点で、俳句も新婚早々はなにもかにも魅力を感じて、それが句としての力になる。

ところが、二年三年経ってくると一種の倦怠期。俳句でいえばその倦怠期が季語にあてはまると思うんです。で、大体三年ないし五年程度の人が、季語というものに対していちばん懐疑を懐くんですね。そういう時期の発言というものは多くが非常に文学的、というよりあまりに文学的で、それはちょうど人生でいえば結婚した相手との倦怠期にあたる。しかしここにいらっしゃる何人かの年季をかけた方、そういう方達の作品を眺めると、しまいには季語というものが空気のようになっておる。初期の恋しいのなんのという時期を通りすぎても う兄妹のように、親子のように、あるいは友人のように、奥さんとのかかわりも生まれてくるんではないか。

ともかくそういう意味合いで、ある円熟した作品における季語というものは、好いたの惚れたのというもの、あるいは特別意識して使ったものではなくて、空気のように入ってきて作品のなかに溶けこんでしまう。そういう句になる。俳句の場合は一面にまた、そういった人生の年季とかかわりなく、真剣に対象を見つめた場合は存外そういう作品が生まれる可能性が強い。たとえば今日の、

道うるほへり桃の花従へり　　広瀬　直人

これなんかもそういう作品の典型的なものなのです。まず第一にこの作品のいちばん魅力のあるところというと、それは「桃の花」以外のなにものでもないということです。しかもそれが非常に目だたない姿で表現されている。「道うるほへり梅の花従へり」でも一見成り立つように見えるけれども、しかしながら梅というもの、つまりその季節のいちはやく鮮やかな方向をともなって目を惹くそういうものと違って、「従へり」という言葉、ここにはそこに住んでおって朝夕桃畠のなかを行き交いする、その果てまでも夕日のなかへ溶けこむような、そういう状況。

しかも「従へり」という言葉は、そこに作者が強い主観をこめながら存外目だたない。しかもそのとらえた桃の花が他の花には代えがたい正確な描写、あるいは把握を示しておる。花がうるおい道がうるおい、そしてまた辺りの大気すべてが、陽も空気も風もうるおってお るという。そういう陽春の、やや鑑賞過剰にいえばこれは朝景色ではなく、ふと気がついたときに、茫洋と果てしらず見えた夕方の状景。ここにこの作者の、いわば自然のなかにこころをひたしてそのなかから感じとったものを、目だたない姿で正確に表現しておる。そういう重みがある。このくらいほめればもう（笑）。ともかくなかなかみごとな句です。

次はまたくさす句になるんですが、さいわいここへ書き出しておいた句が福田甲子雄さんの句、まえのほうで今日の特選「暁の山燦々《さんさん》とよもぎの香」。これだけ立派な句を作る福田先生といえども、ときにミステークがある（笑）。それはこういう句なんです。

限りある夕陽のなかに種を蒔く

まあこれは一応わからないことはない。ずいぶん篤農家で、懸命に種を蒔いておる。日永の時期といえどもいずれは夕陽が西へ落ちる。だから限りあるに決まっておる（笑）。そういう理屈を言うわけではないが、同時にまた、春の種蒔きの時期の、永いにもかかわらずその時を惜しむ気持ちを表現したい。作者のそういう気持ちを一句の中身にしたいという気持ちはよくわかるけれども、それだったら「限りなき」だったとしたらどうなるか……この作品の「限りある」のと「限りなき」とでは、いったい種を蒔いておる人の気持ちのとらえ方としてどちらが春の季節感にピッタリしてくるかということで、勝負は決まると思うんです。「限りなき」という表現は必ずしも新しいものではないんですが、私が言いたいことは「限りなき夕陽のなかに種を蒔く」ということは、ある意味では、それは「限りある」という春の夕暮れのたたずまいも含むと思うんです。春の限りない彼方を胸のなかに納めながら種を蒔いておる働く人自体の心、「夕陽」がそれを示すことになるのではないか。

次に非常に落ち着いた句、

春の雨ひと葉そよぎて四方明るし　剣持　洋子

トップにすべきかどうか、かなりひっかかったんですが、なかなかいい句です。案外目だたないけれども、「ひと葉そよぎて」というのは、これは夏の状景でないことをまず念頭におけば、鬱々とした茂った風景ではない。「一葉だけそよぐ」という感じは落葉にはないわけです。これは常緑樹。なぜかというと、「四方明るし」ということは、ひと葉以外にはまだ茂った樹がないということなんです。春もまだ季節早く、暖かい冬の終わりを告げるころの雨。降っておる雨は「ひと葉」よりも、四方の枯れ色をまだ持っておる、そういう四辺の明るさにそそぐ雨。そのもっとも鮮やかな印象をそよぐ常緑樹の一葉にとらえた。こういう句なんです。今日の作品のなかでも直人さんの句に次いで立派だと思う。

（一九七一年四月）

11　見つめて目を離さない

六月号の『俳句』に福田甲子雄さんが、野沢節子さんの作品についていろいろ書いておりますが、たいへん面白いと思った。

これとは別に、車谷弘さんが、野沢節子さんの随筆について書いていますが、そのなかで「文章のような俳句をつくる人はたくさんいるが、俳句のような文章を書くひとは少ない」ということを言っている。これは、俳人にとってなかなか痛切な皮肉。そういわれてみると俳句のような文章を書くひとは確かに少ない。ここで車谷弘さんが引例しているのは、野沢節子さんの「秋風」という随筆なんですが、野沢節子さんが、かつて花を活けに通っていた町中の小旅館のそばを久し振りに通るところの描写で、

「二階の廊下の窓の一つが片開きになっていて、まぎれもない秋の高空からの風がそこを吹き通っているようであった。」

この描写が俳句のような文章だというんです。

この俳句のような文章ということで思いつくのは、永井龍男さんの諸作品。たとえば、小

さな分校の運動会で万国旗がひらひらしている情景が書いてある作品があったが、これなどはまことに省略のきいた文章で、分校の万国旗というだけで、ぽっかりした日だまりのなかの運動会の情景が鮮やかにわかる。

俳句のような文章とは、実景を読者によくわかるように、実物より鮮やかに、実景より的確に省略しているということではないかと思います。

いま私の前のテーブルに、芍薬《しゃくやく》の花が活けてありますが、これで思い出したんですが、毎週日曜日の「朝日新聞」に虚子の言動や作例を、高浜年尾さんが書いていらっしゃいますが、たいへん面白く拝見しています。そのなかで年尾さんのいうのには、

白牡丹といふといへども紅ほのか　虚子

虚子は、紅を「こう」といわせていたそうですが、私はずっと「べにほのか」と思っておった。紅を「こう」といわせるのは一種の虚子の癖《へき》だというんですが、「べにほのか」と「こうほのか」では、作品の持っている紅の色そのものが、あるいは印象がずいぶん違ってくる。

私は、写生とは、見つめて目を離さないことじゃないかと最近強く感じている。見つめて、心のなかに実物では感じない別途の実感が湧くまで目を離さない。これが写生の手法のように思えてきた。

たとえば虚子の「遠山に日の当りたる枯野かな」、この句は、季語からいうと冬だけれど、

実景はどうも早春の風景じゃないかと思う。冬の終わりの鮮やかな情景。目を細めて眺めてはいるけれど対象から目をそらしていない。嫋々《じょうじょう》たる情感を湛《たた》えて至りえた境地を示している。

これに比べると「白牡丹といふといへども紅ほのか」は、主観が強く、技術、技巧が表に出ていはしないか。

今日の作品では、

大学の棕櫚舌状の花噴けり　　岡部　弾丸

が造型的妙味を示している。

棕櫚《しゅろ》は初夏に咲く真黄色な花。舌といっても人間の舌ではないが、その舌のような逞しい姿で花がついておったという句意。

この作品は、表現の硬い主観の強い作品で、こういう作品は、主観が生きるかどうかで成否が決まる。作者は、実際に眺めたよりも禍々《まがまが》しい印象を受けておるが、とらえた場の特異性、背景の大学の建物と照応して造型的な妙味ある作品になっている。

水のみに来て大学のみどり濃し　　伊藤　芳郎

は、昨年七月号『雲母』作品欄にあった秀句「水呑みに立ち寄る春の小学校　三品長生」を思い出すけれど、一向に類句だとは感じない。

先に申し上げた永井さんの文章のよろしさは「分校」というものの誰もが感ずる親近感と懐かしさ、そこにその特色をとらえた妙味がある。同じように小学校の場合も、九州でも北海道でもあるいは甲州でもどこか共通の懐かしみがある。しかし大学はなにやら冷たいものを持つ場所。殊にその建物には母校であろうとなかろうと、小学校ほど親近感を持たないのが一般の印象。

それだけに大学の構内の濃いみどりが鮮やかに見えたという伊藤芳郎さんの句は、「小学校」の句とはまた別の印象をはっきり表している。とはいっても、水をのむ動作そのものに類想類型を感じざるを得ない部分があり、わずかに点数を落とさざるを得ない。

青野分けゆく一心も昔かな　宮入　聖

は、ずいぶん思いきった句で、写生説などいっぺんにどこかへふっとんでしまう。しかしこの手法は誰もがまねるというわけにはいかない。「青野分けゆく」のほかにもう一句、同じ宮入聖さんの「青梅の露をちからに虚空かな」があるが、これはもう九分九厘同一作者だろうと思った。表現以上に対象から摑みとった情感の凝縮のやり方に、非常に強い個性がある。ある意味では「青梅の……」のほうが写実的、しかし二度三度読んでゆくうちに「青野分けゆく……」の句のほうが作品にリアリティーがある。この句は解説すればするほど、感銘が手から洩れてゆく感じだが、この作品は、現在と過去の時間を超越したところに非常な個性がある。宮入聖さんは、今、大学在学中だと思いますが、まことに感性に恵まれた人。しかし、長い作句活動のなかでは必ずある時期にスランプに突きあたるだろうし、永久に自在に感性が伸びるとはかぎらない。将来の大成のためには、感性をひきしめて写実に徹することが必要と思う。

話は変わりますが、題詠の骨法は、その季題の特徴を表すのでなくて、そのイメージをどこでちょんぎるか、無限に広がってゆく連想をどこまででちょんぎるかということにある。そして省略した部分を全体のなかに巧みににじませる。

蛇笏の場合にしても初期の句は、一つの季題で、三十句も五十句も作っている。このなかから作者の心にあとあとまで残った句だけを残しているが、これが山廬集の大きな特徴になっている。

宮入聖さんに限らず、今の俳句の、感性にだけ頼り技巧にはしる傾向は、俳人にしかわからないような句を作る落とし穴に陥る危険がある。優れた人であればあるだけ、写実の功罪をよく確かめつつ自分の才能を伸ばす知恵をもたなければならないと思う。

（一九七一年五月）

12　季語と季重なり

　今日はずいぶんいい作品がたくさんありまして、どれを巻頭にしてもいいような句が少なくとも四、五句はあったように思うんです。

　で、そのいい作品にうつる前に申し上げたいのですが、昔といいますか、ついひところまで「季重なり」ということを非常に忌み嫌った。一句のなかに季語が二つ以上あるということはいけないと。なぜいけないかという説明はいっさい抜きで、憲法みたいな具合にそういう断定を下しておった。ところが最近はそういうことをあまり厳しく言わなくなって、ときに一句のなかに二つも三つも季語が入っておる。またそれで成功する場合もあるんですが、しかし一応はそういうことを念頭においておいても、決してむだではないと思うんです。

　たとえば今日の作品でこういうのがある。これちょっと読み方が難しいんですが「更衣なにかえて六月定まらず」という作品です。この場合ですね、当然いま申し上げたように、「更《ころも》衣《がえ》」と「六月」は季重なりであることはいうまでもない。それではこの作品は内容を生かす上において、季重なりが止むを得ないものであるのかどうか。これが作品推敲《すいこう》のポイントになると思うんです。

まあ内容は、六月の定めない天候にはなにを着ても落ち着かない、こういうことではないかと思う。「なにかえて定まらず」ということは、「なににかえても」という気持ちも入っての表現だろうと思うんですが、これは説明としてはたいへん正直だと思う。しかしこれが作品として効果があるかということになれば問題は別なんです。

「更衣」というのは春から夏の季語に定められておるんですが、事実としては、季節の境目、春夏秋冬いずれにもありうることなんで、ただ、なぜ「更衣」が春から夏の季語になったかといえば、昔のことを想像しなくっても、現在でも学生の服装を見ればはっきりする。今なら高校の男の生徒は白いワイシャツになるし、女生徒は黒い服からそれぞれ違った白いセーラーになる。そしてそれが街に溢れて、一瞬夏来ると、そういう印象を強く受けるわけです。そういうふうな、現在もあるいは過去においても、変わりゆく季節がいちばん人々に意識されるのはやはり初夏のころ。「更衣」という、事柄としては四季春秋ありながらも、それを初夏とした昔の人の感覚というものは、なかなかのものだと思うんです。で、そういう意味合いからすれば、これはいったいどちらを生かすべきかということを、推敲の場において考えてしかるべきだと思う。

ところでこの作品は、「更衣」ということよりも、「六月」という季節感が、より作者の意識にあると思うんです。だとしたら、それは「更衣」といわなくとも、「なに着がえても六月は定まらず」で十分通用するんではないか。そのほうが、六月の新しい解釈になる可能性が強いのではないかと思うんです。以上はまあ、推敲の場合に参考になればということで申し上げたんですが、もうひとつ季語の問題として、こういう作品があるんです。

青葡萄日々暗くなる勝手口　岩間　光風

問題は「青葡萄」ということなんです。先ほどは、「更衣」というのは、昔から現在まで変わらない背景があるということをいったんですが、この場合は変わるも変わる、たいへんに変わるんです。「青葡萄」というのは、私の知っておる限りでは、日本古来の葡萄にはなかったのではないか。マスカットだとか、あるいはアレキサンドリアだとか、そういった近年の外来品種だけが現在「青葡萄」といわれておる。成熟しても青いままの葡萄なんですが、しかし季語として定められたときは、それは花から実になってまだ未熟の青い葡萄、そういう定義が歳時記には記されておると思うんです。

しかし現実にはマスカットもアレキサンドリアも、われわれごく一般的に用いておって、それが「青葡萄」という言葉として決して間違いではないという、こういう変わった現象がある。これはきゅうりが一年じゅうあるとかいったこととはだいぶ違った、つまり従来季語が生まれた当時は存在しなかったものが新しく現れたことによって、現象が変わってきておる。事実また成熟しても青いマスカット、あるいはアレキサンドリアといった種類、こういうものを「青葡萄」としてとらえておる作品もあるように思います。

したがってそういう場合は、作品のなかで対象に忠実に季語が生かされているかどうか、そういう点を的確に表現する必要がある。その意味でも光風さんのこの「日々暗くなる勝手口」という表現は、これはまさに「青葡萄」がネオマスみたいなものでないことをはっきり示しておる。「日々暗くなる」ということは、日々に緑濃き繁りが深くなって、なにか薄暗い湿りをもつに至った、そういう農村の勝手口。そういう季節を背景とした青葡萄であることは確かだと思うんです。そういう意味合いで、従来から使われておる季語というものも、それが定説とされておるものかどうかということを、現時点においてもう一度作品のなかで確かめるだけの用意が必要だろうと思うんです。

言葉というものはなかなかいろんな問題があって、昔と今で言い方が変わってしまったもの、途中で意味が変わってしまって、たとえば「屋上屋を架す」という、むだなことの代名詞に使われる言葉がある。ところがこれは「屋下屋を架す」とすべきだというんです。なるほど考えてみると屋上屋を架していますよ、このごろは。そしてむだではないんです。むしろ屋根の下に屋根を作るというのはなるほどむだなんです。これは私の耳学問で人のまた聞きだからあまり権威のある話ではないけれど、しかしそういわれてみると、なるほどそのほうが理にかなっている。

こういうことはほかにもいくつかある。たとえば、今では正しくいうとかえって間違えられてしまう言葉、「二六時中」と「四六時中」。だんだん話が脱線するけれども、これは明治生まれの学のある人は「四六時中」なんていわない。当時「二六新聞」というのがあった。ところが近年は四六の二十四時間になったものだから「四六時中」になった。だから雑誌なんか見ていると「四六時中」と「二六時中」と両方あります。出典としては「二六時中」が正しいんですが、しかし今はうっかり「二六時中」なんて書いて出すと、これは間違いだというんで訂正されることがままある。さあ、われわれはどっちを書いたらいいのか。「二六時中」なんて書くと、いかにも学がありそうで嫌味な感じがしないでもない。そういうことが今の国語の混乱にかなり影響しているんではないかと思うんですが、とにかく俳人としては、そういう点もかなり細かく神経を使ってもよろしいんではないか。文章を書く場合だと何千何万語ですから、そういう精神の使い方も容易ではないでしょうが、しかしいくら神経を使っても俳句ではたかが十七字ですから、格別負担でもない。

あるいはまた、これまで習慣的に使ってきている季語の場合も、やはりその本来の姿を探る必要がある。これは私、実は身にしみて感じておるんです。たとえば「氷雨《ひさめ》」という季語がある。これは昨年ですか一昨年ですか、福田甲子雄さんが四国へ行かれた、そのときの一月の句、「睦月去る氷雨に藁を積む舟も」。これは私は藁《わら》に降る氷雨の音がじつに印象深いとかなんとか書いたんですが、ところがこの「氷雨」というのは、いまいうその一月の、氷まじりの雨ではなくって本来は「雹《ひょう》」のことなんです。それを私は知らないものだから、あるいは甲子雄さんも知らなくって使ったのかもしれませんが、まことに汗顔の至り。

ところがいま『雲母』に投句される作品でも、冬になるとこの「氷雨」が俄然増えるんです(笑)。しかしまあ私も偉そうにいってもそういう大きなミステークを犯しておる。ですが幸いなことに、近く出される甲子雄句集『藁火』の句稿を見ますと、いちはやく「氷雨」が「霙《みぞれ》」に変わっておる(笑)。さすがに勉強される方はたいしたものだと思ったんですが、まあ自分にもそういう間違いがあったということを申し上げて、今日の秀句にうつりたいと思います。

今日の作品のなかでは、

蝸牛桜は雲の湧く木なり　広瀬　直人

なぜか僧は蒼い風もつ花卯木　豊田　蕗花

うまいですね。それにしてもこの花卯木《はなうつぎ》のイメージ、蕗花さんの選句を聞いておりますと、フィルムを巻きもどしたとかいう選句もされておるし、かなり作品と選句でその志向が一致

しているように思える。そのほか巻頭として十分遜色ない句としては、

六月の草は茜の水をふくみ　　小尾　正文

がある。それからこれがまたうまい。

また梅雨の露路よりひとのゆく末は　　土屋　大吉

樹の上に行方ながめて梅雨の鳥　　福田甲子雄

以上の五句は、かなりのレベルにある句だと思う。

まず土屋大吉さんの句ですが、「また梅雨の露路よりひとのゆく末は」、これはあまり互選には入りませんでしたが、なかなかうまい句です。内容的にはごく平凡な状景なんですが、梅雨時の露路を行く人の足音がまた聞えてくる、ということなんです。しかしこの作品の場合、表現内容にいくつかの屈折があると思うんです。その第一は、梅雨のじめじめした、そういう下町の露路を通ってゆく人の、足音だけはあるが姿は印象に残らない。いってみれば、幽霊はあれは下のほうが消えているけれどもこれは上のほうが消えている。そういうことになると「また」という言葉は作者が特別に耳を澄ましているわけではないけれども、いつかまた足音が間をおいて聞えてくる。そしてそれはいつかしら梅雨の奥へ消えているのだけれども、これは要するに「ひと」という言葉が仮名で書いてあることによっても、決して特定の人でないことは明らかなんです。

もうひとついえば、このイメージといいますか、とらえてある内容は、梅雨の真昼間というよりもなにか夜闇の深まりを覚える。あるいは鑑賞過剰かもしれないけれども、甲府の平和通りあたりにはない下町の感情というものを、よくとらえていると思うんです。ちょうど私達ニキビの出盛りのころ、……そうそう〝裏町人生〟という歌がはやっていて、裏町をほっつき歩いた思い出がありますが、そういう青春のロマンチシズムというものが作者にないとは言いきれない。なぜかというと、「ひとのゆく末は」というこういう止め方。それは、今はっきり聞えておる足音も、しょせんゆく末はという、オーバーにいえば人間のはかない限界というものをリズムのなかに畳みこんでおる。さらにまた「露路より」で表現に大きな停止がある。省略して「ひとのゆく末は」とポキッと打ち出しておる。ここが短い詩形の充実した気迫だと思うんです。

そういう意味合いからいって、かそかなものを表現して有無をいわせないのは、なんといっても広瀬直人さんの「蝸牛桜は雲の湧く木なり」。これはいつぞやの例会で、直人さんの桃の句について、夕暮れの桃畠を日々通ってゆくそういう生活の基盤というものがそこはかとなく感じられる、ということを申し上げたと思うんですが、この桜の木もまたそういう直人さんの作品傾向を、みごと定着させた内容だと思うんです。

ところで、「桜は雲の湧く木なり」というのは、じつにうまく言っておるけれどもある意味では非常に不安定なんです。なぜかというと、それは松でも杉でも檜でも楓《かえで》でも、蝸牛がいてそして夏雲が湧いておる、そういう夏に入っていく状景を背景にしたものならなんでも通用するなかで、いちばんつまらない、花どきを過ぎ葉桜を過ぎたそういう桜の幹というものをとらえておる。それがそういうことになるのは、「蝸牛」という最初の断定にあるんです。「蝸牛」という季語の選択が的確であるために、桜はかすかでありながら、もっともそのかそかなところに、作者の眼のありどころ、つまり日々見慣れておる桜が、それが花を終え葉桜を過ぎて、つまらない木になりながらその存在をひそかに保っておるという、桜というものがもっておるその移り変わり、それは冬でもない春でもない。

冬の桜というのは、いつぞやの白山たかしさんの桜、「バーテンや犬を桜の木につなぐ」。これは私は「バーテンや」とあるために花よりも葉よりも幹だと、そしてまた桜というのは花の季節、幹の季節がいちばん桜らしいと、こういうことをやや自分の恣意《しい》を含めて申し上げたわけですが、それとは逆に、直人さんの桜はもっとも目だたない季節を選んだということ。したがって「蝸牛」が作品のなかで大きな位置を占めている。さらにいえば、この桜といい蝸牛といい、そして「雲の湧く木なり」という把握のなかには、そこに住んで、そこで死んでいく常住の諦観《ていかん》さえ感じられる。

次に福田甲子雄さんの「樹の上に行方ながめて梅雨の鳥」。先ほどの桜の句がいかにも直人さんらしいと申し上げたんですが、これは甲子雄さんの作品としては非常に異色といいますか、従来にあまり見られなかった傾向の作品でたいへんおもしろい。そういうふうに作者と結びつけて鑑賞すれば私にはさらに興味があるんですが、それは別としても「樹の上に行方ながめて梅雨の鳥」、これにも先にいったような断絶がある。ただ先の「梅雨の露路」ははっきりした断絶ですが、この句の断絶はほんの半呼吸ぐらい。ホッと呼吸を止めた程度の間合いなんです。というのは、作品の内容からすると、「樹の上に行方ながめて」そして「梅雨の鳥」。そこになぜ切れがあるかというと、それは「行方ながめて」という言葉にある。「行方ながめて」という詠嘆を「梅雨の鳥」で受け止めた、そのかそかな気持ちのゆらぎに、決して明快ではないけれども軽い切れがある。

しかしこれは、いくら皮肉な鑑賞者でも、樹の上に作者が登っておって（笑）。……そして自分の人生の行方をながめておる、そこへ梅雨の鳥が見えたと、こういう鑑賞はしないと思う。やはり行方ながめては梅雨の鳥そのものなんで、樹もむろん小さい木ではない。鬱々《うつうつ》とした曇天の、高い梢にポツンと置かれた鳥影が、飛びたとうか飛びたつまいかと、それが梅雨時であることでいっそう頼りない感じに見えた。

これがかりに「樹の上に行方ながめて冬の鳥」だったらどうなるか。そうすると、この鳥が非常にはっきり眼に映ることは確かなんです。「枯枝に鳥の止りけり秋の暮」と、「枯枝に雀止りけり秋の暮」とどちらが明確かというのと同じようなもので、そういう意味では、作品における鳥の表現効果としては、冬の季節のあたりの荒涼とした場合のほうが鮮やかに見えることは確かなんですが、さて「行方」という言葉になると、この「冬」というものはたんに色褪せてくる。「冬の鳥」の鮮明さは、かえって「行方」という言葉を空白にする。空も緑も鬱々と重い梅雨空、それは何鳥ともわかたぬ黒い一点が、なにか心定め難くいつまでも見えたというとらえかたこそ、「冬の鳥」以上に写実の眼が生きていると思うんです。

（一九七一年六月）

13　リズムと字足らず

水楢の葉に盛る塩は牛の塩　豊田　蕗花

この作品の場合、原句では「水楢《みづなら》」が仮名で書いてありましたが、これは「みづ」と書かなくてもいいと思うんです。そこでこの「水楢」ですが、あるいはご承知の方もおられるかもしれないので蛇足かもしれませんが、ちょっと解説しますと、普通の楢の木というのは、俗に小楢などともいって、現に「小楢山」などという地名がある。したがってこれは比較的平地にあって、葉が細かい楢なのです。ところが「水楢」のほうは、ギザギザの、やや葉が大きい楢で、これはそうですねえ、私も植物のことはあまりよく知らないから詳しいことはともかく、大体今まで見聞した限りでは、おおむね白樺みたいな木が生えておる所、高山ではないんですが、亜高山地帯。ただし北海道あたりでは、白樺も平地に生えておると同じように、あのへんは平地でも水楢がたくさんある。

この作品、いまいう水楢が高原地帯で、それにこういう時代だから、牛を飼っているのは山家あるいは開拓地だと……いうところまで細かく言わなくてもよいけれども、とにかくある高さをもった辺鄙《へんぴ》な所。そういう所の、そのちょっと取った水楢の葉に、塩を盛って牛に与えたと。――「椎の葉に盛る」というのは『万葉集』にもありますが――。牛馬にとっては、塩はいちばんの好物で、また大事な栄養源でもあります。特に牛の場合は非常に塩を好む。まあ私も二十何年か前に牛を飼っておったから知っておるのですが、非常に大事なことなんです。

その大事な塩を、手のひらへ盛ってやってもいいのですが、たまたま近くにあった水楢の葉に盛って与えたというところに、その住んでおる環境と、同時に俳句の効果としては、そのもぎたての葉の鮮やかな緑と塩の白さ、さらには別途な意味で、飼育している人のこころばえといいますか、ほのかな愛情までがうかがえる。

「水楢の葉に盛る塩は牛の塩」、この「は」という言葉ですが、これは非常に強い言葉なんです。調べの上でここにひとつのリズムがある。

まあ、短い詩型ですから、そういう意味合いでは、この作品の、そういう微妙な調べというものも、十分内容とかかわりあって鑑賞しても、決して不自然ではないと思います。ともかく作品としては一見淡々しいけれども内容それ自体はかなり鮮烈なものをもっておる作品です。それから次は、

どの家も日なたにならぶ土用波　　窪田　玲女

互選でもずいぶん入っておりましたが、「土用波」というのは、ご承知のようにもう海水浴も終わりに近づいて、八月もなかばを過ぎたころの高浪。一般的にはそれを「土用波」と解釈しておるんですが、そうなってくるとこの作品は、「土用波」というそれ自体からくるイメージからいって、もう夏の親しさも過ぎた、そういう荒々しさをもった風景なのです。で、この「家」ですが、そういう意味でこれはどこにもかしこにもある家、たとえば海の家とか、あるいはホテルが林立するような、そういう所の「家」ではない。いってみればそれは、漁村とか鄙《ひな》びた海岸の風景で、そういう残暑の、まだ十分暑さの残っている日だまりに、どの家も彼の家もひっそりと並んでおるけれども、すでに海には、いちはやく秋を感じさせる高浪が寄せておる。こういうことだと思うんです。

ここに私は、この作品の、むろん写実的な作品であることは申し上げるまでもないけれども、存外鋭い観照の眼が秘められておると思うんです。玲女さんにはほかにも「川波の耀りにひぐらし鳴きさだまる」がありますが、双方を比較してみると、この「土用波」のほうがはるかに上等です。

それからこれは別に特選ではないのですが、辻蕗村さんの作品で、「炎天のちまたに閉す扉あり」。まあ今日あたりだと一歩大通りへ出るとすぐこういう風景が眼につきますが、私はこの句は、「扉」そのものが非常に重く表現されておると思うんです。

ところで蛇笏の作品で、呉龍さん推奨するところの、「雲に古る扉の花鳥彼岸寺」でしたかね、この「扉」ですが、これは一般に「と」とも通称するし、それから古めかしくいえば「とぼそ」。もっと一般的には「とびら」。この三通りの読み方があるけれども、この蛇笏の作品は「とびら」ではない。また五七五の調べからいってむろん「と」であるはずがない。「雲に古る扉の花鳥彼岸寺」という重い調べからいって、これは「とぼそ」と読むのが至当だと思うんです。そう読んでみると、ここに描かれた花鳥には、その剝落《はくらく》した図柄も含めて、古めかしい印象が強く出てくる。

となると、蕗村さんの「扉」は、「炎天のちまたに閉すとぼそあり」とはならない。なにも私が偉そうに断定するわけではないけれども、同じく重い「扉」でありながら、一句が構成する色彩からいっても、「とぼそ」と読ませない現代性があると思うんです。非常に簡単な句なんですが、こういうありふれた状景のなかでも、作者の気合いといいますか、そういうものが充実しておるときは、存外にそのとらえた焦点が正しく重みを伝えてくる。非常にいい作品です。

夏燕日の入る方は濤ばかり　竹川　武子

皆さんお気づきでしょうが、この場合、「濤」という字が使ってある。これは前にもいったんですが大波の意味なんです。それからもうひとつ「浪」という字。これもたぶん大波ですね。なぜかというと、「高浪にかくるる秋のつばめかな」。私の記憶では、たしか「浪」でしたね。作者は蛇笏ですが、竹川さんのほうは「濤」なんです。まあこれは、素材的にいっても、あるいは作品の色合いからいっても両者はだいぶ似ているんですが、そこでひとこと言いたいことは、よく俳壇なんかで、批評を読んでおると、こういう句をみるといやそれはこういう句があるとかいって、すぐ類句だとか類想だとかいうんですが、こういう作品の場合には、はっきりこれは類想でも類型でも、まして類句だとは断じて言いえないと思います。「高浪にかくるる秋のつばめかな」、これははっきり「つばめ」に焦点があるんです。いわばはじめは高浪が見えておるけれども、それはたちまち秋のつばめの姿に変わる。そこがこの作品の妙味なんです。ところが、竹川さんの句はむしろ「濤」に焦点があるんで、しかし「夏燕日の入る方は濤ばかり」。「濤ばかり」と言っておるけれども、必ずしもこれは「濤ばかり」ではない。ある意味では「燕」もまた「濤」と等量なんです。

燕というのは春の季語。それは三月の終わりから、山梨あたりでも四月のはじめには、陽春、ちょうど春のなかばに来る。蛙もそう。これらはそのときにいちばん新鮮に見えるんです。したがってこの作品では「夏」という言葉に意味がある。あらためて夏の燕を認識したところに「濤ばかり」と言いながらそれを等量にみせるポイントがある。だからその意味からいっても、蛇笏の「高浪」に対して類型だとか類想だとかいうものでは全然ない。もちろん類型というのはあるけれど、そういうふうな細かい、あるいは簡単な理由で、すぐ類句だとか類想だとかいうのが多いけれども、そういうことは厳に慎まなければならない。

せきれいの子のあるときは川はなれ　大森　幹太

なかなか正確に見ておられる。まあせきれいというのは、「背黒」だとか、よく見かけるのは黄せきれい。普通、笛吹とか釜無川とか大きな河で見かけるのは背黒なんですが、そういう河でない、たとえば境川あたりでは黄せきれいなんで、これは石垣の穴なんかに巣をかける。そこでこの句ですが、これはおそらく背黒だろうと思うんです。なぜかといえば、この作品の場合、切れは「子の」にある。「せきれいの子の、あるときは川はなれ」なんで、「子がある親」、つまり親鳥に「子があるときは」ではない。子がある程度成長して巣離れして、川からちょっと別のほうへ飛んだということになれば、おそらくこれは背黒だろうと思う。そういう細かいことはともかくとして、なかなか描写が鮮明でおもしろいと思います。

夏の鵙鳴かざればまた海あらし　平井　南林

これは特に申し上げなくってもいいと思うんですが、この句の場合は、冬は殊のほか猛々しく印象鮮明な鵙《もず》の、鳴かない「夏の鵙」ということによって、「海あらし」という、やや遠景ではあるけれどもシーンとした時間といいますか、印象といいますか、そういうものを鮮やかにとらえているところによさがある。先ほどの「日の入る方は濤ばかり」、これほど強烈ではないけれども案外巧みな句です。

梅雨の蝶おのれの容姿さへ知らず　浅川　景星

この句の要は「梅雨」という言葉です。「夏の蝶おのれの容姿さへ知らず」では困る。まして「初蝶」ではなおいけない。で、この「梅雨の蝶おのれの容姿」「さへ」という言葉が非常に強いんです。梅雨時の蝶というものは、必ずしもそんなに美しい、あるいは新鮮な印象を受けるものではない。曇っていようが晴れていようが、または霧雨が降っていようが、ともかく「梅雨の蝶おのれの容姿さへ知らず」というのは、その蝶を媒体として梅雨時の暗鬱《あんうつ》な印象をかなり主観的にとらえておるのが、この作品の秀れているところです。

炎天下に誰彼の家をおもふ　小林　幸人

このごろどうも字足らずの句がときどき飛び出すんで、たとえば私は、さっき採ろうと思って書きだしたんですが落とした句がある。「何事もなき炎暑の水はやし」まあこれはねえ、半分は私の意地悪もあるんだ。この作品の場合、内容的には悪くないんです。しかしなぜ「炎暑の水はやし」とわざわざ字足らずにしなければいけないんだろう？　「炎昼」という言葉がごく一般に使われていると思うんです。「何事もなき炎昼の水はやし」。これで、「炎暑」といって水に感覚を強制しなくっても、もっと広いところで、伸び伸びと作品のリズムにのって状景が展開するではないか。

こういう字足らずというか、細かいところで表現のテクニックを使うということは、五月の大会でも、姿かたちを整えるということを有泉七種さんがおっしゃっていましたがそのとおりなんで、みずから己れを細くすることになる。やはりオーソドックスに正当なリズムをもって、そのなかに「炎暑の水はやし」という感覚を合わせ含めるところに、一見さもないように見えても、本当の意味での「新しさ」があると思うんです。そういうやや意識的な意味もあってこの句を落としたんですが、作者が米山源雄さんということになれば、じつは消してあらためて採った句も源雄さんの句で、これもまた破調、「老樹のまわりの水かげろふ暑し」。

先月ですか源雄さんが『俳句研究』へ発表された三十句の大作。あれについて、「その努力はわからないことはないけれども、これだけの才能のある人が、小さい技巧で新味を出そうとする行き方は、やはり行き詰まりになるんではないか」という誰かの評がありましたが、私もそれには同感です。そういう意味合いからいっても、「炎暑の水はやし」は、それは今の五七五の表現の上では新しいけれども、そういうふうな細かい「新しみ」というものは同時にまた古くなる。そういう点を、これからは注意されたほうがいいですね。

白栄の川へ音挙げ汽車通る　柳林　君江

「白栄」という字が書いてあった。これは「白南風《しらはえ》」ですね。「黒南風」という言葉もある。

梅雨に入る前に吹く風が「黒南風」で、梅雨明け直前に吹く風が「白南風」。まあ山梨や東京あたりでは、本当は白いの黒いのといっても実感にはないわけで、これは漁師の言葉なんです。それにしても俳人の場合は「白南風」「黒南風」で使っておる。逆に「やませ」なんていう言葉がある。これは農村の、しかも東北地方の言葉なんですが、山本健吉さんがそういうことを書いておる。まあ必ずしも東北とは限らないんでかなり広く使われているんですが、特にそれが山から吹きおろす冷たい風ですぐ凶作に結びつくということで、特に東北の場合には暗く強く印象されておる。とにかく「白南風」も「白栄」と書いてもいいわけだけれども、やはり「白南風」と書いたほうがいいでしょうね。

それから、さっき言いかけた「炎天下に誰彼の家をおもふ」。これも字足らずだねえ。しかしリズムはありますね。「炎天下に誰彼の家をおもふ」。披講を聞いておると、上手に披講されるんでみんな五七五に聞えてしまうけれども、この場合「誰彼をおもふ」ではなくて「誰彼の家をおもふ」ですね。この「家」という言葉が、「誰彼をおもふ」とわずかですが非常に違う。それが「炎天下」と結びついて、「誰彼の住んでおる彼の地この地」と、こういうことだと思うんです。そこにこの作品の厚みといいますか、作者自身の感情のこもったよろしさがある。

（一九七一年七月）

14　題詠と想像力

この天竜峡の吟行会は、これで二回目だったと思います。皆さんはどうか知りませんが、私は特に、こういう風景に接した場合、自分の眼の脆《もろ》さということを、最近しみじみ感じます。で、これは皆さんもとは言いませんが、ものを見る、つまりそのなかでなにが自分の心をとらえたかという中心を、正確に作品のなかへ畳みこむという技術が、近ごろたいへん衰弱しているように感ずるわけです。

話はとびますが、最近また大正期の作家、今日ここにいらっしゃる長谷川秋子さんのお母さんのかな女さんでも、あるいは蛇笏《だこつ》でも虚子《きよし》でもよろしい、大正期の作家ははじめはおしなべて題詠なんです。この題詠のよし悪しということで、俳壇的には草田男《くさたお》だとか楸邨《しゅうそん》だとか、あるいは波郷《はきょう》というような方達の時期から、その弊害を打破することによってああいう華を咲かせたわけなんですが、ところが戦後の人達は、それをそのまま踏み台にして、いわばそれが俳句の新しい方向だというふうに安易に考えてきたふしがあるように思うんです。

そこで、この題詠ということなんですが、今でいえば「秋の風」でも、あるいはこういう

「秋の川」でもなんでもいいんですが、それを現実に眼に見なくって、沈思黙考して、ああだったろうか、こうだったろうか、こんなだろうか、と……いわば追体験ですか、そういうふうにいろいろと思いめぐらして、最もその季節にふさわしいものを頭のなかででっちあげる、それが題詠だと思うんです。したがって、そこには大きな弊害がともなうことも当然なんですが、しかし一面には、それによってその作者の持っておる想像力のバラエティーといいますか、まあこのごろの歌でいえばレパートリーとかなんとかいうことになりますか、その範囲が生まれてくる。

そういう作品はまた輪郭《りんかく》が非常に正確でもあるわけで、大正期の作家の、特に初期における作品の評価の仕方には、その題詠によってどれだけ広い範囲の想像力、ないしは好奇心というものが開かれるかということにあった。一種の試験紙のようなもので、その人の持っておる素質を評価する上にたいへん明快な回答になったんではないかと思うんです。

たとえば高浜虚子があれだけ多くの秀才を見いだしたということも、むろん高浜さんという方の非凡な眼力もあずかってはおりますが、そういう意味で、当時の題詠ということも、見逃すことはできないと思う。つまりはっきりした物指しがあったということ。だから当時の、かな女でも蛇笏でも鬼城《きじよう》でも石鼎《せきてい》でも普羅《ふら》でもいいんですが、その基本にはやはり題詠というものがありながら、しかもそれが作者の体験のなかで、あるいは想像力のなかで、生き生きと生きることができた作品を持った作家が生き残っておると思うんです。

またそういう作家ほど晩年の作品にも伸びがあった。これは私は必ずしも蛇笏とか鬼城とか石鼎という人の具体的な点にまで触れるつもりはありませんけれども、ともかくそういう訓練を積むことによって、実際の状景にぶつかったときに、そうした頭のなかに思い描いたものと現実のものとの差というものが明確にわがる。つまり過去の人はそういうものを持っていたわけで、ところが最初に申し上げたように、戦後の、われわれはそれを持たないのではないか。そこに私は現代俳句の……というとだんだんひとの責任になるけれども、ともかく今日の俳句に、どこか骨細なところがある大きな原因ではないかと思うんです。

そうかといって、それでは短兵急になんでも題詠すればよろしい、それがまた基本だというふうにとられると、これもまた問題を起こしかねないんですが、それならば、これを下書きにしておるもの、陰画はなんだということ、それを持っておる人かどうかで決まると、こう言い改めてもいい。明治、大正の作家はその下敷きを課題句に求めたわけなんで、それが現代の俳人にはないのではないか。やはりこういうところへ来て、こういう鮮明で同時に荒々しい風景に立ち向かったときの俳句の弱さ、つまり短いがゆえに表現し得ないということではなく、みずからの眼力の脆さ、これは非常に困ったことだと思うんです。

自分の非力と俳句の機能を混同してはいけない。ところが、こういう句会で特選になろうとか、あるいは互選の最高点になるだろうかということが念頭にあるときは、なかなかそこまでは考えつかない。それにはまず、ひとつのものを正確に見て正直な作品をひとつ作る。欲を捨てるとあとが見えてくるものです。

（一九七一年九月）

15　作句力と選句力

先ほど、披講のときに句稿の「くらがりの冬至南瓜は一茶の頭」という句が、「一茶の頭」が正しいのか「一茶の顔」が正しいのかでちょっともめましたが、このほかにも二枚書いた清記のうち一枚がどうやら誤記らしい作品があった。

清記する場合、最初の一枚は正確に丁寧に書くんですが、二枚目はつい注意が散漫になって書き損ずる場合が出てくる。たとえば、今日の作品のなかで、雨宮弥紅さんの作品なんですが、私のほうへ回ってきたのには「初冬日ちりちり山を軽くせり」となっていましたが、披講を聞いていると「初冬の日ちりちり山を軽くせり」が正しいようなんです。

「はつふゆひ」というのは言葉の上からも無理があるし、間違った言葉なので私は採らなかったんですが、「初冬の日ちりちり山を軽くせり」ということになれば、柔らかな詩情の佳品。清記の間違いは作者に責任はないので、入選に加えていただきます。

もうひとつ、「職場鏡に髭剃りて芭蕉の忌」。これも私達のほうには、「髪剃りて芭蕉の忌」で回ってきたんです。髭と髪では句の内容ががらっと違ってくるし、もっと点が入ったはず。

ただ、この句の場合、芭蕉忌というところに問題がある。芭蕉でなくともなんの忌でもよいという欠点があり、髪を髭に直しても作品の価値はそれほど高くはならない。句会では清記がいちばん大事だし、清記を間違えることは句会に対してたいへん失敬です。注意していただきたい。

今日の作品に触れる前にちょっと一言申し上げたいんですが、昨日（二十七日）の「毎日新聞」に斎藤正二さんが、現俳壇を批判した文章を書いていますが、その内容はまことに痛烈なもので、要するに「現俳壇は、子規改革以前の最も堕落した俳人が沢山いた天保の俳壇と全く同じ様相を呈しており、実に嘆かわしい」というもので、私もまさにそのとおりだと思う。他を顧みる前にみずから省みて恥じるような痛烈な内容で、批評家として立派な指摘だと思う。

ただ、天保の風潮に似ているということは具体的にどういうことを指摘しているのか、短い文章なので注釈する余裕がなかったようだし、考えている内容のなかに微妙なものがあるようにもみえる。

私が私なりに解釈したところでは、天保俳壇における大家の位置、蒼虬《そうきゅう》だとか梅室《ばいしつ》といった大きな力を持っていた人達の、作句力と選句力のバランスに問題があったのではないか。

これら大家といわれる人達の選句力のまずさが権力にすりかえられてしまい、良い作品が文学として残らなかった。今もそうなんです。

作句力と選句力というのは、よほど練達の人でも年とともにバランスが崩れがちなもので、現俳壇の誰彼の選句をみても、みな安全な道をとっている。教育パパやママのように十人のうち八人を大事にしてゆく公約数的な安全の道をとる。伸びるべきあとの二人が殺され、せっかくの才能が伸びない。二人を育てて八人を犠牲にする好奇心を持たなければ選句力は向上しないし、俳壇の隆盛につながらない。作句力と選句力のバランスを考えてみると、作句は狭いながらも自分の道を確実に登ってゆくことができるが、選句力は好奇心の強弱が問題で、常に自分より秀れたものを求める心がけがなければ向上は望めない。

さて、今日の作品では、デリケートな内容を直截《ちょくせつ》に表した、

冬ぐさの露が連れ去るみどりかな　　大沼行々子

ここでいちばん大切なのは、冬草は枯れ草とは違うんだということです。枯れ草は冬枯れる草なんですが、この「冬ぐさ」は、冬、緑を保っている草、たとえば、なずな、ほとけのざのようなもので、冬の枯れ草ではないんです。

また、「露が連れ去るみどりかな」と言っていますが、すべての緑がなくなるというんでは

ないし、「みどり」とはいっても真青な鮮やかな緑と違って、うっすらと赤味をおびた、たとえば冬のなずなのような感じのみどり。夜のうちに露が降りて鮮やかに見えたみどりが、朝日の昇るのとともに刻一刻と変化してゆくその日一日の情景なんです。季節の推移でなく朝から昼にかけてのある時間を切った描写。私のように田舎に住んでいる者には、なるほどという微妙なところがよくわかる。

蛇笏晩年の秀句に、

おく霜を照る日しづかに忘れけり

という作品がありますが、霜といえば冬にきまっているが、この句は霜晴れの、朝のうちは厳しいが、時が経つにしたがってうららかな昼の感じになってゆく冬日の穏やかな情景を巧みにとらえている。同じく蛇笏にずっと以前、「冬高貴なる日の弱り」という作品がありますが、高貴などという強い言葉のある明快さよりも、「おく霜を照る日しづかに忘れけり」のようにいちばん詠《うた》いたいところを伏せて詠った作品のほうが、照る日という強い言葉もちっとも目だたず、逆に句でいちばん大切なところが静かに十二分に表れてくる。この手法は、短い詩型ではことに大切だし、散文でも同様。

毎日新聞社の対談で井伏鱒二先生が話しておられたんですが、井伏先生がまだお若いころ、佐藤春夫さんに文章をみてもらったところ、「いちばん言いたいところは書かないでおけ、それが文章のコツだ」と言われたことがあるそうですが、これは俳句の場合にもっともよくあてはまる言葉です。

最後に、

霜月の渓の浅瀬に身投星

この句は、披講でもひとりも採らなかった。しかし内容は悪くない。ただ問題は「身投星」というところにある。第一、浅瀬で身投げしますか(笑)。身投星、こんな星があるのもおかしなものだし、淵なら主観の強い句としてわからないではないが、浅瀬ではだめ。星がおのずから身投げするような印象の句にならなければ……、言いおおせて何かあるというところだ。

しかし、霜月と浅瀬の組み合わせに作者の感度の良さを感じさせるし、星という点もよいのだが、「身投星」が作品を台無しにしてしまった。

（一九七一年十一月）

16 残る匂いと消える匂い

最近幸田文さんの短い随想を読んでいたら、匂いのことを記されていました。それは南方へ行った軍人さん達が、ビルマのほうですか、もう戦争も末期になって、敵に追い回されて昼間は行動できないから夜だけ行動する。いつも闇のなかから野の草でしょうか、プーンといい匂いがしてくる。なんだろう、なんだろうと思い続けて、戦争が終わってあらためて探してみたら、それはかそかな花の姿だったと。で、実はその花の種をもらって播いたんだというふうなことから話をきりだして、「匂い」についていろいろ記しておったんです。

そのなかで、自分がちょうど少女のころ、よくおばさんから香水をもらった。幸田露伴の一門はたいへん頭のいい人達がたくさんおって、おばさんってのはどのおばさんか知りませんが、安藤幸子という人であればこれはまたたいへん有名な人だったと思いますが、ともかくおばさんから香水をいただいて、それがなんとかの五番かなんかずいぶん高級なもので、身につけるのがたいへん楽しかった。ところが年老いてみると、そうして楽しんだ香水だけれどもなにやら疎《うと》ましいと。むしろさっき申し上げた野の花の、かすかに漂う匂いのほうがぴったりする。

なぜだろうと考えてみると、香水というものはどこか人に押しつけがましいところがあるんではないか。いわば香水というものは、残るために、ないしは残そうとして、五分でも十分でもできるだけ長く匂わせるために用いるものだが、花の匂いにはそれがない。むしろ消えるためにある匂いだと……。残る匂いと消える匂い、その微妙な差というものが、自分もいま年老いてみると、だんだんわかってきたような感じがする、そんな内容だったように思うんです。

これは、われわれのように自然を相手とする、俳句にたずさわる者にとっても身につまされる話で、俳句の場合でも、いま言ったような押しつけがましい感覚と、それからおのずから消えていくなかにも身をとらえて離さないものと、こういう二つの感覚のとらえかたがあるんではないか。

今日の作品、

鶯に耳冴えてくる巡査かな　　柳林　君江

最近句会でも「かな」とか「けり」とか古めかしい表現が多いわけですが、また私の場合でも、いつかだんだん保守的な傾向になってきて、作品の鮮度ということよりもどこかその完成度というふうなものに安定を求めるような、そういう消極的な気持ちがとかく浮かんできがちなんです。そういう自戒の気持ちをもちながらも、しかしこの作品を眺めてみますと、これは決してそういう単なる古風というだけでない。むしろこの「巡査かな」という言葉が、あるおかしみと柔らかい諧謔《かいぎゃく》をもっておると思うのです。

むろんこの「鶯《うぐいす》」は飼い鳥ではない。それは理屈をいえば、非番の巡査が縁先の鳥に耳を傾けている、そういう解釈もないではありませんが、しかしこの場合は、田舎路を、あるいはもっといえば深閑とした山間《やまあい》の小径《こみち》を、自分の職務のために通っておる。そうして鶯の声だけが鮮やかに聞えてくる。その声に耳を傾けておると、なにやら自分の職務も茫洋《ぼうよう》としてくると。まあそういうふうに鑑賞をしますと、ややもってまわった形になるんですが、しかしそういう複雑というか、ある人間のたたずまいを、こういう単純な表現にしてみると輪郭がますます鮮明になって、鶯の声がいっそう冴えてくる感じがするわけです。

それで今フッと思いついたんですが、先月の選のなかにもなにか郵便夫があったし、今日の選にもまた「三椏《みつまた》の花見て登る郵便夫」。それからいつですか窪田玲女さんの作品でも郵便夫をとりあげた。してみると私は「郵便夫」というものにずいぶんと弱いところがあると思うんです（笑）。これは私だけではなくて、昔はよくあの先生はあれに弱いんだというようなことをいって、たとえばなんのたれがしは提燈《ちょうちん》を出せば必ず採るとか（笑）、高浜虚子は椿なら必ず選に入るとか、そういう点で、これは私もうっかりすると郵便屋さんが出てくると必ず採るのかなあ（笑）。まあそういう癖はあるとは思いますが。

三椏の花見て登る郵便夫　柴田　龍王

「三椏」というのはご承知のように紙の材料なんです。早春のころ、身延《みのぶ》線を下るときは決まって左側の車窓に坐るんですが、狭間を行くときに、三椏の花がいっぱい咲いておって非常に心が和むんです。で、ああいう所に自然に生えておるということは、たとえば市川大門《いちかわだいもん》町あたりの紙漉《す》きとかかわりがあるんではないのかと思いながらいつも通るんですが、そういう意味合いでは郵便夫だけでなく、三椏もまた私には非常に興味がある植物なんです。

そういう格別に関心が深い植物ないしは職業にしても、作品としてそれが素材負けしておるか、あるいは単なる味つけに終わっておるか、これは選する場合でも心しなければいけないことだと思っておるんですが、この「三椏」の作品はなかなか味わい深い。

問題の作品は、

惟然とも曾良とも土筆のびてきぬ　角田　雪弥

ご承知のように惟然《いぜん》も曾良《そら》も芭蕉のお弟子さんなんですが、まあ芭蕉の弟子といっても、なかにはずいぶんと、たとえば路通《ろつう》のような性格破綻《はたん》者もおりますし、ないしはあざとい支《し》考《こう》のような人もある。ところがこの曾良とか惟然なんかは非常に誠実な人で、芭蕉の最期までその姿勢は変わらなかった。まあ曾良については前に福田甲子雄さんに、越前へ旅したときですか、たいへんいい作品があったんですが、『奥の細道』なんかへ出てくる『曾良日記』なんていうのもあるけれど、芭蕉に従って長い旅路をこまごまとお世話したわけなので、惟然については私はあまり多くを知りませんが、ともかく「惟然とも曾良とも土筆のびてきぬ」というのは、そういうつつましい二人の弟子と素朴な土筆《つくし》の姿というものが、よく出ておると思うんです。

たとえばこれが「惟然とも去来とも土筆のびてきぬ」だったら、調べの上だけでなしに全然合ってこない。したがってこの作品は、遠い芭蕉の時代を思い、同時につつましい師弟の関係を思う、こういう内容になるだろうと思うんです。

で、こういう固有名詞を使う場合は、いたずらにそれに溺れてしまうと一種の自己満足、もっといえば独断にもなる危険な傾向をもっておるんですが、この「惟然とも曾良とも」……の「とも」という言葉、「惟然とも」思い、また「曾良とも」思うと、こういう二重の思いを表現しておるんです。なかなか思いきった、そして心のよく沈んだ作品です。

何やかや過ぎし二階も霞みけり　辻　蕗村

この作品は、自分の年齢といいますか年輪といいますか、そういうものがよく表明されておると思うんです。特に内容を強く主張してはおらないんですが、いわば春霞のなかで、いつか住み古り住み慣れた、そういう過去の月日を振り返って、ああ、あれもあったなあ、これもあったなあと、そういう思いにふけっておるということですが、この作品の場合、「二階」という言葉がなかなかうまい働きをしておると思います。それは作者が二階から眺める風景が、いつかここへ移り住んだとき、あるいはここへ家を建てたときからみると、ずいぶんと変わってしまった。しかし変わらないものはというと、その窓辺から見える季節の移り変わり、ないしは遠く眺められる山のほとりだという、そういう感慨を無理なく表現した作品だろうと思います。まあどこか江戸風な、江戸俳諧風な、たとえば久保田万太郎のような柔らかい俳諧味をもった作品だと思うんです。

山かぶりゐるふるさとの春の月　武田貞二郎

これは私はなんと平凡な表現だろうと最初思いましたが、よく見るとこの「春の月」は容易ならんひかりをもっておる。爛々《らんらん》と輝いて見える。山国だから鮮やかに見えるというだけでなく、その大きさ、ないしは色の濃さというものが、実にみごとだと思うんです。同時に「山かぶりゐる」というその山の姿は、まだなんの芽ぶきも感じられない。そういう重い状景で、春めいた感じが足下身辺にありながら、山はまだ冴え冴えとして冬のたたずまい。そういう重い表現になっておると思うんです。簡明な表現ですが、自然諷詠としてはなかなか鮮やかな句だと思います。

産土の奥の四温の大樹かな　竹川　武子

これはまた表現も平明ですが、三寒四温という、彼岸前あたりの寒さ温かさの繰り返し、そのなかの温かい二、三日、これがご承知のように四温、「産土《うぶすな》」というのは鎮守の神さま、そういうところへふらっと参拝してしばらくあたりを眺めたときの、極めて素直な状景描写だと思うんです。

で、この「奥」という言葉ですが、このごろよく使われる。「奥へ奥へ」だとか。なんでも句は「奥」であればよいと思ったってそうはいかない（笑）。「奥」にだけいいものがあるとは限らないのだけれども、この場合は「奥」という言葉が非常に軽やかに使われておる。「大樹」が「奥」にありながら、亭々《ていてい》と鮮やかに見える。こういうところに作者のすばやい観照がある。鋭さでなくてすばやさがある。流行の言葉を極度に抑えて、いわばバックスクリーンのような形で鮮やかに見えるのは「四温の大樹かな」。

それからこの場合に「大樹」というのは一本の大樹であり、まあ読者の鑑賞の差というものはありましょうが常緑樹ではないと思うんです。明らかに落葉樹で、「四温」という言葉によって、それは幹もそして梢のすみずみまで温めておる。そういう柔らかな陽のひかりまで感じられる。したがってこの作品に見える背景の透明度というものは、この句の大きな生命でもあり、同時に「奥」とは言い条、その奥も周囲もすべてを消して、作者が見つめておるものは「産土……四温の大樹」。位置を「奥」とはいっておるが非常に軽やかな使いかたをし

ておる。軽やかといえば、

四五本の白樺かけし雪解川　飯野燦雨

これは非常に鮮明で特選に入れておるんですから立派な作品と思いますが、ただこの作品を見ながら、自分ならどうするだろうかなあということをちょっと考えた。それは、「四五本の白樺かけし雪解川」ということと、「四五本の白樺かけて雪解川」。こういう表現もあると思うんです。「し」ということと「て」ということ。これはいつか句会でも「少年」と「少女」ということで、黒髪が見えるか全身が見えるか、そういう差があると言いましたが、この場合も「白樺かけし雪解川」になると「雪解川」が鮮明に見える。それから「白樺かけて雪解川」ということになると、「雪解川」のほとりの印象描写になる。

これはどちらがいいということではないんです。「かけし」ということと「かけて」ということ、その「し」と「て」の相違によって、作者の描こうとする状景がガラッと変わってくる。同じ状景を見ながら、わずか一字の差で全体を描くか、あるいは白樺をかけたその下のやや濁りを増した雪解川それ自体を描くか、ここに作者の姿勢の差というものが出てくる。

それからこういう句がありました。

境内に雪どけ急ぐ錆錨

これはまあ素材的には私はたいへんおもしろい作品だと思ったんです。「錆錨」が境内にあるというのはこれは漁業の神さま、どこか瀬戸内海あたりの漁村の片隅にはこんな風景がありはしないか。まあ「雪どけ」ですから、そういう内海ではないかもしれないけれども、ともかくこのへんでは見かけない素材をなかなか鮮やかにとらえておる。ただ問題は、素材のおもしろさにあまりにも性急すぎると思うんです。なぜかというと、なにも「雪どけ」を急がなくてもいいと思うんです。雪がただとけておればいいのではないのか。

「急ぐ」ということになると、なにか「錆錨」の印象が半減すると思うんです。急ぐとか急がないとか、あるいは、遊ぶとか遊ばないとかいう言葉がとかく出てきますが、そういう言葉を使うときは、その言葉が作品に微妙な綾を与えるだけに、よくよく注意しないと肝腎《かんじん》の、境内で雪をかぶって、うららかな陽を浴びながら、ポタポタと滴《しずく》が垂れておる状景が消えてしまう。

「錆錨」が鮮やかに見えるということであればこの点はできるだけ柔らかに、というよりも「雪どけ」しておる「錆錨」、というふうにしたほうが、作者が見た状景がもっと明確になりはしないか。たとえば「境内に雪しづくして錆錨」という表現もある。急ぐとか急がないとかいう主観のあらわな表現よりも、作者の感情ないしはその状景が、鮮明に見えてくると思うんです。


（一九七二年三月）

17　一年たってもう一度見直す

何年か前から、私は、俳句は没になっても、一年ぐらいは保存してもらいたい、こういうことを申し上げています。

その基本的な考え方は、俳句の場合は、選者兼作者だということなんです。もっと詰めていえば、俳句の特性は、作者が同時に作者の先生である。つまり、俳句の先生というものは、自分だということ。これは、非常に大事なことと思っておるわけです。

繰り返していうようですが、選者というものはあくまでも参考だという気持ち……これをもうちょっと考えてみると、最後に決定するのは自分だということ。

したがって、一年たって自分の落選した作品をもう一度見直したとき、一年前に作ったときの自然の風物、ないしは自分の身辺の考えが、まざまざと甦ってくる作品は、その人にとっては大事であり、同時にその人の作品だと思う。こういうことを、私は、前にもいったように思うんですが、その基本的な考え方は、やはり俳句というものは、みずからがみずからを教えるものだということ。

その点、もっともみごとなサンプルを示したのは、私は、芭蕉だと思う。芭蕉という人は、作品をいくつか推敲《すいこう》しておるが、その推敲のみごとな結果はどこから生まれておるかというと、やはり芭蕉の先生は芭蕉だということです。

そういうふうな考え方を私が最初に懐《いだ》いたのは、かれこれ二十年ほど前になりますか、『雲母』というよりも俳壇的にたいへん立派な俳人であり、現在は僧籍にすべての力を傾倒され、俳句はあまり作っておられないようですが、中川宋淵《なかがわそうえん》さんと蛇笏《だこつ》のことがらで、ちょうど、私が『雲母』を編集しておったときだろうと思うんです。

そのとき、五句出句のなかで、「黍《きび》の葉に黍の風だけ通ふらし」という句があったんです。(隣席の舟月さんに向かって)この句ご存じでしょう。これは蛇笏が没にしたんですよ。(舟月さんうなずいて——本人、それを承知しないんです。それはえらい事実ですよ。)このように、こういう大先輩はみんなご存じです。

そのときに、この作品について、私が生意気に「ちょっとこれ、洒落《しゃれ》てるね」というようなことを言ったんです。そうしたら、親父怒りましてね(笑)。どういうせりふだったか忘れたけれど、私、めちゃくちゃにやられちゃってね。ということは、親父もまんざらでもないなあと思いながら落としちゃったんではないか、と今では思うんですが。

ところが宋淵さんはがんこで、やはり一年ぐらい経って、その当時もあった総合雑誌の自選五句というのに、確かこの句が入っておった。やはり蛇笏といえども、自分の選句に対する我を通す面があると同時に、出句する側もやはり我を通すべきだと思う。

私は、そういう意味合いで、没になった作品でも一年ぐらいは保存しておいてほしい。だから選者というのは参考だというようなことを申し上げておる。というのは、俳壇がそうでない傾向にあり、そして選者がなにやら自分の選が絶対だと思わせようとする風潮さえある。

しかし、俳句というものは、本来自分が自分に教えるものだ。あるいは自分が自分に教えられるものだ。教える自分をつくるには歳月が必要。また俳句以外の要素も必要です。栄養を持った別の自分の眼、あるいは心というもの——これこそは自分を高める最大のものではないかと思う。

私は最近、そういうことを感じながら芭蕉という人を見てみると、俳人以外の人が、芭蕉という人を非常に高く評価する原因がなんとなくわかる。私流に解釈すれば、芭蕉がもう一つの芭蕉を常に用意しておった。別の自分を養うことに対する努力を常に惜しまなかった。このことが、作品を推敲する上でも、ないしはその紀行文の上でも見られ、だんだん晩年に至って高められてゆくと同時に、創作的な要素が加わって、文芸上の真実というものが生まれてゆき、結果として俳人以外のひとのこころに響くのではないかと思う。

ところで、今日の、

白木蓮に雲厚き風つのるなり　長田喜代子

表現のどこにも珍しいところはない。

しかし、白木蓮が咲く時期の重い雨気を含んだ自然の移り変わりというものを、かなりみごとにとらえておる。「雲厚き風つのるなり」というのは、雲が時々刻々に厚くなっていく、あるいはすでに厚くなっている。それから吹いてくる風は、当然雨気を予想してもいいと思う。そういう場合に、白木蓮というのは、苗木屋で売っておるようなケチな木蓮ではないでしょう。亭々《ていてい》と聳《そび》えた木蓮であり、その高い梢《こずえ》の白い花の、春さきがけて咲く雄々しさをみごとにとらえている。

こういうふうな正面切った作品と、わずかな点で目をそらしてしまった作品とを比較すると、どなたの作品だったか、ちょっと記憶がないんですが、

木曾駒のたてがみ温し楤芽吹く

なるほど、木曾あたりに行くと、沢に楤《たら》がいっぱい生えておるし、そういうふうな自然の描写もまんざら悪くないのですが、この域では旅行吟の淡いタッチでしょう。

なぜかというと、木曾へ行ったら、楤の芽も伸びておるだろうし、白樺も芽吹いておる。そしてすでに山辛夷《こぶし》も咲いておるだろう。そのなかで楤というものが、どれだけ作品に大き

なウエートがかかっておるか。やや言葉を強めていえば、芽吹いた楤というものは、そのなかの有り合わせのものを、ちょっと持ってきたということになる。

「木曾駒のたてがみ温し」ということがこの作品のすべてなんです。「温《ぬく》し」という言葉は、「あたたかし」ほど季語としては定着した言葉ではないかもしれないけれども、木曾駒のたてがみにちょっと触れたとき、陽の温み、あるいは春の温みを感じたということで、楤が芽ぶこうが、白樺がどうなろうが、谷向こうに辛夷が咲いていようが、そういうことはこの作品の場合、あくまで取り合わせにすぎない。

つまり、この「木曾駒のたてがみ温し」ということは、これで作品を完結すべき内容だと思う。似たような作品で、

枯葉ふむ音ほのぼのと芽木の空

これは私は、春の枯葉の乾いたかそかな音、それから乾ききったなかに、なにか音それ自体も、真冬とか、あるいは秋の暮れと違った懐かしさも含まれておるため、「ほのぼの」という表現は的確だと思う。

ただそういう場合に、「芽木の空」というのは部分の描写だ。なぜかというと、「音ほのぼの」ということは、やはり足元を見つめた言葉です。そういったときに「芽木の空」は、芽木があまりにも浅い景物となる。

まあこういうことは、必ずしも俳句の世界だけでなく、たとえば文章のなかでも、皆さんご承知のように「文藻《ぶんそう》」という言葉があるわけです。この「文藻」という言葉は、日本の文章のおもしろい性格をとらえておると思う。

文章に藻があるとか、藻がないとかという言葉を耳にしたことがあるんですが、文章に藻があるというのは、同じ描写をしても、そこになにかとらえ難いような、しかし文脈全体に強い作用を及ぼすふくよかなものがある、そういう意味でしょう。

その「藻」というのは、意識してつけられるものではない。急にぱっとつくものでもない。流れに沿って、流れに従って、じつに自然についた姿です。

いま『新潮』に連載して四回目ぐらいになっておると思いますが、河盛好蔵さんが翻訳を比較している。上田敏と、そうでない当時の、これも有名な人なんですが、二人の同じ詩を訳したものを並列して比較している。これだけ違うということを具体的に書いていて、私には興味があったんです。

その片方の人はその文脈だけをとらえ、上田敏のは、フランス人の書いた「内容」というものをもう一度崩して「藻」をつけ、それが作品の流れとなっていて自然なんです。つまり片方はコンクリートの溝みたいなもんです。片方は岸辺に草もあるし、ときに読者にはキラキラと泳いでいる雑魚も見える。生きた川として見える訳詩。

さて、そういうことを、自分自身の俳句に照らし合わせてどうするかということになると、私も五里霧中なんですが、ともかく文学というもの、あるいは俳句というものは、自分が自分から学ぶという、あるいは自分が自分によって教えられるという、そういう姿勢がなければ、技巧にばかり走って、単なる職人芸としては結構な句であっても、自分の句からはだんだん離れていくと思う。ましてや年とともに感覚は衰えてゆくということになれば、「藻」がつくどころか、コンクリートさえ穴があいてゆくんではないか。

こういうふうな感じがするんです。

（一九七二年三月）

18　俳人の姿勢

私は、『雲母』の四月号に、月並《つきなみ》大いに結構と書きましたが、これはある意味では、非常に誤解されやすい言葉だと思うんです。

月並かどうかということは、表現の細かい点で、自分ではなかなか判別がつきにくい。しかし、それは俳句する姿勢を反省すると、わりあいに簡単に理解できると思うんです。

先月の句会で、私は、俳句の先生は自分自身だ、そのサンプルが芭蕉ではないか、自分自身が自分の師匠になる、そしてそれが俳人の基本の姿ではないかと。

このことは、いまいった月並の問題にもかかわってくるように思うんです。立派な句を作ろうと思うか、有名な句を作ろうと思うか、その二つの違いといってもいい。

どんなに技量があっても、また技量があればあるほど、有名な句を作ろうという姿勢がある場合は、月並の濃度が濃くなる。ずっと古い時代、いわゆる月並といわれた芭蕉以後の退廃した時期は、まさにそのとおりだろうと思う。芭蕉のような人が生まれ、非常に高度の芸術性を付加し、そのことによって人口にも膾炙《かいしゃ》し、それにともなう尊敬も得た。

しかし、有名になることを第一義にし、いい句を作ることが必ずしも有名になることの近道とはかぎらなかったということになると、退廃するのは当然の理《ことわり》です。

いい句を作ろうというよりも、まず有名な句を作ろうという姿勢――それこそ、万古不易の月並の原則ではないか。

また、俳壇としてもっとも望ましい姿があるとすれば、それは立派な句が有名になること。こういうことは、非常に仰々しい話のようですが、私にとっても、おそらく皆さんにとっても、決して無縁のことではないように思うんです。以下、作品について、直接触れたいと思います。

いくつかの優秀な作品があります。目だとうという、あるいは有名になろうという意識とはおよそ縁遠い作品傾向として、非常に明快な句であり、同時に透徹した自然観照の作品として、

うすうすと寒さの残る柿若葉　稲葉松影女

この作品は、『雲母』に発表されても、ないしは俳壇的に取り上げられても、決して有名になる句ではない。しかし、立派な句です。

むろん、今までも柿若葉の作句例はたくさんあります。しかし、それはたいてい取り合わ

せなんです。この句は柿若葉自体を見て、そのてらてらとして明るいなかに「うすうすと寒さ」を感じ、柿若葉そのものを鋭くとらえた作品だと思う。こういう自然観照は、従来の作品にはない新しさだと思う。ただし、この新しさは有名には結びつかない。有名には結びつかなくとも、確かな俳句としてあれば、すくなくとも、俳句の姿勢としては満足していい。そういう意味合いで、私は、この作品の自然に寄せる気持ちのありどころに深い共感を覚えるわけです。

そのこととこいくらか関係しますが、

さむしともすがしとも思ひ春ショール

こういう作品がありました。互選のときも、何回か出てきたように思うんですが、この場合、春のショールをはじめて身にまとったとき、軽やかであり、明るい色であり、華やかでしかしまた物足りないような、そんな女の人の感情、感覚をよくとらえておる。

ただ問題は「思ひ」ということ。思わなくても、「さむしともすがしとも」で十分思ったことになる。「思ひ」ということになれば、それは明らかに説明です。

春ショールさむしともまたすがしとも

で十分でしょう。作者の感じた内容はそれ以上でもそれ以下でもないはずです。立派な句を正直な句と言い替えるなら、それが俳句の姿勢だろうと思う。

それからもう一つ、

雲深きまで新樹にほへと甲斐の雨

これはうまい句だと思いますがね。「まで」ということをなぜつけたんだろう。「まで」なんてことを言わなくたって、「雲深き」ということで十分だ。

雲深き新樹にほへと甲斐の雨

しかも甲斐《かい》に住んでおる人間には、存外こんな句は作れないんですよ。

よく風土とかなんとか言いますが、そこに住んでいる人は気づかないものに気づき、しかも住んでおるひとに共感される句、旅吟が成功するのはそういう場合です。

こういうふうな「まで」とか「思ひ」とかむだな部分を除くことが、作品をより以上明確なものにし、ひいては作者自身の句にする近道です。

いい句というものは、人に見せるんでなくって、自分自身に自分が言い聞かせること。読者に求めるんではなくて、自分が作品の読者になる、より厳しい読者になることだろうと思う。

そこで、

睡蓮の浮葉をたたく雉子の声　田中　鬼骨

「浮葉をたたく雉子《きじ》の声」というのは、森閑とした山のホテルとか、そういったところの静かなたたずまいでしょう。聞こえてくる雉子も、籠のなかに飼ってあったり、檻のなかに住んでおったり、そんなもんでない野生の雉子の声。

たぶん作者は、対象をどういうふうに説明したら情景がわかるかなんてことを考えておらなかったと思う。雉子の鋭い冴えた響き、澄んだ響きに耳を傾け、睡蓮の浮葉の鮮やかな色に魅せられて、その静かな自然のたたずまいのなかに、とっぷりと身を浸しておるときで、こういうときは、読者は意識の外です。

それから、また先月の句会の続きのようなことを申し上げれば、五年経ち十年経ち、あるいは二十年経っても、その作品が生まれたときのすべての情景が、ますます鮮明に、そしてそのときよりもより以上鮮明になる句。自分の句というものは、作ったときよりも二年経ち三年経ちすれば情景がもっと鮮やかになるもの、それが、その人の句だと思うんです。立派な句とはそういうものでしょう。有名になるとかならんとかは、二の次、三の次。有名にならなくともいい句が作れればそれでいいと考えるようになったら、俳人の姿勢としては、もう第一級といっていいと思います。

（一九七二年四月）

II 内容と表現

19　一瞬の直截な把握

今日はいい作品がありましたが、その前に「漢字」と「かな」の問題について申し上げたい。

闇かくれゐる青天の麻畑　目黒　一水

この「闇かくれゐる」の「ゐ」ですが、原句は「居」という字が書いてあった。ところでこの場合「青天」ですからむろん日中のこと。「麻畑」が茂っておるその深い茂りのなかにはまだ「闇」が残っておるという情景でしょう。それを擬人化して「かくれ居る」といったんだろうと思うんです。とするとなるほど擬人化ですから、「ひそみゐる」とか「残りゐる」とかとは違って「かくれ居る」ということで、この「居」という漢字をあてたこともわからないわけではないんですが、ただこれは日中であることははっきりしている。そうなると、この作品の焦点は「青天の麻畑」にあるわけで、「麻畑」の茂った感じをとらえた句。してみると「居」が強ければ強いほど、「闇」になにか意味がありすぎるように思えるんです。そういう点で、これは仮名書きがよくはないか。

ところで逆にこういう作品があるんです。

明るさも暗さも緑仏立ち　一之宮久恵

この作品の原句をみますと、「仏たち」とある。これは当然この「立ち」も考えられますが、同時にこれだけですと複数の「達」も考えられる。まあ一般的には「達」が考えられるでしょう。ただ私はこの場合、「明るさも暗さも緑」、つまり明るいところも「緑」、暗いところも「緑」、そういうところにたくさんの仏がおるという意味の「達」という言葉が果たして必要かどうかということ。この作品の場合どこに中心があるかといえば、さっきの「青天の麻畑」と同じように「明るさも暗さも緑」にあると思います。すべて「緑」一色につつまれ、しかも濃淡もあるとすれば、「仏達」という複数よりもむしろ「仏が立っておる」ことのほうが作品の中心を明確にするんではないかと思います。それから、

蒼濤の上の白波走り梅雨　目黒一水

この「濤」というのは、たびたびいいますが大波なんです。で、大きい「濤」の上に白い「波」が見えるということは、それは「走り梅雨」ですから、言葉の感触からいってやや荒れ気味の暗い感じを持つことはあっても、台風の場合ならともかく、そんなに荒々しい感じはないと思うんです。……(目黒、〃原句は「波」だったんですが〃)、ああそう、それならいう必要もないんだが。誰か途中で書き違えたんでしょうか。そうでないとこれは「走り梅雨」

ということにはならないと思うんです。まあ「大波」とか「小波」とかむずかしいことをいうようですが、俳句のような短い詩型の場合には特にこういう点は大切だと思うんで、清記には注意して下さい。

ところで今日は、いつもより出席者はすくないのに優秀な作品が多かった。特に、

一群の鳥やや高き薄暑光　広瀬　直人

これはもう抜群にうまい。じつに明快な句であると同時に、こまかい描写を捨てた。そこでこの「薄暑」という言葉ですが、私はこの作品を一読したとき夕方の「薄暑」を感じたんです。「夕薄暑」という言葉もありますが、大体「薄暑」を朝から感ずることはすくない。用いかたとしても、夕方になってなお日中の暑さが残っておる、というよりも、すでにもう夏をきざしたなあという、ただ暑いというだけでないもっと別なもの、「光」が入っておる、そういう言葉ではないかと思っています。そうみてきますと、この場合、この「薄暑光」というのはたいへん幅を持った言葉になる。かといって、これが「一群の鳥やや高き夕薄暑」ということであれば、これは作品が薄手になると思うんです。

同時にもうひとつ、この作品の「やや」という言葉ですね。表現は「やや」でありながら、この場合じつにあざやかに高い。なぜあざやかかといえば、それはいつまでも空を仰ぎみている、そういう季節の感覚ではないということ。「鳥帰る」とか「鳥雲に」というような、そ

の帰ってゆく鳥にいつまでも思いをこめる、そういう季節の感情と違って、「薄暑」という季節を背景にしたときは、それはチラッとみた瞬間のもっと直截《ちょくせつ》な把握になると思うのです。それがこの作品の一見平凡にみえながら、自然観照の眼のたしかさを示す原因だろうと思います。次に、

石蕗の葉は一日さみだれを溜めず　天川　晨索

あのてらてらした「石蕗《つわぶき》」の葉が一日雨に降りこめられた。その「一日」というのは先ほどの「薄暑光」と同じように、一日の終わりに至ってもなおという、つまり「さみだれ」の季節の夕永い、そういう薄明のなかでてらてらしておる「石蕗」の葉の艶やかさを見事にとらえた句だと思う。たしかな「写実」の句だと思います。

青田光雨意は岩襖にひそみ　米山　源雄

この作品のいいところは「岩襖にひそみ」とこまやかな表現をとっていることです。もうかなり緑を濃くした青田、そして遠くに「岩襖」がある。つまり山峡の棚田の風景だと思います。そうして雨の気配というよりもやや陰湿な羊歯《しだ》があり木の葉が茂った断崖の、梅雨明け、あるいは盛夏に近いそういう青田の状景だろうと思います。

夏かすみたる大川の曲り淵　稲垣　晩童

これもなかなかいい作品で、私は前に特選と入選の差は微妙だと申し上げたんですが、で

はなぜ特選に入れなかったかというと、この作品の場合、「かすみたる」が漢字の「霞みたる」になっておった。……そうなりますとこれは、字の上からいって「夏霞……たる大川の曲り淵」こう読まざるを得ない。「曲り淵」というのは大川の曲がり角にできた、恐らくは真蒼《まっさお》に澄んだ「淵」でしょう。そうすると、これはいまいったように読みがスムーズにいかないというだけでなく、「霞」という固定したイメージを持った言葉では、句の焦点が違ってきます。ですからこれは「かすみたる」にしたい。

大根の花を光りとして山国　木田真佐恵

岡山からはるばるいらっしゃって、多分その旅中の作でしょうが、たいへん明快な作品だと思いますね。むしろ、われわれ「山国」に住んでおると、こういう印象がない。誰か知らないが「山国」に住んでおって、これだけ自分の風土を客観できる人はたいしたものだと思っておったんですが、発表された結果はやはり岡山の木田真佐恵さんの作品でした。こころの昂りをおぼえながら、すばやく作品の焦点を決めた句だと思うんです。先ほどの広瀬直人さんの作品も、ああいう作品が生まれるのは詩情が澄んでおるときだろうと思うんで、そういう思いがけない澄みによって作品に緊張感が生まれ、ないしは強い省略になって、おのずからそこに余裕が生まれる。この木田真佐恵さんの場合も、作者が意識しない旅の昂りというものが、作品によく出ていると思う。いい作品です。

梅雨茜また友人が来そうな色　中沢　一静

私はこの作品をみて、なるほど梅雨のころの「茜」というのはこんな感じだ、私が説明するまでもなく、これはもうこれですべていい切っていると思ったんです。別に友人が来るという約束があるのではなく、そういう感じだということでしょうが、一度帰った友人が「また来そう」だということであれば、「来そうな色」ということにはならない。もしもそういうことだとしたら、これはもう〝あの野郎また来やがるか〟(爆笑)……ということで、随分迷惑な梅雨茜だ(笑)。同時にこれは「また友人が来そう」で止まるべきだと思う。したがってこの場合の「色」は、ついさっきの「色」でも、あるいはかつて来た友達の思い出、そういう過去の「色」でもいい。誰とは限らないけれども、人なつかしさというものが、その晴れ間を見せた夕空に思い浮かんだという、そういう内容だと思います。作者の人柄がよく出た感じの作品だと思う。まあ一静さんは、お店をやってるから「またお客が来そう」だと(笑)いうことになると、これは生活俳句になるけれども(笑)、この作品はそういうことではない。

それから、

夏富士へ子の顔果物のごとし　天川　晨索

栗の花匂ひどことなく痒し　土屋　大吉

この字足らず字あまり、わが『雲母』も大分けしからん状態になってきて（笑）前途嘆かわしいと思っておるんですが、ま、それにしてもこの程度までだな（爆笑）。できるだけ詩型は守っていただきたい。しかしどちらもたいへんおもしろい個性のある把握だと思います。それから、

白日のボートに誰も憂き眼して　南　俊郎

なるほどこれも、さっきの一静さんの句と同じように、いわれてみると、こういう遊園地あたりの一瞬のとらえかたとしては、かなりあざやかだと思うんです。むろん、そのなかには相思相愛の彼氏彼女もおって、嬉々としてボートを漕いでいる状景もあるわけですが、この場合「白日」という言葉がある。それは要するに、作者はそういう一人一人をこまかく観察しておらない。そういう若い男女についても、羨ましいとかあるいはかつて俺もああだったなあ、というような（笑）、そういう感慨ではないわけです。もっと別な感情の起伏があるわけで、いってみれば俊郎さんもやや中年疲れがしてきたなあという（爆笑）、……そういう印象だと思うんです。それが「憂き眼して」という言葉に替わっておる。

梅雨冷えの風吹きおろす溶岩の湖　一瀬貴一郎

こういう作品は、じつは過去の『雲母』にもたくさんあったように錯覚したんですが、この作品全体を鑑賞してみると、このとらえた大景のあざやかさというものは決して過去のそういう作品の亜流ではない。

月光を得て谷ふかく滴れり　辻　蕗村

これなんかも、そういう意味で見落とされがちなんですが、私はこの場合の「月光」という言葉はじつに爽やかだと思う。で、この「滴り」という言葉ですが、むろんこれは夏の季語で古くからあるんですが、現今の俳人が案外うまく使えないもののひとつなんです。むしろ同じような季語でも、「茂り」なんかは割合たくみに使っている。そういう意味で、この「滴り」のような感覚的で季節の背景を色濃くもっておる季語は、もうすこし自分の眼で生かし、それによって作品を蘇生させる努力が必要ではないかと思います。その意味合いで、この句はなかなか堂々としていて格調高い作品だと思う。ともかく今日の作品は、全体としてかなり高いレベルのものがあったと思います。

（一九七二年六月）

20　子規の推敲

私、昨日久々に西島麦南さんのところへ御見舞いと、ちょっとした用事を兼ねて友人と参りました。西島麦南さん、句会には近ごろとんとお見えになれないようですが、なかなかお元気でした。昔の話がいろいろと出たんですが、相変わらずの毒舌家で、近ごろ『雲母』の元老たちが、たいへん作品がよろしくなった。これは蛇笏が死んだことが原因なのではなかろうかと。それでは蛇笏先生早く死んだほうが世の中のためということになるけれども、西島さんの言うのはそうではなく、つまり「型」として蛇笏から学んだものが、蛇笏の歩んだ「道」となって先達に生きたという意味だろうと解釈しました。とにかく、なかなか面白いことをいろいろと言われて、時の過ぎるのを忘れました。

ところで今日の作品、たとえば、

遠近もなし六月の濁り川　宮入　聖

こういうふうな作品について思うことがあるんです。それは、六月の川であろうと、七月の川であろうと、見た瞬間というものは、遠近というものがあるわけなんです。事実としてはあるわけですが、作者が「遠近もなし」ととらえる。そうなると「遠近もなし」という言葉は、濁っておる川に自分の眼を向けておる。他を見ない。つまり六月の濁り川というのは梅雨どきの出水で、秋の出水とは違った感じ、つまり秋の出水いうのはあたりが緑を失いつつある、そういうなかの濁流ということで、この六月の梅雨の出水とはまた違ったものです。六月といえば植えたばかりの田は静まりかえっておる。そのなかを川だけが濁って、きおい流れておるということになれば、作者の眼は、足下の濁流に添って、遠くに、その流れと共に移り従ってゆくために「遠近もなし」という表現になった。そこが今日の出席者の多くの共鳴を得たところだろうと思います。

句会の場合に、特選になる句、あるいは巻頭になる句は、とかく互選には入らない。それによって、何か選者が、一般よりも一歩上の選句眼でもあるかのように思う人がいるようですが、これは俳人のたいへんな間違いであり、錯覚だろうと思います。そういう意味で私なんかは、ときどき自分一人が採った時は、もう必死になってその良さを説明する。そのため作品以上の名解説になって仕舞うことがある(笑)、自分の弱みを見せないために必死なんでしょうかね。そういうのはどこか歪んだところがあるんで、多くの共鳴を得て、自分の選もそれと一致した場合、私としても一番喜ばしいことです。

この句の場合「六月の濁り川」と「はつ夏の濁り川」、どちらも同じ季感ですが、そうなると作品の決め方が違ってくる。「初夏」ということならば周辺を描写することになる。「六月の濁り川」といえば、濁り川そのものが作者の感覚の焦点となり、「遠近もなし」という言葉は、省略した初夏の背景というものを作品の余情として示すことになる。また脱線しますと、じつは昨日も親しい人に、毎月甲府の例会、東京の例会と、いろいろ喋っているようだが、そのうち種切れするだろうと思って見ているけれど、よくまあつまらんことを続いていうもんだといわれて、とたんに自信がなくなってしまった。そういわれてみると、なるほどもうとっくの昔に種切れになっているんだが、それでも必死にサービスしておる（笑）。

そんな意味合いで今日の話も雑然としておるんですが、その曖昧《あいまい》ということで思いだしたことがある。それはこれまでにも何かに一度書いたことがあるんだが、正岡子規の有名な「鶏頭の十四五本もありぬべし」の句についてです。「ありぬべし」という表現の「べし」、つまり推定ですね。十四五本という推定、十四五本あったということよりも、十四五本ほどもあるだろうかという表現が、現実に読者のほうによく見えてくる。

この原案は「鶏頭の十本ばかり百姓家」、それが翌年「鶏頭の四五本秋の日和かな」という句になっている。つまり、いつか十本が四五本になった。ずいぶんこれは数が違うことになる。しかし、こう推敲した子規の気持ちを忖度《そんたく》してみると、省略というものについて、「百姓家」といわなくても、特殊な場合でない限りは鶏頭の咲いているのは田舎の風景、したがって「十本ばかり百姓家」を「四五本秋の日和かな」としたのは、秋日和の爽かな空の下の鶏頭だったら十本では多すぎる、四五本ぐらいがいいだろう。これは私、子規に聞いたわけではないからあくまでも推定ですが、そんな意味合いで十本が次には四五本になって、しかも「百姓家」がその表現から消えて「鶏頭の四五本秋の日和かな」、しかも最後は十四五本。これが名句かそうでないかは別としても、正岡子規の推敲過程というものがじつによくわかると思います。

次に別な問題として、

棕櫚咲きて嬰児の泣きごゑ家を出ず

これは私、国語の先生ではないんですが、その場合「出ず」が「ず」と打ち消しの「ず」になっていますね。こういう場合、皆さんが今の仮名づかいで句を作るときに一番困ると思うんです。ただし作者はちゃんと「ゑ」と旧仮名を使っておる。「出づ」と書けばこれは嬰児の泣きごえが、家を出て聞こえることになるし、「出ず」となれば、家のなかでの嬰児の泣きごえは外には聞こえないことになる。

ただし嬰児の児を取ったほうが、この場合いいように思うんです。こういう文字の感覚は、個人の好みによって違ってくると思う。したがって強要するわけではないが、「嬰児」と「嬰」……どちらも「ヤヤ」と読むんでしょう。この作品の場合は取ったほうが内容が生きませんかね。まして、「泣きごゑ」が作品の主体であるとするとなおさらそう思う。

棕櫚が咲くのは梅雨どきですね。それで単に花が咲いて、その花色だけが鮮やかであるという場合、どんな花色でもよろしいとすれば嬰児の泣き声が出ていってみても仕方がない。それがたとえば木犀《もくせい》であったり、梅の花であれば、かりに泣き声が出ていってもそれほど気にならないと思う。しかし、この句のように棕櫚咲く季節ということになると、「あの家で毎日赤ん坊が泣くんだが、今日は聞えてこないな」などという解釈は成り立たないと思います。

（一九七二年六月）

21　感覚を支える土壌

夏になりますと皆さん外へ出かけられる機会も多くなりましょうし、したがって旅行吟を試みられることが多いだろうと思います。で、私が考えておる旅行吟の骨法、といってはおこがましいのですが、そのありかたというようなことをちょっと申し上げようと思います。

このごろ『俳句』とか『俳句研究』とかの総合誌でもだいぶ旅行吟が眼につきますが、そういう場合、旅の句をたくさん並べることが大作だという側もあるし、また一方、そういうことをたいへんきびしく批判する側もあるようです。しかしそれはそれとして、ではそれをどういうふうに作ったらいいか、それが一番大事な点です。それについての私の考えかたを申し上げれば、一句作ったらそれはもうその場で消してしまうということです。「消す」というのは、なにも句帳から消してしまうということではなくて、「一句には一句の世界」ということ、つまりそれを次の世界へ持ちこまないことです。これが私は、信濃へ行った伊豆へ行った、と単なる記録に終わらずに、作品に重い生命を与える源になると思うのです。

それとはちょっと話は違うが、最近私が考えることの一つに「社会性」の問題がある。まあひと口にいえば、二十何年か前ですか、一時期あれほど華やかだった社会性論議というものも、この時期にきてすでに雲散霧消した。なぜ雲散霧消したかといえば、それは決まりきった一定の主張というもの、すこし言葉を強めていえば、時の流行の流れにそった考えかたというものが作品の基盤にあったのではないかということです。あの昭和二十何年ごろだったか、いくらか世の中が落ちついてきて、従来のような花鳥諷詠では新しい俳句ではない、格別に社会意識を持たなければいけないというようなことで、そこからああいう傾向が生まれ、またそれによって、ある点かなり俳壇に貢献した面もあったと思います。けれどもいまのように、むしろ各人が各様に自由にものを考えられるときにこそ、「社会性」が大事ではないだろうか。なにもいま自民党の総裁選があるからということではなくて、こういう時代こそ、各人が自分はどうあるべきかということを真剣に考えるべきだろうと思う。

なぜ私がこんなことを申し上げるかといいますと、つい先ごろ、選句のために山の中へ行ったんですが、みると山あいの非常に耕地の狭いところが、いわゆる「休耕田」になっているんです。作るよりもほうっておけば補助金をくれるということです。政府の農業政策の貧しさがすぐ念頭に浮かぶわけですが、私はそういうこととは別に、かつて自分も経験したし、現にそういう農村に住んでおるだけに、ああいうふうに耕地をほったらかしにしておいて、二年たち三年たったらどういうことになるだろう。その間、雑草の生い茂るのにまかせておいたら、それはもう新墾田のようなもの、開墾地みたいになってしまうと思うんですね。すこしばかりの不労所得みたいなお金をもらって、それで後がどうなるのか、じつに淋しい感じがしました。

『雲母』の句にも「休耕田」がたくさん出てきますが、「休耕田」だとか「過疎」だとかは非常に嫌いな言葉です。ああいう言葉は行政府の人達が便法で作った言葉だろうと思う。それをなんの考えもなしに自分たちも使っておる。そういうイヤーな感じがするわけです。

本来「休耕」という言葉は、あんな状態をいうんではない。土を肥やすために休ませるのが「休耕」です。あんなほったらかしの状態ではなくて、そこには農民の願いがこもってると思います。したがって今流のああいう言葉は、すくなくとも、それを培う農民のこころには、なんの思いも至していない言葉だろうと思います……。まあこれが「社会性」かどうかはわからないが、すくなくともある意味では、ベトナム問題にも劣らないだけの、特に俳句のように自然に親しむ人達にとっては、身につまされる風景と考えてもいいと思う。

こういう百姓のことで思いつくことは、この席でも私よく申し上げるんですが、「感覚」だけに溺れてはいけないということです。「感覚」というのは、農耕の場合でいえば「金肥」のようなもの……。「金肥」というのはお金を出して求める、硫安だとか化成肥料だとか、まあ化学肥料ですね。これはその時その時にはたいへん効果があるんです。一気にその年だけたくさん収穫を得る必要があるときはこういうものも使う必要もありますし、また種なんかの場合でも俗に「穂肥」といいますね、実る直前あたりにすこしやると非常に穂が豊かになる。したがってこういう使い方ならけっこうなんだが、もう最初から化学肥料だけに頼って、なにからなにまで「金肥」だということになると、どんなに配合をうまくしてみても土地は痩せてしまいます……。

今日はまあちょうど農繁期で、農家の人達がおらないから知ったかぶるわけではないけれども、そういうふうに「金肥」だけに頼って「堆肥」を用いないというのは問題です。「堆肥」というのは落葉だとか藁《わら》だとか、そういうものを腐らせて作る天然の有機肥料で土壌そのものを肥やす。「金肥」を用い、直接作物だけを肥やすという安直な方向は、結局は土地そのものを痩せさせていきます。

俳句でいえば「感覚」だけに頼って、つまり当座すぐ間にあうもので間にあわせておくというのもこれと同じだ。しかも「感覚」というものは年齢とともに衰えてくる。したがってそれは太く大きく、常に豊かに実りを結ぶということにはならないと思います。むろん俳句というものはきわめて短い文芸ですから、「感覚」というものも大事です。しかし大事であるだけに、それではそれを豊かに肥やすためにはどうしたらいいか、つまり「堆肥」は自然のしくみのなかで、長い年月をかけて土壌そのものを豊かにするものです。したがって、いまここでたっぷりやったからといって直ちに即効的な効果はないかもしれないが、しかしながらそこに培われる力というものは、根強く底深いものになる。したがって「感覚」が「感覚」として生きるためには、自然にしても、あるいは「社会性」の問題にしても、その裏にあるもの、支えるものが豊かでなければ生きてこないと思います。一見さもないようだけれど、その作品にどこかこう作者のぬくみというか人肌を感じさせる作品があれば、それはその作者の背景に、これまで培ってきた豊かな土壌がひろびろと広がっておるためだろうと思います。

最初の話に戻りますが、私は旅行吟というものは、自分が自分の作品を一つ一つ消していく。「一句には一句の世界」ということは、あとで言いたい部分までそこで用意していてはいけないということです。たとえば黄昏《たそがれ》の海を眺めても、その海から次に次にというふうに旅行吟を作るべきではないということです。そういう意味合いからすると、旅行吟の一番の眼目は、具体的にいえば自分が自分の作品を消していくということですが、旅行吟として成功する場合は、風景以上に自分が自分にきびしくなったときだと思います。風景に眼をこらしてみても風景が眼をあいてくれるとは限らない。そうではなく、風景に接しておる、眺めておる自分というものをもう一度ふりかえって、そうして自分にきびしさがかえってきたときに見えてきたものが、ほんとうの風景だろうと思います。

ということは、必ずしも旅行吟に限らないかもしれないが、この旅行吟に限らないということ、これは非常に大事なことではないかと思う。旅行吟でなくてもよろしいという旅行吟こそほんとうの旅行吟であり、作品として高いものになるのではないかと思います。

これを別の角度からいえば、立派な作品というものは、それがどういう条件の下に作られたかというようなことは、一応の手だてにはなるにしても、作品の評価の要《かなめ》にはならないということにもなる。

これは文章にも一、二度書いたことがありますが、たとえば正岡子規の「いくたびも雪の深さを尋ねけり」……。この句は子規の作品のなかでも一番心うたれる作品ですが、この場合すでに子規は病床にあって命旦夕《たんせき》に迫っておる。こういう事実は鑑賞の上では非常に便利だと思います。しかし便利であると同時に、そうでなかったらどうだということとはかかわりのない時点で、作品は作品として存在しておると思います。そういう意味合いで、私性であるとかあるいは前書の問題など、俳壇でもいろいろ論議はあったろうと思いますが、そういう私性ということだけでなく、風景であろうと風土であろうと、あるいは旅行吟の場合であろうと、それがある一定のレベル以上になった作品は、すでに背景を消していると思うのです。つまり消すということについて作者が無意識であったとしても、読者にはそれを支えておる作者の深い感慨というものが正確に伝わってくる。

花のひかりは人にとどかず夏の空　浅利　正吾

これ、うまい句だと思いましたね。「夏の花」という原爆小説がありましたが、「春の花」とか「秋の花」あるいは「冬の花」とくらべて、「夏の花」というのは非常にたくさんの花がありながら意外に単色の感じがつよい。「春の花」にはムードが伴う。「秋の花」にも「冬の花」にもムードが伴う。しかし「夏の花」という場合、ではどれが「夏らしい花」かというと、「向日葵《ひまわり》」だとか「カンナ」だとか「夾竹桃《きょうちくとう》」だとかいろいろありそうなんですが、どれをどれと定めがたい。私は「夏」という季節には、そういう強い断面があると思うんです。この作品に即していえば、一体「夏の空」に高々と咲いている花はなんだろうかということは、作者はなんにも説明していません。

この作品は「夏」の特性に対してかなり思い切った表現をとっておるんですが、私、この作品でまず第一に念頭に浮かぶのは、白とか黄色とかいうものよりも、やはりそれは夾竹桃あたりではないかと思うんです。そういう紅の花がかなりあざやかに見えている。「人にとどかず」はずいぶん非論理的な表現ですが、「花には花のひかり、人には人影」という内容。

それからもうひとつは、この作品がそういうふうな感覚的な内容を持ちながら、下五を「夏の空」としている。この表現によって作者と花との距離にかなりの間あいを置いたということと、したがってこれは近景ではなく、やや離れた炎暑のなかに、たとえば夾竹桃のような紅の花があざやかに見え、そして人は人として灼《や》けるような影を曳いて歩いていく。やや美辞麗句を並べれば、その街並のはるかには真白な夏の雲も浮いておるというふうな、われわれが夏の風景としてごく見馴れたものに眼をこらした、そういう作品のよろしさだろうと思います。

それから、これは恐らくいろいろの理由で皆さんもお採りにならなかったと思うんですが、

梅雨晴れの向ふに浮かぶ城下町　三枝　たま

私もこの句をみて、「格子戸の……」というあの（笑）流行歌があったなあと思ったんですが、なるほどそういう流行歌に似たようなあっさりした句なんですが、この句の場合、「向ふに浮かぶ」というのは、「城下町」そのものが「浮かんで」見えたということよりも、そこにある木立やチマチマした古い緑をかかえたそんな街のたたずまい。おそらくたまさんにしてみれば、ずっと北のほうから甲府を眺めた風景だろうと思いますが、しかしこれが甲府の街であるかどうかという事実よりも、この作品の持っておる感じというものは、もっと静かなひっそりしたものだと思うんです。

そこで私、こういう場合、自分の作品を例証したりするのは嫌なんですが、たまたま思い浮かんだ作品に「凧ひとつ浮かぶ小さな村の上」というのがあります。自分としてはいまもって自信もありませんが、この作品の背景としては、蒲田陵塢さんがもう命旦夕に迫ってい

て、その病床から別れて大阪からの帰りに目にした風景なんですが、したがって自分としても忘れがたく、また私の作品のなかでもこの句は比較的わかりやすいし気持ちもわかる、こう言って下さる方もおられるようです。

そこでややおこがましく自分の作品に即していえば、平凡を恐れないということです。かりに平凡に見えたとしても、そのとき見た感じというものは、自分としては一番ウブな気持ちになって、そういうウブな気持ちのなかにあざやかにみえた風景です。これは私、作品というものを自分のものとしていく上で、非常に大事なことではないかと思います。そういう意味で、かりに私の作品が二、三の方のお気に召したとすれば、いまかえりみてそれがいいとか悪いとかいうことよりも、そのときはそういう風景であり、あるいはそういう気持ちであって、それ以外にはなにも考える余地はなかったんですね。したがって、三枝たまさんの場合も、私は無意識のうちに、作者自身のなかに自分をいとおしむ気持ちがあったのではないかと思います。

また繰り返すようですが、素材だとか感覚だとか、当座間にあうものだけでは、なかなか新しい作品の世界を開くということにはならないと思う。そういうウブな気持ち、初心というものがあって、はじめて作品が作品らしい世界を開く。と同時に、じつは作者が意識しない部分に作者の本音があらわれる。

これは俳句だけの問題ではないと思います。文章でも「文は人なり」といいますが、「文藻」ということをいつか申し上げたことがあります。結局それは、作者が自然をみるときは自然を通して人間を、人間をみるときはその置かれた環境に対するさまざまな思いを、まあいってみれば「堆肥」をたっぷり自分自身のこころのなかに貯えるということになります。

だんだん話が大きくなるが、まあその一端といいますか、これは前に福田甲子雄さんの句集を拝見し、またそのなかにちょっぴり感想も申し上げましたが、やはり旅行吟、旅の句というものも、単に好奇の眼だけでは、なかなか作品が厚みを持つことにはならないと思う。したがって、そういう意味では好奇を消し、風景以上に自分が自分にきびしくなって生まれた作品があるとすれば、それは非常に平明で、同時に多くの人に愛誦されて飽きない作品になると思います。

（一九七二年七月）

22　前衛と伝統

今日は市中の句会と違って、静かな霊域での句会だけに、自然諷詠としてたいへんすぐれた作品があったように思います。私も地元の甲州にいながら、身延《みのぶ》山のこういう奥まで入ってきたのははじめてなので、そういう限りではたいへん不信心なのですが、しかしこれは私に限らず今日の作品を拝見してみますと、どうもあまり信仰心のありそうな作品はなかったように思われます（笑）。そのなかで、わずかにそれらしい心のこもった句としては「朝霧も夜霧も山を尊くす」という句がありました。先ほど飯田の方々から、まるでオリンピックでバレーが勝ったときのような（笑）拍手が出ましたとおり、これは飯田の有泉七種さんの作品です。特選ではありませんけれども、秀作ということで、まあ今日の会を記念して身延山で碑を建ててくれるとしたら（爆笑）この句が一番いいんではないかと（笑・拍手）。

皆さんご存じのように、七種さんはお医者さんですから、お医者というものは生かすかわりにはうまくいかない場合もある（爆笑）。だから七種さんのようにたいへんな名医で天下に名の高い方でも時にはシュンとすることもあるのではないか。それでこういう霊域へおいでになると、われわれ俗物と違って、霧を眺めても山を眺めてもひしひしと胸に迫るものがあったのではないか、そういう想像をするんです。かなりのレベルの句なんです。しかし今日の作品で図抜けてうまいと思ったのは、

杉の穂のちらとしぐれて夜空かな　石丸さき子

立派な作品です。しかし立派であると同時にじつは鑑賞するにつけて非常に手強い作品なんです。で、すこし話は飛びますが、昨今たいへん血なまぐさい事件もあったりして、日本人というものに対する複雑な心境を世界中に撒《ま》きちらしているようなんですが、そういう事件を契機として、私はキリスト教と仏教と、ないしはヨーロッパ人と東洋人というような、そういう民族の差というものをいろいろ考えさせられました。

結論から申し上げますと、こういう霊域だから申し上げるのではないけれど、またキリスト教も仏教もむろん私にはわかっておりませんけれど、ただ印象的なことを申し上げれば、キリスト教といえば比較的若い人もたくさん入るけれど、仏教となるとなにか抹香《まっこう》くさいということで年配の方、そういう感じがするんです。ただ、これにには理由がなきにしもあらずで、まあ私流の解釈ですが、バイブルなんかを読んでみると、あれは人間の生きざまを非常にこまやかに、ないしは微妙に、一貫して教えておるように思う。ところが、仏教のほうはというと、生きざまというより死にざまのほうにとりわけ重点を置いておる。

たとえば誰の言葉でしたか、見事な殺し文句として「善人なおもて往生をとぐ、いわんや悪人をや」。誰でしたっけ、これは。（声〝親鸞です〟）アー、親鸞ですか。まあ、誰にしても（笑）……なんとまあうまいことをいったもんだと思うんです。成仏という言葉がありますが、そういう死にざまに対して、凡人の魂を根底からゆすぶるような麻薬のような迫力がある。そういう意味合いでは、そこに仏教とキリスト教との違った色彩が出てくるわけですが、まあこうした霊域へ入ってみると、信者、行者、ないしは一介の行楽の人も、なにがなし、いわゆる法悦という感じが強く支配するように思える。で、そういう印象を俳句とうまくあわせようとしても、気持ちのほうが先走って七種さんの作品のようにはいかないのですが、そういう環境、ないしは心境を背景に持ちながら、自然がうまく作品のなかで成功したのが、石丸さんのこの句ということになるのではないかと思います。

むろんこれには、いまいったような有難いとか尊いとかいう言葉はないんですが、「杉の穂のちらとしぐれて」そして「夜空かな」と、ここにわずかな間あいがある。普通「しぐれる夜空」というものは決して明るかったり親しい感じではないんですが、「ちらとしぐれて夜空かな」ということになれば、この「ちら」というのは「しぐれ」が「ちら」であると同時に「夜空」も、あるいはまた「杉の穂先」もわずかに見える。そういう仄《ほの》かな明るさをもった「ちら」だろうと思います。「ちら」なんていうとロクなことは連想しないが（笑）、にもかかわ

らずこの「ちら」というのはなんともいえない神韻縹渺《しんいんびょうびょう》たるところがある。したがって、こ
れにかりに「身延山」という前書があればさもありなんという感じですが、これはほかにもこういう表現がないわけではない。表現が違うかもしれませんが、評論家の山本健吉さんの亡くなられた奥さん、石橋秀野さん。亡くなられる前でしょうか「短夜の看取り給ふも縁かな」と……。この作品が発表されたとき、蛇笏が非常に思いをこめて声涙下るような文章を記しておった。そのなかで、この「看取り給ふも」は、ただならぬ言葉だという蛇笏の指摘は、まさにそのとおりだと思うんです。

そういう意味合いで、さき子さんのこの作品も気息という面で一脈通ずる面があるように思う。作者の感情というか、息吹きというものをよくにじませた句だと思います。次に、

さまざまの音がこもりて秋の山　目黒　一水

これは身延山で作ったかどうかということとはかかわりなしに鑑賞できると思います。ただこの場合に、「さまざまの音」のなかには、むろん人為の音もあれば自然の音もある。ちょっと脱線するけれど、先ごろ永井龍男さんが『文壇句会今昔』という本を出されましたが、最近にない愉快な本で、ああいうユーモラスな面を持った方でもあり、しかもそれが七割がた力を矯《た》めて書かれておるだけに、たいへんゆったりした味があって、そのなかに佐々木なにがしさんでしたか、とにかく有名な人ですが、その人が揮毫《きごう》を頼まれると、上のほうの文句

はずーっと同じで、それへ最後に「春霞」とか「冬の山」とか（爆笑）季節季節に応じて書きわける。いってみればオールシーズン俳句。

この目黒一水さんの作品も「さまざまの音がこもりて秋の山」でも、あるいは時に応じて「春の山」でも（笑）ないしはたまたま旅に出て、先生一筆といわれたときには「春霞」でも通る。「さまざまの音がこもりて春霞」なんてのも悪くないねえ（爆笑）。したがってどうにでもなりそうなんですが、私はこういう場合こそ、ある意味では「前書き」の問題を考える必要があると思う。そうすることによってその作品が作者自身にとっての思い出になる。私は原則として前書きは好まないんですが、しかし時にはたいへん有効な場合もあると思うんです。前書きというものは、おおむねのところ蛇足にすぎない場合が多いが、そうではない場合もあります。この句の場合、かりに「身延山久遠寺にて」とでも前書きをつけた場合には、いままで申し上げたような「春霞」とか「冬の山」とか、そういうふうにはいかなくなる。それやこれやを含めまして、目黒一水さんがかりに将来句集をお出しになる、かりにではない必ずお出しになるでしょうが、そういう場合、やはり前書きの問題も研究されたほうがいいと思います。

次にたいへんおもしろいというか個性のある作品で、ほかの方はあまり共感されなかったようですが、

指先の草の匂ひが取れぬなり　　村松　彩石

なにかこう背筋がゾクッとするようなところがある。披講をきいておりますと、作者は東京の村松彩石。昨晩の紹介によりますと、金子兜太さんの『海程』に所属しておられるようですが、そういう意味では前衛的なよさを伝統のなかで生かした、そういう句ではないかと思います。最初はなんともくだらんことをいったもんだと思ったんですが、それにしてもなんとなく気になるんで、書き出しておいて改めて読みかえしてみると、だんだん彩石さんの指というより、全然かかわりのない私自身の指から、青臭い「草の匂ひ」が「取れ」ないような感じがしてくる……。ここに私はこの句の、客観的な表現をとりながら感覚のするどさがかくされていることを感じました。

しかし、まあこういう作品になりますと、それぞれの人の好き不好きで「草の匂ひ」が取れようと取れまいと俺は嫌だねというんなら、そういう人は感心しなくていいんです（笑）……。しかし私は、この作品の感覚、というよりその抑制のしかたに見事なものを感じるんで、だからたとえば「流れゆく大根の葉の早さかな」なんて実にくだらんという人もおるし、反対にいいやこんな天下の名句はないという人もおる。そういうふうに評価がわかれるということは、その作品になにかかくれた大事な点がとらえられておるからで、七割がた皆さんのご好意に甘えるというような作品ならいくら作ったってしようがないと思いますね。数でこなすんではないんです。この句がたくさん採られたからといって彩石さん衆議院議員になれるわけじゃない（直昭〝大爆笑〟）。そんな大きな声で笑わなくったって（爆笑）どうも私のほうがびっくりしちゃった（爆笑）、ちょっと気合いを抜かれたねえこれは（爆笑）、名調子でやってるところをねえ（爆笑）。まあそういうことで私自身の感銘の所在を披瀝したわけなんですが、もう一句、今日異色の作品としてこういう句がある。

雨傘に枝垂桜の落葉かな　川崎富美子

これはねえ、私はウンウンそうかそうか、あそこかと。身延山は枝垂桜の名所なんですが、これは実景を知っているからそうかそうかなんだ（笑）。「雨傘に枝垂桜の」「落葉」がパラパラと音がするとすれば、「雨傘」は実景としては「蝙蝠傘《こうもり》」だったとしても、それはいなせな「蛇の目」でもいい。富美子さんはすんなりスマートな方だから、京屋の「雨傘」なんてのは似合うかもしれない（笑）。

それからもうひとつこの作品の場合は、「枝垂」れておるということが、作品の背景をなしておる。これは昨年ですか、「夜の枝垂桜方里を冷たくす」という滝沢和治さんの作品がありましたが、あれは花だけれども富美子さんのこれは葉であるということ。したがって普通の染井吉野のようなガサツなものではなくて、もっと葉が柔らかい。まあ帰りにご覧になればわかると思いますが、「桜落葉」はそれほど派手な落ちかたはしないんです。いってみればこの作品の「傘」にあざやかに「落葉」の音が響くけれども、しかしそれは格別に固い気持ちで追い求めた音ではなく、「かな」というこの言葉の、詠嘆というよりもむしろ抒情的な表現によって、その歩いていくしっとりとした気持ちをとらえておると思う。もし身延山で許可してくれるとしたら、これは第二の碑にしたい（爆笑）。

それからこれは入選句のなかで、さっきまでおられて用事で帰られた細田寿郎さんの作品で、「芋畑のみどりことなる雨の中」。この句も非常に淡泊で、しかも写生のたしかな句だと思います。むろん「芋畑」には「さつまいも」も「じゃがいも」もあるけれど、これは明らかに「里芋」の畑です。そういう「芋畑」の、その根元の古い葉とどんどん大きくなっていく新しい葉、それが「雨の中」では同じ「みどり」でも濃淡がある。二枚とか三枚とかいう重なっている状態の描写ではなく、新しい茎にはさ緑が、広い葉には艶々した緑が、そうして古い葉には炎暑三伏《えんしょさんぷく》の季節を越えて、すでにそこには衰えもみえるというような、近景を見てふたたび広く眺めた状景だろうと思う。さりげない句ですが、たいへんたしかな句だと思います。

それからこれは、ちょっとおききしたいと思ってボーダーラインが引いてあるんですが、

杉は霧を好みて鎮む霧の中　　大矢ひろ志

これは、下五のほうも「霧」ですか（大矢〝ハイッ霧です〟）そうですか。これは私はどう

したものかなと思ってね（笑）。「杉は霧を好みて鎮む露の中」の書き違いかなと思ったんです。むろん「霧の中」でもけっこうなんですが、作者の主張は別として私自身の好みからすると、その「杉山」に「霧」が流れておる、あるいは全体をおおう季節の把握として、「杉は霧を好みて鎮む露の中」ということになってくると、なんかいかにも身延山らしくなりはしないかと思ったんですが、作者が「霧」だというんですから、いまの蛇足は撤回します。それからもう一つおもしろいと思った作品は、

秋は伽藍に僧の走るを見たりけり　小関　骸子

小関さんもお医者さんで、はるばる福島から水浜青大さんとご一緒にいらっしゃったんですが、この作品の場合注意したいのは「秋は伽藍に」なんです。これが「秋の伽藍に僧の走るを見たりけり」ということになると、この坊さんは容易ならんことになるんです。一体なにを飛び歩いているんだろうと（笑）。ところが「秋は伽藍に」でしょう。「僧の走るを見たりけり」まあまああわてるなということです。ひとつの寺にひとつの坊ならこういうことにはならないが、やはりいくつかの坊があって、大きな伽藍もありますからね。その僧が走ったからといって別にびっくりしたわけではない。それも行きずりの風景として、足を止めることもなく散策を続けたというのでしょう。単に素材としておもしろいということではなく、そういう心のもち方が今日の句会で皆さんの共感を得た原因だろうと思います。次に同じよ

うな作品で、

袈裟たたむ部屋見えて露深き谷　伯耆　白燕

ただこの作品の場合、これほど見事な素材をとらえて立派な省略をしていながら、ただ一点だけ惜しいところがあるんです。それは、「露深き谷」なんです。これは「谷」がなかったらぜひとも特選に入れたいくらいに思うんですが、「谷」までいったのはどういうわけだろう。ここで焦点がわずかだけれどもずれるんです。「袈裟」をたたんでおる僧をチラッと見かけた、「露深い」季節だということだけで、深閑とした場というものを当然句の背景に考える。こういうすぐれた把握ができる作家であればあるほど、こういう点は大事だと思います。

それからもうひとつ、岐阜からいらっしゃって、いまや新鋭として脚光を浴びている作者の句ですが、

曳かれゆく児が見てゆけり曼珠沙華　金子　青桐

こういう句はいままでにいくらでもあったような、いわば素直な写生句のような、その程度に最初は思ったんですが、それは表現上のことであって、内容自体は幼いころの記憶に読者を誘いこむところがある。つまり、手を「曳いて」いる人は誰かというような背景を一切省略して、客観的な描写をとりながら、作品のなかに作者のこころが溶けこんでおる。むろんそこには、かつて作者も幼いころ、そういう経験もあったであろう、そういう思い出も含

めながら、これは一切を曼珠沙華のあのあざやかな紅にしぼった作品だと思います……。

ただ、この作品、じつは私はここへ来るあいだ「曼珠沙華」に気がつかなかったんです。で、今日は一応嘱目《しよくもく》ですから「曼珠沙華」なんかまだ咲いてないとしたらいくらうまい句でもけしからん（笑）、そう思ったんですが、松村さん、石原さんにおききしたら、いやそこで二、三本咲いておったと（笑）。確たる証人がおったんで（笑）この作品も、当吟行会の運営規則に反しない（爆笑）。

（一九七二年九月）

23　大型俳句のこと

あるいは、皆さんご覧になったかと思いますが、十月三日、蛇笏《だこつ》命日の「朝日新聞」に、大正期の俳人について記事が出ておったようです。その記事の内容は、われわれも身にしむところがあって、現在の俳句が非常にチマチマしてきて大型の俳句がなくなったというふうな鋭い記事だったと思うんです。

ところで、『俳句研究』十月号は、飯田蛇笏読本の特集になっており興味深く拝見したんですが、そのなかで目をひいたのは、阿部完市さんの文章の、特に末尾なんです。蛇笏の作品は非常にボリュームがあり、いわば全人的な要素を持っておるというのが話の骨子だったと思います。特に興味をひいたのは、「文人趣味」といわれる姿勢には、より素早い自己肯定と、より早計である独り合点とがみられるということを指摘しておって、そういう俳句の在り方は、非常に部分的になって全人的になりにくい傾向がある、というところでした。

これは、大型の俳句がどういうところから生まれるかということを、かなり理論的に裏付けたような説ではないかと思います。

それからもう一つは、『鷹』の飯島晴子さんの作品鑑賞です。飯島晴子さんはこういう句を取り上げておる。

荒潮におつる群星なまぐさし　蛇　笏

そこで飯島晴子さんが第一に指摘しておるのは、晩年に至ってこういう油気の多い作品をつくる蛇笏はただものではない、蛇笏の最晩年の作品には、人々が隠そうと思うものをひっぱがすような非常に激しいものを感じる、これは容易ならん問題だという内容だったと思います。

ところで同じような大型俳句の場合でも、前田普羅《ふら》の作品は、晩年になってゆくと、しみじみした作品がたくさん出てまいります。

秋風の吹きくる方に帰るなり　普　羅

旅人に机定まり年暮るる　同

これは、自然と自分との定離というか、さみしさというか、晩年に至っての肉体の衰えが詩の源流になっておる。

しかし、今いった「おつる群星なまぐさし」というのは、むしろ晩年に至って、自然のなかへより強く意志を反映させたものが作品に濃密に出ておる。これがあの『椿花集』の大きな特色ではないかと思うんです。

すこし雑談を申し上げますと、大体大型俳句がなぜ生まれないかということです。今の俳壇で独自な俳句が生まれないことの一つの原因は、俳句を文学概論的に説明する優等生の批評が多くなりすぎたこと。

むろん、そういう人たちは便利でもあるし、また居なければ困るけれど、文章が書けなければその作家は信ずるに価しないという考え方をするのは、私は俳句をたいへん軽蔑した考え方だろうと思います。特に最近のような骨ぼその俳句になる理由の一番の原因は、そういうところにあると思う。とにかく、間に合っておる秀才が俳壇の中心、あるいは中堅に位する傾向が強いのは一考を要すると思います。

一方また主宰者の側を眺めてみると、どの雑誌も会員が増えているようだけれど、それが何か自分に声望があり、能力、人格が備わっておるがためにワンサと俳人が集まっておるかのような錯覚をしていないかと感ずるんです。で、そういう錯覚を犯しておると感ずる人ほど、作品が何か手練《てれん》手管《てくだ》で器用にまとめて、その逆に、今度はこれはいい作品だというほめ方が、非常に臆病になっておる。

ところで、今日の作品にうつりますが、

雨冷たくてどの山も紅葉前　　中里　行雄

この作品は、大袈裟な表現はどこにもないけれども、一種の大型俳句のひとつ。つまり、大型俳句というものは、部分のチマチマとした感覚を駆使しないことだろうと思う。この作品でいえば、「どの山も」というところが、この作者の呼吸の大きなところではないか。雨が冷たいけれども、この作品には明るさがある。雨がキラキラ降っておってヒヤッとするけれど、それは単に肌に触れる冷たさではなくて、むしろ秋に入って雨に明るい光を感じ、雨が降っておるにもかかわらず身辺の山々、襞々すべては、克明に深いみどりにまだ包まれておる、こういう情景だろうと思う。

結局、俳句が大型であるかないかということは、単に感覚がどうこうという部分的な描写の問題だけではなく、選択した省略があるかないかという積極的な作者の姿勢とも関係してくるように思う。したがって、普羅と蛇笏の作品の方向に、晩年に至って大きな開きが生まれたとすれば、省略あるいは写生というものの基本の解釈の仕方の違いにも関係しているかもしれない。ついで面白い作品としては、

いかにせんとて雑草の月明り　　早川　まさ

「いかにせんとて」というのが歌舞伎かなんかのセリフみたいで、はなはだ変わった表現なんですが、これは、どのようにしたらいいかという、作者のそれを見た瞬間の心の戸惑いだろうと思うんです。

雑草がぼうぼうと生い茂って、それに鮮やかに月光が注いでおる。その瞬間の作者の心の

戸惑いを、非常に正確に言い止め、ある意味ではその主観をまず言い止めることによって、他の説明を一切はぶいた句だと思う。

中里行雄さんの句が、平明、明快で、そして強い断定があるとすれば、早川まささんの作品は、その裏側の心理的な表現です。したがって省略ということは、選びとったことを正確に言いとることだといっても、その省略の仕方には、行雄さんの省略のやり方もあるし、それからまささんのこういう省略もあるんではないか。

（一九七二年十月）

24　目を釘づけにする

皆さんすでにご承知のように、最近種田山頭火《たねださんとうか》の作品がたいへんもてはやされておるようです。しかもそれは俳壇よりも俳壇外の人がたいへん興味をもっておられる。ご承知のように種田山頭火という人は、尾崎放哉《おざきほうさい》などとともに自由律俳句の人で、放浪の詩人ないしは乞食俳人などともいわれておるんですが、そういう生き様の特異性ということで注目されることはありました。しかしこれまでその作品が俳壇的に評価されることはすくなかったように思います。

山頭火はむろん戦前の人で、たしか明治十五年ごろの生まれですから、かなり前の人ということになります。しかしその書物が店頭にあらわれたのは、句集の年月をたどってみますと、つい四、五年前あたりからなんです。その間俳壇ではなんということもなく、また一般的にも格別関心があったわけではないのですが、ここへきて、たまたま昨年あたりからワッとブームみたいな感じになった。ちょうどそれは期せずして公害問題なんかと関連があるような感じがしないわけでもない。

しかし私、関心をもつのは、山頭火のような作品が、一般の人には関心があって俳壇的には非常に冷やかにみられておるのはなぜだろうかということです。それで実はちょっと考えてみたんですが、第一の理由としては、まあ一口にいってしまえば、山頭火にしても放哉にしてもヒッピーの元祖みたいなところがあると思うんです。そしてそれと反対に、今日の俳句の大きな潮流は、都会におろうと田舎におろうと、多分に土俗的な要素が濃密ではないだろうかということです。してみると、そういう土俗的な要素を通じて常に自然に接しておる多くの俳人にとっては、ああいう旅から旅へ気ままに歩く、自然を追って歩くという生き様も格別目新しいものではない。むしろある意味ではもう厭き厭きしておるんで、したがって、そういう点で俳人がこれまで山頭火に対して関心を抱かなかったとしても、それはあながち不思議でもなんでもなかったように思えます。

もうひとつそれとは別の意味で、山頭火のような作品に格別興味を示さなかった流れもまたあると思います。それはいわゆる純都会風な、というよりも、生粋《きっすい》に都会に生まれ都会に育って、都会生活というものが身についてしまっておる人や、いわば江戸ッ子だとか浪速《なにわ》ッ子だとか、こういう人達もまた一瞬の関心はあっても、これまた格別に心に滲みこんだようなところはないように思う。

しかし実際には大方の都会の俳人、殊に東京の俳人の多くは、むしろその椅子から立ち上がってアッチコッチを眺めまわしておるという傾向があるんですが、永井龍男とかあるいは久保田万太郎とかいう人達は、もうとっぷりと東京の椅子に腰を落ち着けて、そしてときに自然を詠い、ときに人事もないまぜにするけれども、ともかくそれは一種定住の精神に裏打ちされておる。で、そういう人達にも、山頭火というものはすこしは興味はあるにしても、深く心に滲みるようには思えない。つまり極端にいえば、もっとも野暮な部面ともっとも粋な部面を素通りしてその中間に位する都会人に、山頭火はもてはやされておる。まあ私は昨今の山頭火ブームをそんなふうにみておるわけです。

さて、今日の作品で、これは私取らなかったんですが、

親しき人が霙のなかを帰る　剣持　洋子

これは調べの上からすると山頭火ばりで（笑）剣持山頭火（爆笑）。ただ山頭火にしても放哉にしてもその特色を大づかみにいえば、「鉄鉢の中へも霰」というふうな常に自分のことだけという要素が強いと思うんです。他人の生活というものに対しては、それも若干ないこともないが、おおむね自分だけをみつめて自分だけのエゴに徹しておるような、したがってこの作品のように「親しき人」という表現は、剣持山頭火なら出てくるけれど（笑）、種田山頭火の場合は出てこない。ここらが剣持山頭火の山頭火たる所以だが、ただこの作品の場合、ここまで自由律でいわなければならないかどうかということになると問題が別になってくる

と思うのです。

ここまで話がきましたからもうひとつつけ加えますと、山頭火の場合は、あるいは放哉との差といってもいいんですが、私は放哉のほうがレベルがちょっと上ではないかと思っておる。その理由として、山頭火の場合は、そこできっちり目が釘づけされるという作品が非常にすくないように思う。そういう生活をしているのなら次はどうだろう、次はどうだろうと、しかし最後までいってもラッキョウの皮をむくように空しいものしか残らなかったという印象が強い。

そこへいくと放哉のほうは、ともかくひとつひとつ鋲《びょう》で止めているところがある。ひとつの作品の世界から、それを支えておる作者自身の人間像というものを感じさせる要素があると思うんです。したがって私自身の主観からすると、同じような放浪の姿を示しながらも、放哉のほうが作家としてはちょっと上ではないかと思う。話の枕が大分長くなりました。

次にこういう作品がある。

冬ざれの月が数える豁の家

作者はどなたでしたか？　この作品をなぜ特別に採りあげるかというと、内容的にはこれはもうかなり鮮明な作品で、皎々《こうこう》と輝やく月光にポツンポツンと豁の家が見えるという状景なのですが、問題は「月が数える」という擬人化にあると思うんです。むろん今日ではもうすでに人類も月へ足を運んで、昔の感じと今日の感覚では、こういう擬人化にいささか抵抗を感じます。しかし同じ擬人化といっても、それとは違ってたいへん立派な作品もある。

枯れ果てて炎に眼見られをり　米山　源雄

状景は満目蕭条《まんもくしょうじょう》たるなかで、アカアカと燃える炎、あたかも自分の眼を見つめられているようだということですから、まさにこれは擬人化です。しかしこの作品の場合には、自分の「眼」ということは、必ずしも鑑賞のなかに限定しなくってもいいんではないかと思うんです。つまり「炎に眼見られをり」ということは、擬人化という主観的な手法を用いながら、存外に客観的な、いわばそれは自分の「眼」だけれど、もうひとつ、それをみつめておる自分の「眼」があるような、そういう様式の作品だと思います。たいへんおもしろい作品です。おもしろいといえば、

冬の日の人体模型くちびる泛く　村上　賢一

たいへん鮮明です。「人体模型」というのはむろんマヌカンのようなものではない。はずせばガタガタ心臓がみえたり動脈がみえたり、そういう「人体模型」ですから、やはりこれは理科教室にあるようなそういうものだと思うんです。むろんマヌカンも「模型」には違いないんですが、そういう意味ではマヌカンよりも人間的で、いってみればデフォルメされていない、事実に近い骨格をもっておる。そういう点では違った冷たさがある。

わけてもその「くちびる」だけがあざやかにみえたということになると、その差を念頭に置いてみれば、私は作者の冷やかな観察眼の鋭さに十分共感できると思います。

ちょっと話がそれますが、やや奇怪な作品があるんです。それは、「雪やみて電線にまず鵙《もず》揃ふ」。どうもこの作品ねえ、一体本当ですか。「鵙が冬の電線に揃っている」なんていう状景は、私は生まれてまだみたことがない（爆笑）。大体「鵙」の場合はですねえ。アー、友人さん（河野〝私の作品ですが、椋鳥《むくどり》と間違いました〟）アー、そうだろうねえ（笑）、「椋鳥揃ふ」か、「椋鳥」なら揃うよ（爆笑）、ではまあそういうことで（笑）。

それからもうひとつ、私のほうへまわってきた清記のなかに「短日の時計を運ぶ大きな牛」ってのがありました（笑）。ところが披講を聞いていると「短日の時間を運ぶ大きな牛」となっている。二枚清記したうち不幸にして私のほうへは「時計」が来ちゃった（爆笑）。最初私は「牛が運ぶ時計」って一体どんな「時計」だろうと（爆笑）。このごろイギリスあたりからさかんに骨董《こっとう》品が運びこまれるんで、ナポレオンの帽子がくる世の中だから、そういう「時計」でも日本へ来たのかと（笑）。そうしたら「時間を運ぶ」というふうに披講されたんで、天川晨索さんの作品ですが、それならまあ入選とスレスレです。

文句のほうがだんだん多くなってきそうだが、

杉山に筒抜け穹の小六月　風間　我国

この場合の文字の使いかたですが「空」が「穹」になっている。まあ古い『雲母』の方にはよくこういう字を使われる方もおりまして、しかしこのごろやっとすくなくなってきた（笑）。最近では平易な言葉を用いるようになってきましたが、この場合も「筒抜け」ですからもうすでに「穹」の意味あいが含まれておる。したがって、これはやはり普通の「空」としたほうがいいと思います。

それからこれは簡単な表現にみえるんですが、再読して感心した句として、

河よりも太き町並冬ひばり　加藤　勝

これはまあ大きな「河」よりも「町並」のほうがもっと大きくみえたということで、普通考えてみるとごくあたりまえで、「河よりも細き町並冬ひばり」なら、それは見た状景として大きな「河」に沿って細く古い「町並」がずっとみえたということになり、なにか納得がいきそうです。

そういう点では「太き町並」ということはごくあたりまえにみえるんですが、しかし私は、この作品にあらわれている印象からすれば、「太い」と表現しておるから、そのまま「町並が太い」とは受けとらない。ということは、むろん「冬ひばり」ともかかわりがあるわけなんで、ただ「河よりも太き町並」だったらどうということもないけれど、「冬ひばり」ということで作者の位置を示しておる。「冬ひばり」ということになれば、あれは山の中にいるもので

はないんで、大体広い河原あたり、土手だとか田んぼだとか、そういうところにおるものなんです。したがって「太く」は「町並」にかかっておるけれども、最初みたときよりも「河」は広く「太く」みえて、しかし再度眺めたときに「町並」はさらに「太く」みえたという、そういう住んでおる人達にまで思いをいたした作品だろうと思います。

自分が住んでおる近辺の風景でないと、こんな二重構造の作品は生まれてこないでしょう。まさに風土感だと思う。旅情では生まれてこない、そういう土着の息づかいがみえる作品という点で、一見地味にみえるけれども厚みがあると思うんです。

（一九七二年十二月）

25　席題のおもしろさ

作品の感想を申し上げる前に、皆さんに提案したいことがあるんですが、それはこの句会の新しい試みとして、次回あたりから席題を採用されることもよろしくはないかと思うんです。句会というものはこの場へ来て、限られた時間でひとつの句境をつかむことが大事だろうと思います。これがまず席題のおもしろさのひとつ。それからもうひとつ大事なことは、現在の風潮として、作品が非常に観念的になる傾向が強いと思います。そういう場合に席題が出ていますと、あっちへも通じこっちへも通じるというような句は、誰の目にもはっきり欠点が見えるわけです。そういう点で、わざわざ作ってこなくても、ここで二十分なり三十分なりひとつの題で句を作るということも大事だろうと思います。

席題は『雲母』例会ではながいことやっておりませんし、俳壇一般にも、そういうことは古くさいと考える向きもないではない。しかし、句会のおもしろさは、人の作品の価値がはっきり見えることとです。全部を席題でやらなくってもよろしいんで、三句あるうち一句でもけっこうです。ひとつ席題で無理して作るということを幹事のほうで御協議いただきたいと思います。

それに関連して思いつくことは、これはたびたび申し上げることなんですが、互選というものは非常に大事だと思うんです。ひとりの主宰者が自分の感想なり講評なりを滲透させるということも欠点ばかりではないでしょうが、立派な鑑賞なり講評があったからといって、だからその句も立派だということにはならない。まず読んで、すばやく感銘したもの、それでいいんです。

いってみれば書画の鑑賞のようなものです。展覧会へ行けば、八号の絵ならどの位置で眺める、百号の絵ならどの位置で眺めたらいいということを誰もが考えてやっています。大きな絵の近くへ行ってしまっては、絵全体が眺められない。それと同じように俳句の鑑賞にも、読者が無意識に選んでいる〝場〟というものがある……。その〝場〟の説明ということが、いってみれば鑑賞です。三歩しりぞいて眺めるか、十歩しりぞいてはじめて全体がわかる句か、その眺める位置、自分がどの位置でその作品を鑑賞したか、それが作品鑑賞の決め手になる。

そういう意味で、こういう席で私がお役目上とやかくいう、その鑑賞の位置は作品とどの距離にいるか、その点を参考にしていただければよいと思うんです。それはあくまで参考であって、先ほども申し上げたように、誰もがおのずから無意識のうちに、その位置、〝場〟を持っておるんです。そういう自分の〝場〟を大切にしないで、理屈だけで作品を鑑賞するとおかしなことになる。作品の味わいが正確に汲みとれない。とかく俳句になずんでくると、これは作る場合でもそうですが、特に鑑賞する場合に、理屈が先走る。いい作品は理屈のついた鑑賞なんかいらないのです。もう読んでみてピーンときた作品が上等なんです。そのことがすべての人に共通かどうかは別としても、選をしたその人にとってはその句が一番秀句でなければならないはずです。そしてまた、そういう自分の卒直な感銘にどこまでも忠実でなかったら、反省の材料にはならないと思う。そういう意味合いで句会の選句は、読んですばやく感銘したものを採るということが大切です。

よく句会で聞くんですが、いろいろ考えておるうちに、一度採った句が結局つまらん句に思えてきたと言っている。しかし、選というものは我を通さないといけない。そういう我を通す上において、手練手管《てれんてくだ》の妄想にわざわいされないのが、存外にこの席題なんです。まあ昔はみんなそうでしたね。席題や兼題のない句会なんてありはしなかった。そういうものがあることによって句会は非常におもしろかった。しかしそれだからといって、それだけに限定してしまうと、今度はまた表現技巧だけに走る欠点もあるので、こういう会のときに一句か二句、できたら出題は幹事の方でなく一番最初に会場へ見えられた方というようなことで研究していただきたいと思います。

ところで今日の作品ですが、一昨年でしたか、宮武寒々さんに、表現技巧でやや似たような著名な作品があったので、それでひっかかった方もありはしないかと思わないわけではないのですが、

早春の白鳥己が影を知らず　国分　游子

この作品の場合は「早春」という季語のとらえかたが非常に見事だと思います。むろん「白鳥己が影を知らず」が作品の中心になってはいますが、「早春」ということによって、その「白鳥」の浮いておる水辺の明るさというものが鮮明に見えてくる。同時に「己が影を知らず」という、ある意味で擬人化をしておりながら、「早春」にはそれを打ち消すような、ないしは大きく包みこむような、そういった完璧な働きがあると思います。この擬人化については、二ヵ月ほど前ですが米山源雄さんの作品を例証して申し上げましたが、これが成功する場合は、強い主観がこめられておりながら、きわめて客観的な描写力をもった場合だと思うんです。さもないと一人よがりの傾向になる。

特に最近は、新しい感覚的な把握を見せようとして、それを強調する傾向が見える。この句会でも『雲母』全体でも、擬人化の作品が目立つんですが、主観が強ければ強いほど、客観的な描写力というものをたっぷりとたたえていないと、句が独りよがりになるばかりでなく、感覚自体が痩せて見えると思うんです。この国分游子さんの作品は、そういう点でなか

なか用意周到でもあるし、ふくよかなところがあってよろしい。それから、

雪が降りさうな樹があり蔵があり　広瀬　直人

「蔵」をやると直人さんうまい（笑）。「蔵」の直人というところかな（笑）。ところでこの作品の場合「樹」という字が書いてありますが、先ほど鑑賞の距離ということを申し上げましたが、この場合、これは一体常緑樹か落葉樹かを考えます。「雪が降りさうな樹」というのはむろん「雪催い」という状景でしょう。そういう状景のときにあざやかに見えるのは常緑樹なのか落葉樹なのか。それによってこの作品の鑑賞の角度は大きく変わってくると思うんです。

結論を申し上げますと、私はこれはあきらかに常緑樹だと思います。晴れておればそれは落葉樹。「欅《けやき》」だとか「櫟《くぬぎ》」だとか、そういうものがたいへんあざやかに見える……。しかしこの場合は、曇っておるだけに一層常緑樹はあざやかに見え、その背景の空はますます「雪」の気配を感じさせる。それともうひとつ「蔵」ということ。色彩でいえばかなり鮮明な「白」。この明暗の対比という点も見のがせないと思います。「樹があり蔵があり」、このたたみこんだ表現からいって、これはあきらかに落葉しつくした樹ではないと思うんです。そういう意味合いでは、鋭いタッチというより重いタッチの、それから一本に気力をこめたような見事な作品だと思います。先ほどの国分游子さんの作品が豊かな情感の作品だとすれば、この直

人さんの作品は重い感覚の作品だろうと思うんです。

それからもうひとつ直人さんの句で、これは皆さんあまりお採りにならなかったようですが、

雪山の裾とどまれば畦木立つ　広瀬　直人

作品の風格といいますか、そういう意味ではこの作品のほうが、「蔵」よりもあるいは格調が高いかもしれない。これはどうもこのへんの風景ではないと思いますね。「雪山の裾とどまれば」、頂きも「裾」も同じように白一色。一木一草も止めないようなそういう深雪の風景でないと「裾とどまれば」ということにはならない。同時に「畦木」というのも、考えてみればこのへんにはありません。まあ福井から富山、新潟へかけて、北陸方面でみかける風景なので、よく「榛《はん》の木」なんかが使われています。で、そういう真白な稜線を追っていって、あるいはその皚々《がいがい》たる斜面を追っていって、その「裾」のつきあたりから、とりわけ深沈と「畦木」が連なっておったという。恐らくこれは直人さんが旅行でとらえた風景だろうと思うんです。「裾とどまれば」という表現にはそういう実景もさることながら、旅する者のこころがその背景にあると思いますが、その旅情が「畦木」にぴたっと定着したところに、この作者の詩の把握の妙があると思う。決してもの珍しい素材ではないにもかかわらず、改めてそれを新鮮な驚きとしてとらえたところに、この句の成功の原因がある。

春浅し母に手をかす医師のまへ　　伊藤　芳郎

これまた互選にはあまりはいらなかったようですが、その理由がわからないこともないと思うんです。どうしてかというと「母に手をかす医師のまへ」というところに混乱がある。それはお母さんと自分とが、ともどももうひとりの病人に手を添えたという解釈もなりたたないこともないからです。そういう別な感じが念頭をかすめるが、こういう場合内容を決定するのは季語だと思う。ただ「母に手をかす医師のまへ」だったら、さっきのようなひねくれた解釈がされないこともないけれど、「春浅し」ということになるともうちょっと違った、あるいはもっと素直な解釈をすべきだと思うんです。「春浅し」という感慨は、これはあきらかに「母」の上にかかっておる。そうなればそれは、来診の前に床から起きあがる「母」に「手」を添えたというふうに解釈しなければ、作者が選んだ季語の意に添わないと思います。そういう意味合いで、さりげない句のようですが、なにかこう胸迫るような味があると思います……。それからたいへんおもしろい作品として、

雪の夜の人はただの香の温泉川《いでゆ》　　有泉　七種

句意は、「雪の夜」「温泉川《いでゆ》」に流れこむその「温泉《ゆ》」の「香」には、あたかも「人はただ」のような人なつかしさがあったということで間違いはないわけですが、この作品のおもしろさは、そのなめらかな表現が内容的に添っておるということなんです。大体すぐれた作品と

いうものは内容のリズムと表現のリズムがぴったりと一致しておるものです。したがってこれもまた選句の決め手のひとつに数えられると思います。こういうリズムというものは、短い詩型であるだけに、一面にはまたすぐ麻痺する危険性もあるわけです。したがってはじめはいいと思ったが、だんだん理屈で解釈していったら、やがて陳腐に思えてくる。たとえば、

きさらぎの人のちかくの炎かな　米山　源雄

この作品の場合をみても、リズムが内容に合っているからこそ、「炎」があざやかに見えてくる。鑑賞する場合〝位置〟といい、あるいは〝リズム〟といい、繰り返すようですが最初の感銘というものを、常に我を通すくらいに失わないでとらえることが大事だろうと思います。

受験校寒き星空垂れゐたり　田中　鬼骨

これまたあまり互選にはいらなかったんですが、その原因としては、「受験校」というすでに寒々しい風景に対して「寒き星空垂れゐたり」、こういう素材の陳腐さというか、いい古された点が毛嫌いされたんではないかと思います。しかし「寒き星空垂れゐたり」という表現はいままであまりなかったように思う。「寒夜」とかあるいは「雪催い」というような状態であれば、それは「受験校」の上に「垂れ」てという表現もあり得るんですが、この作品の場合は満天綺羅《まんてんきら》をちりばめたような「星空」が、まさに「受験校」の上におおいかぶさるよう

だという、非常に鮮烈な状景だろうと思うんです。ここに作品の独自性があるわけで、いってみればそれは「受験校」に対する感慨と表現がよく一致した作品だと思います。

（一九七三年二月）

26　席題は八分の力で

今日ははじめての席題の会ですが、それぞれなかなかうまかったようです。席題は、同じ素材をみんなで表現し合うということですから、絵でいえば壺へ挿した椿やら、あるいはモデルを対象にして描くような、そういう要素があると思う。

これはわたしだけの考えですが、素晴しい席題の句をつくる一つの骨法は、自分の全才能をその題に傾倒しようとしないことだと思います。十の能力を八ぐらいで作るのが一番成功率が高いと思う。そういう気持ちの安らぎというものが基礎にないと、いきむばかりいきんでもいい句にならない。こういう例証をするのは作者にはたいへん気の毒ですが、たとえばこういう作品があった。

消防車過ぐ春昼の袋菓子

この作品は、どこに欠点があるかということなんです。特にこういうふうに時候とか、あるいは天文が題詠として出された場合は、とかくたくさんのことを詰め込みたいという気持ちが働く場合が多い。

この句は春の昼日なか、消防車がサイレンを鳴らして過ぎていった。そして手許には袋菓子があったということです。ところがこれは散文的な解説であって、実際にこの句を読んでみると、どうもどっかに異和感があるような感じがします。

というのは、春昼ということと消防車の過ぎていったということ、これはどこかでかかわり合いがあるような気がします。それからもう一つ、春の昼と袋菓子もこれは結びつくと思う。しかし問題は、消防車と袋菓子とのかかわり合いということで、これはほとんど断絶しておって、「春昼」という季語があってもどうも結びつかないような気がする。

まあ悪口いえば、お父さんは同じだが別々の母親をもった子供があるようなもので（笑）、いってみれば、まま母俳句みたいなものです。母、席題の場合はこれが非常に多い。

今度は逆に成功した場合の例をあげると、こういう作品があるんです。

春昼や淋しき道を駅へゆく　西尾よしこ

この場合、この作品が成功しておるのは、気持ちの七割ぐらいのところで我慢しておるためだと思う。

この作品のどこが七割かというと、非常に暑いとき、たとえば「炎天や淋しき道を駅へゆく」とすると印象はもっと鮮明になる。あるいは逆に、非常に寒い季節で「大寒や淋しき道を駅へゆく」としても非常に鮮明になると思う。そうして他の季節と比較してみると、春昼はもっとも目立たない季語ということになる。これがこの「淋し」と得もいわれない脈絡を持ってくることになる。

もちろん春の昼というものは、一般的には淋しいものではないはずだが、「春昼や淋しき道を駅へゆく」ということになると、作者にとっては、季節の華やぎを感ずる一方に、どこか物淋しい気持ちがあったというような主観的な内容になる。

西尾よしこさんはご承知のように奈良の西尾一さんのお母さんで、何年か前から東都のほうへいらっしゃっておる。したがって作者が判ってみると、ひとしお味わいが深くなるように思うんです。

ところで、わたしが巻頭にいただいた作品は、そういう解説は一切必要としない句です。

春の昼ぽつんと雨の当りけり　　橋本　渡舟

なんとも大胆な句です。そしてこれほど感覚的な作品も少ないと思います。「ぽつんと雨の当りけり」というその「ぽつんと」には、次の雨を期待しない断定がある。すくなくとも表現されたたった一粒の雨というのは、他の季節とは全く違ったものであると同時に、作者のその時の心のゆらめきを感じさせる、そういう感覚だと思う。またこの作品には、表現の「とくいさ」というもの、「とくい」というのは「特異」であると同時に、もう一つの「得意」をも含めた言葉だが、そのどちらのものもない句だと思う。先ほどの話しと結びつけていえば八割のところで十分納得した作品です。

それからもう一つ、大分惜しい句だと思ったのは、

春昼の眼をひらく鹿の群

これは互選ではずいぶん入るだろうと思ったんです。ところがどなたもお採りにならない。しかし、そんなに誰も見向きもしないような句かなあという複雑な感じもあるわけです。

しかしこの場合ですね、「春昼の眼をひらく鹿の群」というのは、さっきの「袋菓子」とは逆に、こういうふうに一本調子に「春昼の」というよりも「春の昼」とすべきじゃないか。それから「眼」を「まなこ」と読ませる場合は、言葉の効果としてはすでに開いた眼の感じです。「め」といえば、それはつむっておっても、開いておっても格別どうってことはないけれど、これを「まなこ」と読む場合はかなり強い表現です。そうなってくると、なんでそんなに大きな眼をしたんだというふうな別な印象が強く読者のほうに伝わってしまって、何かに驚いておるような鹿の群という感じになる。そうでなくて、「春の昼」ということと、それから鹿の眼が生き生きと大きく見開かれておったということ、その二つは、直接つながるように見えて作者のなかにはある間合いがあると思います。したがってこれは、

春の昼眼をひらき鹿の群

が自然じゃないか。作品というものは、一気に読んで意味が通ずるから、それで一気に読者

が感銘するということにはならない。内容に沿うた表現があって、はじめて表現は完成すると思います。それから、

間の遠き雷の来てゐる榛の花

これは披講を聞いておると、すらすら判るような感じもしないわけではない。しかし「雷の来てゐる」という、そんな雷がありますか（笑）。なるほど榛《はん》の花というのは、ちょうど今咲いておる。しかし何も榛の花に雷をとまらせなくっても、そのときに雷が間遠になったと言ったらいいんじゃないですか。

それから今日の作品で非常に鋭い句だと思ったのは、

入学児声の激しき兄とゐて　土屋　統星

これは随分感心しました。入学児よりも兄のほうに焦点が絞られておるのが面白い。兄そのものの風貌というか、様子というか、その様子がまざまざと見えてくる作品だと思う。以上です。

（一九七三年三月）

27　写生を超える

大阪例会も第二回になりまして、例の如くとりとめのないことを申し上げるよりほかないのですが、最近よく俳句雑誌に〝存在〟だとか〝実態〟だとか、それから〝具象〟だとか、こと新しい言葉ではないのですがよくいわれています。

この実態をとらえるとか、あるいはものの存在ということは、口にすると簡単ですが、さて作品になるとなかなか難しいと思うんです。まあ写生もひとつの方法だと思いますが、たとえば今日の作品にこういう句がある。これはどなたもお採りになっておらんので作者は不明です。

夫婦ゐて刈る一枚の菜種畑

この作品の場合、作者の一番言いたいところは一枚ということだと思うんです。一枚といわれた場合、それほど大きな菜種畑は想像させない、そういう作品の輪郭がある。この一枚の菜種畑というところは、たとえば広い背景を持った場合でも、そのなかにポツンと置かれている場合です。強いて自分の身辺にそういう素材を考えるなら山間の棚田あたりに、麦もある、あるいは野菜もある、その他のなかに菜種だけポツンと小さく咲いて、それが実って、それを刈っている、こういう情景だろうと思います。

これがかりに「夫婦にて刈る一枚の菜種畑」となったらどうなるか。「にて」となると、一枚ということに対する作者の感情は集約される。存在とか何とかいうけれど、ありありと表現するだけでは決して成功しない。私はこの「に」が良いとか、「ゐ」がどうとかいうんではなくて、「に」であり「ゐ」であることによって、作品は作者の心の側に入るか入らないかという、そういう差が出ると思います。

存在ということを我田引水に強いて説明すれば、「に」によって鮮やかに見えると同時に、それは読者にも見える風景だ。なぜ見えるかということは、一枚ということが単に「夫婦ゐて」という、居ようが居まいがどっちでも良いとはいわないけれど、そういう平淡な写生ではなくなる。作品の具体性、あるいは存在感というものがちがってくる。

その存在ということになると、草間時彦さんが、こんど雑誌『俳句』へ蛇笏賞受賞に関する松村蒼石さんのことを書かれた一文はなかなか立派だと思う。この文章はすでに皆さんお読みになっていると思うんですが、そのなかで幾つか感銘した点があります。たとえば蒼石さんの茶話の一つとして、写生道をきびしく歩いておられる松村蒼石さんですが、その述懐のなかに、本当の写生句というのは写生らしい表現をしてしまっては本物にならないような気がする、という意味のことを言っておる。

別の話になりますが、さきごろ庄野潤三さんが、小島信夫さんとの対話のなかで、正確に対象をとらえるということは非常に難しいと言っていました。庄野さんはかなり感情を押さえて、筆を押さえて、そして自分が感じたことを克明に、同時に簡潔に表現する人ですが、そういう人でさえ、あるいはそれだからこそ、存在というものの表現の難しさを言われておるんだろうと思いますが、その対談のなかで面白いことを言っています。

たまたまご自分の子供さん、男の子が二人おって、弟のほうがいつも駆けっこが遅いので、運動会でまたいつものようにビリからとんでゆくかと思ったら思いがけずトップになった。それでまあたいへんな変異で一体どういうわけだと聞いたら、実はゆうべ兄さんが、一等になるには机のなかのビー玉を握って走ればいいんだと言ったというんです。ビー玉を握ったからといって速く走れる理屈はないんだけれども、ビー玉を掌のなかに握るという、その持った実体、そういう存在感、そういうものを自分の心のなかに自信として正確にきざみ込む。文学というものの実体にもそれと似たところがあるのではないかということを、やりとりのなかで言っているんです。

つまり自分の文学がどうだとか、あるいは存在感がどうだとかいうふうな抽象的な言葉でなくて、じつに具体的な話ですね。繰り返すようですが「夫婦ゐて」「夫婦にて」、この「ゐ」

か「に」かという区別によって正確に作者の作品化するということともいくらか係りがありはしないかと思う。

もう一つこういう作品があります。どなたもお採りにならなかった句だけれど、

かげより陽の水中に鯉花菖蒲

こういう作品です。かげというのはいろいろあって、「光」という字を当てたりもしますが、影も、陰も翳もある。しかしこの翳という字を使ってしまっては、この場合陽が射すということはおかしいし、それから影からということになってくると、そこに樹なり、建物なり、そういうものがないと具合がわるい。

もちろん「光」というふうには、陽という字がありますから、解釈はできない。ともかく、翳でも影でも光でもない、そういう初夏のひかりが何やらさし込んできた、その水中に鯉。その水にさしておる光のなかに静かにおる。それから、そこに花菖蒲が咲いている。もうひとついえば、この鯉の場合は真黒な鯉、それを作品のなかから想像するのはきわめて普通の鑑賞だろうと思います。

それだけ親切に見ても、やはりこの「かげ」はあいまいです。どこから光が射そうが射すまいが、問題はこの鯉と花菖蒲なんです。鯉が空中におりっこないんだ。「俎に鯉花菖蒲」(笑)となると、これはどこかの旅館の板前さんの心境かもしれん。しかし水中というあたり前の

ことをいう以上は影がどうの、なんのかんのと厚化粧しないほうがいい。

それから、こういう作品があるんです。若干気に入らないけれど、気に入った部分のほうが多かったから採ったという句がある。それは、

老鶯やねむたき僧の裏畑

という句。老鶯は夏の鶯ですね。夏の鶯といっても、ねむたきというのは八月の終わりのころのような情景ではなく夏に入ったころの情景。まあそんなに歳時記の分類みたいなことをいわんでもいいけれど、とにかくその夏の鶯が鳴く。それからもう一つこの老鶯という言葉にかえて「夏鶯ねむたき僧の裏畑」という表現もある。それを強いて老という字を、つまり同じ夏の鶯でもそれを「老」という言葉を使ったということは、これはすでにかなり感情が入っている。季題のなかでも「晩夏」と「ゆく夏」とは違うように、同じ内容でも、文字の効果というものがずいぶん違う。ましてこういう季物をいった場合には、夏鶯というと冴えた感じが強くなる。それを老鶯といったことは、ねむたきということに対する作者の配慮、とまあここまではほめておく（笑）。

問題はですね、この僧という言葉、なにも年をとると皆ねむいからという屁理屈をいうわけではないが、坊さんの場合もそうひびくのがこういう作品を読んだときの直感だと思う。初々しい若僧は想像しないと思います。理屈をいえば若いからといって、ねむくないなんて

ことはあり得ないけれども。それとまたこのお寺にしても、妙心寺だとか建長寺だとか、そんな大きな寺であるはずがないんです。それはひとつの寺に一人の住職というような、まあそういうことはどちらでもいいとして、問題は「ねむたき」はどちらにかかるか、ということです。坊さんもねむいかもしれないけれど、というのは親切な解釈で、ねむいのは作者自身がその裏畑を見たときの印象だと思います。

そうなってくると、この坊さんのおることが必要かどうか、作者の意図を僧に置くか裏畑に置くか、これによって随分作品の効果は違ってくる。それはさっき申し上げた「ゐて」とか「にて」とかいうのと同じで、一見平凡のようですが「老鶯やねむたき寺の裏畑」という表現も考えられる。なるほど「老鶯やねむたき僧の裏畑」でもすんなり分かるわけですが、それを「ねむたき寺の裏畑」というふうにやったほうが……というのはあくまで私の主観。それや、これやを含めて、やはりこの句は入選にせざるを得なかった。

それからもう一つ、内容的にもっと惜しいなあと思った句がある。それは、

薔薇ちりて油絵の滝流れ出す

という作品。これは特に中七、下五の感覚ですね。「油絵の滝流れ出す」これだけであるひとつの季節感を出した言葉だと思う。これもまた私のきわめて主観的な鑑賞になりますが、掛けてある油絵の滝が、その碧い色が格別濃くて、それがおのずから流れとなり、ひびきとなっ

て、そしていきいきと感じられるという感覚のなかには、断定はできないけれど夏の涼気というものがある。

ただ問題は、この薔薇が真赤に咲いているというのも悪くはないと思うけれど、それではなんで散ったんだろう。まあ、なにか流行歌もあるようだけれど(笑)、散っても咲いてもどうということはないんではないですか。散ると咲くとでは反対なんだ。それではこの作品の内容が決定するかというとそうでもない。「薔薇咲いて油絵の滝流れ出す」なんだか咲いたほうがだんだん流れ出すような感じ(笑)。散っても咲いても同じなら、そういうことはいわないほうがいい(笑)。どういうふうに咲かせたり、散らせたりすればよいか、これは作者の責任で、私の責任ではない(笑)、まあ悪いほうはその位にします。つぎは、

后陵日がな植田の上に澄む　津島　次郎

こういう作品です。私は披講が下手だから惜しいけれど、上手い人がやったら名句に聞こえます。ほんとうに鑑賞しようとするとうまく説明がつかないのだが、ほんとうに良い句は、説明がつかないものです。しかし良い句といっても誰にも良いとは限りません。選句などはそういうものだ。だから大勢が共感するというのでなく、自分自身が共感すればそれは自分にとっても良い句です。Aの人にとって名句、Bの人にとって名句、たまたまそういう歳月の風化を経て大勢の人の心に残ったのが古典です。次郎さんのが古典になるか、ならないか

は保証の限りではないけれど、ともかく私にとっては非常に鮮明な風景。

后陵といえば帝陵という言葉もある。これを区別したのが良いというのではないが、后の陵は、植田というものの優しさと照応するものがあると思う。それからもうひとつ、日がなというのは旅の心ではないと思う。津島さんがどこにお住まいになっているか、その環境は知りません。知らないけれど、この作品の場合からいえば「日がな」ということは、その后陵が日がなであると同時に、作者の詩情もまた日がな、とこういうことになる。この后の陵ということは、作品の効果からいっても非常につましく、ささやかである。そこには長い歳月を経ているにもかかわらず、こういう植田のしんとしたなかの人間の営みというものも、この后の陵とのかかわりにかなり強い感じをいだく。

そういう意味で、見馴れておる素材のなかにも作者の右顧左眄《うこさべん》しない姿勢が見える。俳句の良し悪しというものは、今の時代がこうだからこういう句を作りなさいとか、こうなったからこうということでは駄目だと、俳壇というところはそういうことを繰り返している。前衛俳句がこうなったから、それじゃ今度は写生の俳句が良いとか、写生の俳句が瀰漫《びまん》したから今度はもう少し意欲的な、あるいは前衛的な……そういうふうな時代の流れに沿って反対反対ばかりを狙っても本筋のものは生まれないと思う。本筋は常に存在に対して新たな目を向ける。そういう初心というものが基礎にないと不易の作品にはならないのではないか。

それから次、

春蟬や法衣のほかはふりむかず　　平松　良子

これもあまり点数が入らなかったようです。春蟬は松蟬ともいいますね。ちょうど今ごろ鳴いています。これも随分感心しました。これまたさっきの論法でいえば、法衣といえばなにもきまった色があるわけではないけれど、この場合でいえばきわめて鮮やかに墨染の衣だろうと思う。春蟬の鳴く道を坊さんがひとり歩いていったとなるとね。それともっと感心するのは、先ほどちょっといったけれど、ミンミン蟬、油蟬といろいろありますが、大体真夏の蟬というのは、遠い場合も近い場合も、鳴いている場所が非常にはっきりするんです。

しかしこの春蟬、つまり松蟬は小さな蟬で、どこで鳴いているのかわからないような、そういう遥かな感じがする。まあ私の詩的内容というのはせいぜいそのへんまでなんだ。ところが平松良子さんは、そんなことは十分わかっておる(笑)。それは十分承知の上で、そこでもう一つの区切りをつけて、つまり季語の持っている連想の範囲というものを十二分に利用していると思う。墨染の衣を着た坊さんがひとり行く、その墨染の衣にのみ春蟬がひびいているような感じだという。ふりむかずというのはですね、そういうふうな春蟬の印象だけではなくって、作者がその歩いてゆく坊さんに目を止めておるということが、発想の第一義だと思う。しかしこの「や」というふうに切れ字を置いた所は、そういうふうな実際の作者の感情をその通りに述べながら、芭蕉が「ゆく人なしに秋の暮」といったように、「法衣のほかは誰れも見ず」ということでもある。「ふりむかず」というのは作者のある動作を含んでおるような要素を持ちながら、法衣のほかには誰も見えない、こういう内容だと思う。「誰れも見ず」でも準特選ぐらい。まして「ふりむかず」となってくると、そういう春蟬そのものの持っている実相といいますか、あるいは連想、ないしは象徴性、こういうものを十二分に作品のなかにたたみ込んでいます。この二句は随分と表現も違うし、作者の志向も違うけれども抜群に優秀です。

それからこれは目立たない句ですが、写実の鋭さという点で感心したのが、

砂山の端小暗くて毛蟲落つ　　山本三風子

こう読むと随分と簡単な句ですがね、こういうのは写生の目だと思います。この場合の蟲なんですが、こういう「虫」もありますね。僕なんかこれは蟲の略字だと思っていたところ、全然別の字なんだそうです。こういう方面にうるさい人にいわれたんですが、字づらの問題でなくて、この場合でも虫が三つあると何やら毛が生えてくるような印象がある(爆笑)。それから小暗くてというのは、実際暗いという字が書いてある。「小」というのは、わずかばかりという意味、というのはじつは辞書にある説明であって、それは鮮やかに砂山が見えておる、それを真白と思っておったけれど、部分にはなにか暗い影もあるような気がしたという

ことから、初めてその印象が結びついたことなんです。それをこういうふうに叙述しなくて、毛蟲が落ちた、なにやら砂山の端がうす暗く見えた、というのでしたら散文的叙述。しかし詩の場合は、「砂山の端小暗くて」つまり私が先ほどから言っているように、まず作者の言いたいところ、つまり先ほどの寺か、僧か、と同じように、そこに作者が感銘した所在というものをまず明確に表示することで、逆に今度は隠れた印象というものが鮮明に浮かび上がってくる。砂山があって、それから毛蟲が落ちたと、それをこういうふうに表現されてみると蟲が青く鮮やかに見える。したがってこれは、極めて豊富な色彩感のある句だ。

またこの端というとらえかた。頭へ落ちようが裾へ落ちようがどうってことないけれど、この端というのは、砂山自体の描写であると同時に、作者の感情の微妙な象徴的効果がある。で、先ほど、写生らしく見えては必ずしも成功しないと蒼石さんが言ったというのは、砂山の端というのはこまかい部分の描写のように見えながら、小暗くての言葉があることによって、写生的表現の嫌みというものを消したというのではなくて、言葉の強さによって全体を包容したのだと思います。だからこの句は鋭い写生の眼であるけれども、ある意味ではそれを見ておる作者自身の感覚あるいは意識の問題、そういうところに結着する。まあ、こんなことを言っていると何時間経つか分からないから、これくらいでおしまいにします。

（一九七三年五月）

28　真の継承とは

ご承知のように、今度阿波野青畝さんと松村蒼石さんのお二人が、第七回の蛇笏《だこつ》賞を受賞されて明日授賞式がございます。その席上、わたしの聞き及んでいる限りでは、水原秋櫻子さんが青畝さんのことに触れ、それから蒼石さんについては平畑静塔さんが講演なさるとのことです。静塔さんはすぐれた鑑賞眼をもった方ですから、しかも静塔さんの作風は松村さんの作風とはずいぶんと隔たっておる。それだけにどのような蒼石論を発表なさるか興味があります。

ところでわたし、『雲母』七月号の編集後記に、松村さんの作品は「手造り」という言葉があるけれども、「手造り」のなかでもいわば「手縫い」のような作品ではないか、というふうなことをちょっと書いたんです。けれどもそういう比喩ならばいくらでも他に例証できる。たまたま今日わたしは伝統工芸の審査員の詫間正一さんと話しながらきたんですが、そういう意味では松村さんの場合もたいへん工芸的な色彩もあろうし、それともう一つ「手造り」の味ということで思いついたんですが、松村さんの作品はいわば日本酒の味もあろうかと思うんです。

どういう点が似ているかというと、ご承知のように日本酒では、よく樽抜きだとか、あるいはそれをつめて「ぬき」なんていって粋がっておる人があります。それはどういうことかというと、酒屋さんで醸造したものを樽から直接猪口《ちょく》へ受けて生地を飲むのが一番美味《うま》いというのです。ところがこれは嘘っぱちなんで、酒屋さんに聞いてみると、そんなもの飲めやしない、それに上質の水を加えてはじめて飲めるお酒になるということです。で、わたしは、松村蒼石さんの作品はいわゆる通俗的な「ぬき」でなくて、いい酒を元にいい水を使った、そういう作品だと思います。

ところで話はかわりますが、つい二、三日前、たいへんおもしろい新聞記事がありました。それはどこかデパートの人と思うんですが、家庭用品を長く扱っておる人の話で、それによると、最近ずいぶんと外国の刃物が入ってきておる。その刃物のなかには、たとえば奥さん方がリンゴを八つ割りする機械なんかもあって「あら、いいわね」なんて買ってゆくというんです。なかには玉ネギを切る機械なんかもあるそうです。ご承知のように玉ネギは切るときに非常に目に沁みる。それを、どういう機械か知りませんが、目に沁みないように簡単に切れるということで、そういうものもよく売れる。しかし、じつは、そういった家庭用品を扱っている自分達にしてみると、これはちょっとおかしな感じがするというんですね。

外国では、多くステンレスの庖丁を使う。それはレモンなど酸味の多いものを切るためには錆びない庖丁が便利だからです。しかしステンレスはご承知のように、普通の鋼《はがね》のように切れ味のいいものではない。にもかかわらず外国でなぜそういう物を使うかというと、外人は手先が無器用なんです。それと鍛えられた鋼を研ぐというような技術は、外人には不向きだというんですね。そのためステンレスの切れない庖丁で玉ネギを切るから、特別目に沁みる。それが日本のように鋭い刃物で玉ネギを切れば、断面が滑らかだから、そんなに目に沁みるはずがないというんです。

そういう器用な、もって生まれた日本人の才能がありながら、玉ネギ切り機があるというとそれを使うというのはおかしい。どうかしていないかと言っていました。営業上はあまり宜しくないような意見ですが、ともかくなかなか痛烈です。

まあそういうことは何も玉ネギ切り機にかかわらない。自然に対する感度の宜しさ、あるいは受け止め方の微妙さも、これは日本人のもって生まれた才能で、庖丁さばき以上に大きな特性ではないかと思います。

こういうことをすぐ俳句に結びつけるのもいい気なものだとは思いますが、ともかくそういう意味合いで、自然保護とかなんとかいうことにまでもかかわって、日本人の自然観を、それを基盤にしてもう一度考え直す時期にきておるのではないか。

ところで、今日の席題は「栗の花」。皆さんはどうか知りませんが、わたしの実例を申し上げると、あるいは恥を申し上げると、席題というやつ、たとえば「桐の花」の句を作っておいて「ああそうか、じゃ上五を栗の花とかえよう」（笑）、こういうので成功することはほとんどない。わたしは一度失敗したからもう二度とそういうことはしませんが、これは失敗する確率がきわめて高い。桐の花でも栗の花でもいいなんていうのがいい作品になるはずはない。で、今日の、

風のごと人住みかはり栗の花　滝川　昌子

この作品など、栗の花でないとこうはならないなという感じがしみじみしました。もう一つ、この句を鑑賞する上に非常に興味があったのは、これまたたいへん立派な句ですが、

杜へ来る人遠ざけて栗の花　服部ますみ

栗の花というのは、まさにこういう感じだと思う。これはたとえば、「杜へ来る人遠ざけて桐の花」ということはあり得ない。つまり栗の花というのは、わたしの主観を強いるようですが、近くでまざまざと鑑賞する花ではないし、なにか梅雨どきの鮮やかな色彩を持ちながら、どこか「花は花、人は人」というふうな隔たった感覚を持った花の姿だと思う。この作品で、「人遠ざけて」というのは、人遠ざけるが如くという比喩をすぱっと切って、全然そこ

に不自然を感じさせない。そういう花のすがた、それを非常にうまくとらえておると思います。

そうみてくると「風のごと」という作品は、そういう栗の花の特性を踏まえた上で、さらにもう一つの飛躍がある。この「人住みかはり」ということは、大都市に近く人の出入りはありながら栗も咲いておるという、いわば郊外風景と思う。「風のごと」という受け止め方のなかには、住んでおる場所と、住んでおる人のある一つの去就《きよしゆう》定め難い都市感覚というものを持っていると思います。

作者の思いは、「風のごとくまた栗の花も」そして「住みかわるその人の世の定めもまた」と、いくつかの思いが上から下にかけて重複しておるところに、この作品のリズムと内容の調和があると思います。それから、

夏薊ひとりの渓は惑ひなし　鎌田　容克

この句はたまたま「迷ひなし」と披講されて、わたし実はこの句の要《かなめ》がわかったわけです。「迷ひなし」の場合であれば、道が一本通っていて、これを行けば必ずある目的地に着くぞという自分自身に言い聞かせる、そういう目的を示した言葉になるのですが、「惑ひなし」の場合は、歩いてゆく気持ちに惑いがない、そういう作品だと思う。右を見、左を楽しみながら惑わず行く、その心にはゆとりがあるからこそ「夏薊《あざみ》」の色が鮮やかに見えてくる。そして

その鮮やかに見えるものを心に楽しみながら行くわけです。この「惑ひ」というのは強い言葉のようですが、輪郭は決して確としたものではないわけです。次に、

紫陽花の白うつろはず咲きにけり　井上ゆかり

これは容易ならん句だと思う。紫陽花《あじさい》というのは、七変化だとか何だとかいって、色がうつろうのが普通です。しかし真白な紫陽花もあるかもしれない。わたしはそれを事実としては知らないけれど、これは理屈をつけてしまってはつまらない。はっきり大きく今朝もまた白々と咲いておるなあという、見た瞬間の作者の直情の句だと思う。で、これはわたしの勝手な説に入るかもしれないが、こういうさりげなく見えながら作者の目がすわっておるということがあるとすれば、この作品の特色ではないか。

それからもう一つ、最初の話に戻していえば、紫陽花が咲いておるなというふうなそれを楽しむという季節感のうちは、必ずしも高いレベルは示さないと思う。なるほど紫陽花を楽しみ、あるいは松の盆栽をいとおしむというのも日本人の自然観かもしれないが、そのいとおしむべき対象を正確に自分の掌中に入れる、そういう目が生きてこそ、はじめてそれは俳句として自然を楽しみ見つめるということになると思います。それから、

花栗や父子相似れど相寄らず　大沼行々子

これなどもですね、席題でこれだけのことがスパッと言えたとしたら、立派なものです。

そして、花栗の人に馴染まない花すがたから父よりも子の年齢を想像させる。ある意味で青春期の男の子の側面をしっかりとらえておると思う。それから、

花栗にたれか伴ひ居し記憶　大溝白日夢

こちらもうまいと思いますね。やはり栗の花は、春に先がけて咲く花や秋に咲く花、こういうものとちがって印象は不鮮明で、いつか気がついてみたら咲いておったという。その花栗の時期に、ともかく定かな記憶ではないが、そこに誰であったろうか、誰かと連れ立ってこういう風景に遇ったような気がするという、そういう意味では老境に入った人の感慨でしょう。「たれか伴ひ居し記憶」のなかには青春の華やぎというものではなくて、ある意味で老境のロマンチシズムがあると思う。

松村蒼石さんの作品の、自然というもののいとおしみ方のなかにも「声のなき雁人をおほひ去る」というふうな作品、蛇笏のロマンチシズムとは違ったロマンがあるんではないか。だからわたしは、松村蒼石さんの作品の本当の宜しさ、本当の醍醐味を、誰を対象においたら一番裸になるだろうかということを考えてみると、もっとも忠実な『雲母』の継承者の目をもって見られる反面に、蛇笏門下のなかでもっとも非蛇笏的なものを存分に伸ばしたのもまた松村蒼石さんではないかなあ、という印象も否定できないわけです。

まあ、そんなことはいうまでもないことだけれど、真の継承というものは、同質のものは

継承できないもんなんです。その芽生えたもの、あるいは芽生えのきっかけを作ったものは同質であっても、それから肉付けしてゆくものは、別個なふくらみを与えてはじめてある意味では真の影響であり、それが継承ではないかと思う。

（一九七三年六月）

29　席題は修練の場

黄落の日矢船上の男らに　川崎富美子

この作品、状景としてもたいへんあざやかです。作者がわかってみると女性ということなんですが、この作者には男性的な、線の太い作品が多い。この句の場合も例外ではないわけですが、この作品で感心するところは「黄落《こうらく》の日矢」の「黄落」ということなんです。むろんこれは「もみじ」という場合、「紅葉」という文字もありますが、この「黄葉」と「紅葉」とでは、どちらがふりかかってくる感じがあざやかかといえば、やはりそれは「黄葉」のほうがにぎにぎしい感じがすると思う。

そうなってくると、この「黄落の日矢」ということは、そういう季節の背景を示すと同時に、それはまた「船上」にふりそそぐひかりのあざやかさというものを見事に示しておると思う。したがって、状景としては「黄落」という言葉がありますから広い海ではない。当然あたりは秋色濃い狭い海峡あたりだと思います。とすればその「船」も決して大きな「船」ではない。そういう通りすぎていく「船」の、「海の男」たちに、一瞬あざやかに「日矢」が走った、というふうに解してよろしいだろうと思うんです。力強い作品です。

今日の席題は「立冬」ですか、この「立冬」でどういうことが考えられるかというと、四季それぞれに「立」という言葉がありますね。「立春、立夏、立秋、立冬」と四季それぞれにあるんですが、「立冬」なら「立冬」という場合、「冬に入る」とか「冬はじめ」ともいう。「初冬」というのはもちろんちょっと違うわけです。その日一日のことですからね。だからといってそれほど厳密に考えなくてもいいけれど、しかし席題という場合には、そういうことも一応頭へ入れておく必要があると思う。

もうひとつこの「立冬」ということで、ではこれがいまいった他の季節とどう違うかといいますと、「立春」は一番はっきりしておる。「立春大吉」などともいわれ、明日は「立春」だという。新聞やラジオでもいいますし、またいわれたことがピンとくるんです。それから次は「立秋」だと思う。暑い季節が過ぎて、いよいよ「立秋」かと。これは暦の上でいわれたことがそのまま肌に感ずるわけです。で、一番漠としておるのが「立夏」、次が「立冬」だろうと思いますが、これは暦の上の定めと実感とがピンとこないところがある。したがって「立冬」というような題を出された場合は、そういうふうな印象をほかの自然の状景から、あるいは身辺些事からとらえることになるわけで、これがさっきいった必ずしもそう厳密に考えなくてもということなんです。

そういう意味合いで、こういう席題が出された場合は、それがどういう季題であるか、まず頭のなかで整理することが大事だと思う。句会なんかで人の作品を見た場合も、なるほどうまく決めておるなあどういうことが勉強になるわけで、したがって席題というものは、これはやはり一種のトレーニング、修練の場です。自分が苦しむことによって人の作品が新鮮に受け止められるということになる。

実は今日の作品のなかにこういう作がありました。これは恐らく書き違いではないかと思いますが、披講を聞いておるとちょっと違う。披講では「蝸牛葉裏にしんと冬来る」と言っておりましたが、私のほうへまわってきた句稿では「空蝸牛」となっていた。それで採らなかったんで、披講の通りなら私は別に消さないんです。なぜかというと、「蝸牛」が生きておるからこそはじめて「しん」という言葉が生きてくる。ところが「空蝸牛」ではね。「空っぽ」じゃあ初めからしんとしてるよ（爆笑）。別に「冬」に入らなくたって（笑）。

それともうひとつ、こういう作品。これは互選にたくさん入ったからちょっと困るんだが、「秋深し巣箱に禽居なくとも」という句。まあちょっとカッコいいわね（笑）。いいんだけれどどこの句はおかしい。「秋」が深くなれば、「巣箱」に「禽」がいないのはあたりまえなんですよ（笑）。ちょっとだけでも「巣箱」に「禽」がいて、はじめて「秋深し」という感じになる。まあ作者の意図は「居ても居なくても」ということだろうと思いますが、「居なくとも」ということになれば、やはり表現としては「居ない」ことのほうが強くなる。したがってこの場合は、すでに用のなくなった「空巣箱」だけれども、しばらくそこに「禽」がおったということになれば、「秋深し」という感じも生まれましょう。それから、

冬近し舟着けて灯が上りくる　伯耆　白燕

これは最初採りながら、「灯」が闇のなかから「上って」くるということであれば、「舟着きて灯が上りくる」のほうがいいのではないかと思ったんです。ところが披講を聞いておりますと、やはり原句のほうがいい。「舟着けて」と「舟着きて」ということ、これはわずかだけれど随分意味は違ってくるんです。「舟着きて」ということになれば、それは眺めた風景。そうなってくると、これは一見あざやかに見えるけれども、まあ平凡な、あるいは平板な写生の句になる。

ところが原句「舟着けて」ということになると、それは作者にとって行きずりの「舟」ではなく、なじみの深い、見知っている「舟」だということになる。状景としては、まあ白燕さんに即していえば、富士川あたりの「小舟」でもいいけれど、そういう「冬近い」ころのシンとした闇のなかを、むろん顔も見えず声も聞こえないけれど、ともかく顔なじみのオッサンかなんかが、岸に「舟」を「着けて」、そうして「灯」をかざして「上って」くる、そ

の「灯」が見えるということになるだろうと思うんです。だから、こうすればリズムがいいということだけにとらわれると選句をあやまるということを、私はこの句から感じたんです。これはこころしなければならないと思います。

（一九七三年十一月）

30　大胆な表現にも微妙な感性

甲府句会と東京句会を十年近くもつづけてきました。これだけ長くつづけると、やはりいくらかはマンネリズムになってくると思うんです。ではどういう点がマンネリズムになるかというと、皆さん例会以外にもそれぞれの句会に所属しておられると思うんですが、そういうほうへの力の入れ方がどうもすこし弱まってるんではないかと思う。なかには自分達の句会で最高点で、しかも指導者が絶讃したというのでいい気持ちで、『雲母』に出句したら没だった(笑)、こういう場合、私としては恐縮せざるを得ないんだけれど、それとは逆に誰も採らなかった、採らないだけでなく随分悪評をこうむったのが、『雲母』へ出したら入選のみならず言葉をきわめてほめてあった、どうも俺達の会の連中はレベルが低いなんて（笑）早合点される方もある。

これは、結社の秩序としては、評価の基準、具体的にいえば『雲母』だったら私の選が絶対だといったやり方もあります。それはあるいは秩序としてはいいかもしれない。しかしそれには非常に大きな欠陥もあるということです。選というものに絶対ということはあり得ません。たとえば私自身の場合でも、十年前の選と今日の選では、おのずから違うと思うんです。まるっきり同じだということであれば、それは大天才か、さもなければよほどいい加減か、そのどちらかだと思うんです。したがってそうでないとしたら、選にも幾多の変遷があって当然なことだと思うんです。結局選者というものは、自分の我を通すということなんです。同時にまたその我を生かすということ、いってみれば選者というものの意義、ありかた、そういうものを常に客観する姿勢というものが自分の作品を確立する手だてになる。

したがって繰り返しますが、選というものは常に参考だということ、これは深く肝に銘じておいて間違いないことだと思うんです。参考になることはたしかです。だから私は、こういう句会の席上で人の選にはかなり興味をもっています。関心をもって聞き澄ましています。むろんそれには自分の採らなかった作品に対する関心もありますし、もうひとつは、選した人の作品と選句との落差っていいますか、そういう個々に対する興味もあるんです。ところで、今日の作品ですが、

青きさんまに男盛りの声があり　守谷　欣々

木枯の傍らにある子の頭《つむり》　広瀬　町子

これ実は私、優劣に困ったんです。まあこれはねえ、ふたつ並べたんだけれど、いってみればほとんど同格。で、まず欣々さんの「青きさんま」、なかなか面白い内容で、特に下五の

「声があり」というところが非常に大胆な表現をしながら、意外に微妙な感性を示しておると思う。「男盛りの声があり」ということは、「男盛りの声すなり」とはまったく違うんです。表現としては非常にはっきりしておりながら、それはいわばそういう具体的な、即物的な「男」ということよりも、もっと瞬間的な意識のなかの部分としてとらえておると思うんです。それからもうひとつは、これが「青きさんまや」でも「青きさんまは」でもない、「青きさんまに」という、「には」という意味も含んだ把握のしかた、そういうものも、この「男盛り」という言葉とある脈絡をもっておる。そう考えていいと思います。

先ごろ熱海での作品で「秋刀魚には悲歌より澄んだ直な句を」ですか、そういうのがあった。ところが今度『雲母』へ出されたときは、これが「澄んだ」ではなくて「悲歌より直なつよき句を」に変わっておる。この句の場合も、そのときにはなんかほめたりくさしたり勝手なことを申し上げたんですが、「秋刀魚」自体の把握としてはたいへん見事だと、いうふうに申し上げた記憶がある。この作品の場合も、いま申し上げたように「に」という言葉のなかには「青きさんまには」というもう一字加えたような、そういうニュアンスがあって、非常に大胆な、ないしは鮮明な表現をとりながら、微妙な感性を含んだ作品だと思うんです。

それから次は広瀬町子さんの「木枯」。これは席題の句としては抜群に見事だと思います。こういう作品の場合は、席題という意識を離れて鑑賞するともっとよくわかる。あるいはもっとしみじみした感じが滲みでてくる、そういう句ではないかと思う。なかには席題のたくみな処理により実質より高く評価される作品もあるけれど、この町子さんの作品の場合は、むしろ席題という意識のために逆に低くみられやしないか、そういう懸念を感じさせるほど、なかなか落ち着いた立派な作品だと思う。

「子の頭」ということで思いつくことは、先月ですか今月ですか、友岡子郷さんの作品で、「ふたり子にて二つの頭《つむり》霧笛来る」。なるほどこれは友岡子郷さんらしい簡潔な把握で父情を表出した見事な作品だと申し上げたんですが、子郷さんのそれが父情を示す作品だとしたら、町子さんのこれはまさにあたたかい母情を示す作品だといってもよろしいんではないかと思うんです。

そこでこの「の」という表現、これはまあ一種の切れ字なんです。「木枯や」という「や」に近いニュアンスをもっておる。しかしそれだからといって、これを「木枯や傍らにある」というふうにしてしまうと、今度は「木枯」を強調しすぎることになる。それをちょっと弱めて「木枯の傍らにある」というふうにしたわけで、アクセントは「傍ら」にあるわけです。披講の上手な人になりますと、読むときにこの作品のアクセントはどこかということを、瞬間に感得して披講されるわけなんです。したがってこの作品の場合も、「傍ら」というところにアクセントをつけて披講する。ともかく、寒風のなかを寄り添うわが子に対するあたたかい思いを包みこんだ、いい作品だと思います。

それからおもしろい作品としては、

芋を掘る雀のような丸い夫婦　天川　晨索

「芋」は「芋の露」の「芋」が使ってあって、この点がどうかなということを先ほどから考えておったんです。なぜそういう懸念を感じたかというと、「芋」という場合は「里芋」ですから、「茎」がちょっと邪魔ではないかという印象を受けたんですが、よくよく考えてみると「掘る」前には「茎」は全部剪《き》ってしまうわけですね。そうなってくるとこれが「里芋」か「さつまいも」かなんていらざること。

それからもうひとつ「里芋」の場合は湿地が多い。農業講座みたいになるけれど（笑）、そうなってくると、田んぼの連なっておるような状景のなかで、やや遠景に「夫婦」が「まるまる」と仕事をしておったということですね。「雀のような丸い夫婦」とはなかなか独創的な表現ですが、「雀」が「丸く」なるのはちょうどこれからの季節で、冬の「雀」の特徴です。季題にはそういうのはありませんかねえ（声〝ふくら雀〟）アー、「ふくら雀」ねえ。こういうふうに勉強しておる人がいる（笑）。まあそういう意味で、冬の田園風景としてかなり異色な把握でもあるし、異色ということになると天川さんは常に異色をもって名をあげておる。異色のために失敗する場合もあるけれど（笑）、成功すると見事なヒットを飛ばすんです。も

うひとつ、

阿弥陀如来山眠らせて居給へり　　御旅屋長一

ちょっと高浜虚子クラスのリズム(笑)。あるいは阿波野青畝かな、ともかく大家だよ、これは(笑)、ちょっとやそっとの駆け出しにいえるセリフじゃない。披講を聞いておりますと、この句を取られたのはひとりだけだったように思うんです。そういう意味ではあるいはつまらない、ないしは平凡だという印象を受けられたのかもしれませんが、しかしかなり特色のある作品に私は感じたんです。リズムからしてもなかなか内容にも添っておると思う。

ということは、おそらくこういう句を作る作者は、そんなに神社仏閣型ではないと思うな。本当に信仰心のある人はこういうことはいわないんだ(笑)。全然ないとはいわないけれど、ちょっとだけあるという程度だろうな。それが「山眠る」という、つまり冬深くなった、あるいは春近くなったころの枯れ果てたおだやかな「山」の姿に、一種ある菩提心《ぼだいしん》みたいなものを感じた。まあここいらが、実際作者が感じた内容ではないかと思います。すこし作品に立ち入りすぎるようですが、本当の信仰心があったとしたら、リズムがよすぎるんです。

それからもう一ついえば、なにも「阿弥陀如来」でなくったっていいわけなんだ。仏さん神さんたくさんあるんだが、そのなかから「阿弥陀如来」をもってきたということは、言葉の持つリズム、そのまろやかさというものとも関係がある。作品の中心は、冬深いころの日あたりのいい、なにやら仏さんのような、たとえば「遠山に日の当りたる」というような、そういう「山」の状景なんです。したがって、そういう状景をまず第一義に置いて、そこにこころを沈めながら、ある蕩然《とうぜん》とした気持ちでとらえた作品ではないかと思います。

（一九七三年十二月）

31　時間を消した表現

今日の選は、皆さんの互選とわたしの入選の作品ではかなり共通したものがありましたが、皆さんがお採りにならなかった作品で、わたしたいへん感銘した句もいくつかある。たとえば、

みづうみは露のしづくと白馬の影　金子　桜花

この作品はどなたもお採りにならなかったんですが、気に入らない理由も全然予期しなかったわけではないんです。かりにこの作品が「みづうみに」というふうに出ておったら、非常に分かりやすい作品になると思います。ただ「みづうみに露のしづくと白馬の影」では、みずうみに露のしずくが梢から落ちておる。それからまた、そこに白い馬の影が映っておったということで、原句の「は」という表現とでは、ずいぶん大きな差があると思う。「みづうみは露のしづくと白馬の影」というのは、もっともみずうみらしい姿は何であるかということを、作品のなかで作者が表現した句だと思う。みずうみは露のしずくが落ちるとき、そしてまたみずうみは、白馬の影の映るとき――こういう句だと思う。この「と」とい

う言葉がある以上、そういうふうに理解することが、この作品の一番正確な解釈だと思うわけです。リズムの点でも、心の中味に沿ったリズムを持っておる。それから、今日の席題の句で、

香をひそめゆく草園の落葉籠　　小笠原礼子

「落葉舞ふ音のなかなる白兎　龍太」という句をわたし自身出したんですが、小笠原礼子さんとわたしの力量の差をまざまざと見せつけられた(笑)。というのは、わたしの作品は、落葉の情景を出すには何を持ってくればいいかという段階でしかない。そこへゆくと「香をひそめ」の作は、落葉籠を背負ってゆく人の心延《こころば》えといいますか、そういうものまでこの描写のなかに入っておると思います。

ただすこし気になるのは、「草園」ということなんです。草園ということは、あまり学がないんで、はたしてどういうふうに解釈していいのかなあと、現在も困っておるんですが、ともかくそこには、花の姿がにぎにぎしくあるような、そういう情景ではないと思う。もちろん落葉する季節ですから、そういう場面を想像しなくともいい。あるいはこれは、普通の公園のような情景でもいいのではないかという具合に妥協してしまったわけなんです。ともかく、そのなかで落葉掻きをして、たっぷりと落葉の入った籠を背負ってゆく人とすれ違ったとき、ほのかな落葉の香が流れたという内容だろうと思う。それを「香をひそめゆく」とい

う上句が実に明快にとらえておる。

それから、面白い作品では、

芒ぼあぼあ緑の国へ道がある　石井　キミ

石井キミさんは例会の席でも、かなり異色のある作品を作られるので、今までにも何べんか例証して感想を申し上げたことがあると思います。今日の作品はそのなかでも格別異色のあるもので、ある意味では一時期の新興俳句のようなムードを持っておる。ただこの場合、「緑の国へ道がある」だけで切ってみると、安手の詩の断片みたいな印象を受けると思う。しかし「芒《すすき》ぼあぼあ」というのは、これは解釈上緑と芒という二つの季語に絞られてくると思う。緑は夏、それから芒は秋になるわけですが、「芒ぼあぼあ」というのはこれは秋ではなくて、むしろ冬の枯れ芒だと思う。「ぼあぼあ」なんていう擬態語が、辞書に出ておるか出てないか知らないが、今日の方は、みんな身だしなみがいいから、そんな頭のひとはいないけれど、まあ雀の巣みたいなやつだ。したがって「芒ぼあぼあ」というのは、乱れて、そして同時に光っておる情景だと思う。

問題は、「緑の国へ道がある」というところだが、これは冬の芒の情景の向こうに一本果てしなく道が通っておるということだろうと思う。それは北へ向かってゆく道ではなくって、南へ向かってゆく道である。「緑の国」というのは、どのような国だろうとせんさくしてもはじまらない。冬枯れの道のむこうにこころ描くみどりの国と、そう解したい。

それからもう一つ、写実の確かさという作品で例証するなら、

雪のあとさき柿瞬きて国境　松村　蒼石

これは、現実に見ないと決して生まれる句ではないと思うんです。

蒼石さんの作品は、そこに住んでどうとかというより、あくまで自分が旅の心で、旅の身で対象をとらえておる、そういうよろしさだろうと思う。「国境」なんて言葉は言葉からしても、旅行く人の感慨だと思うし、それから「雪のあとさき」には、雪の降る前も降ったあともという時間の経過というより、むしろ時間を消した表現だろうと思う。

今日の席題の「落葉」ということで思い出したのは、「落葉ふんで人道念を全うす」という蛇笏の初期の作品、東京から田舎へ帰って、しばらく沈痛な日を送って、ふたたび俳句に情熱が燃えさかりはじめた時期の作品ではなかったかと思うんです。

この作品を思い浮かべて、わたしはああそうかと思ったことは、「人」という言葉から蛇笏その人のような印象を受けて、今までこの作品を鑑賞してきたわけです。しかし、はたしてそれで正しいかどうかということになると、ちょっと問題があるんではないか。蛇笏はその当時三十幾つかですから全うするわけはない。また全うせねばならんという強い裏付けが、この表現のなかにはあるとは言い切れない。

なるほど「人」は、自分を含めての人という解釈も成り立ちますが、おそらくこの作品を作ったときは、かなり素材的な要素が強かったんではなかったか。ともかく「われ道念を全うす」というのと「人道念を全うす」とが、まるっきり同じだという鑑賞の仕方には、ちょっと食い違いがあるんではないかという印象を、この席題を見たときに感じたんです。それはそれとして、もう一つだけ作品を申し上げると、

朴落葉踏む濃き影の鴉かな　山本三風子

これはモタモタしたような表現ですね、一見。というのは「濃き」という言葉はなくっても影は克明に見える。「寒鴉己が影の上におりたちぬ」という句がありましたね。誰の句だったかなあ。そう、芝不器男だね。それと影のとらえ方は似ておるんです。ただ三風子さんの作品の場合は漢字で強く締めつけてある。で、そういう漢字の締めつけというものが、この作品の場合はリズムよりより以上漢字の力に支えられておる。そういう句だと思う。

わたしは、よくリズムを強調するわけですが、必ずしもリズムだけよろしければいいということにはならないんで、この三風子さんの作品の場合、表示されておる文字の効果というものを、かなり意識して使った作品として、ある意味で成功していると思います。

（一九七三年十二月）

32 「無用の用」が名句の要素

要するに俳句というものは、一番無駄なものはなにか、そういうことを考える文芸ではないかと思います。まあ従来から「無用の用」などという言葉もありますが、そんな気取った言葉でなくっても、無駄なものはなんだということ、あるいは実用に一番遠いものはなんだということ、それを探す文芸ではないか、私はそんなふうに考えておるんです。

そういうことに気づいたのは、実はずいぶん前のことで、もうかれこれ二十年近くも前のことになりましょうか。たしか中国筋へ俳句会かたがた出かけた折に、句会がすんで、お酒の席になったときに、ある人からこういうことをいわれたんです。あんた達は俳句が専門だから、それはまあずいぶんと熱心でもあろうしむずかしいこともいうだろう。しかし私なんかは俳句を楽しんでやっておるんで、あまりこむずかしいことをいわれても迷惑だ、と。こういうと、きつい表現になりますが、すくなくともその人のセリフの中味はそういうふうに受け取れたんです。で、私はそれを聞いて、一瞬ムッとして返事もしなかったし、また正しいとも思わなかった。しかしその後かれこれ二十年近くのあいだ、その酒の席の言葉がそのまま頭にこびりついて、今日まできておるんです。

なぜそんなことを申し上げるかといえば、実は最近二、三の雑誌に、そういうことをまた改めて思い出させるような記事が出ておるわけです。たとえば『俳句とエッセイ』という昨年創刊された雑誌の、あれは一号、二号ぐらい前でしょうか、永井龍男、水原秋櫻子、その他どなただったか、ともかくその人達の座談会のなかで、久保田万太郎を話題の中心にして、いろいろと俳句を語っておるわけです。

といえば皆さんも念頭に浮かぶと思いますが、久保田万太郎という人は、ご承知のように「俳句余技説」ということをいわれておるわけです。これはいろいろに解釈される言葉であって、好感を持つ人、あるいは納得しない人、いろいろあると思いますが、この言葉について、その座談会のなかで永井さんは、久保田さんはああいうことをいったけど、その真意は結局俳句を一番純粋に愛しておるという意味ではなかったかと。つまり俺は小説で飯を食っておる、原稿料をもらい、あるいは芝居を演出し、それによって生活を支えておるけれど、俳句からはなにひとつ生活の糧は得ておらん。そういう意味では一番贅沢な、あるいは一番純粋な愛しかたをしておるんだと、こういう意味を含めて「俳句余技説」というものをたてたんだろうと言っています。

これはいままで、すぐそばまでは似たような発言をした人もおったと思いますが、ここまで明快に、あるいは純粋な解釈を、久保田さんの言葉に向かっていわれた方はなかったんではないかと思う。そういう意味でたいへん感銘したんですが、これがひとつ。

それから、そのあと今月あたりでしょうか、同じ雑誌に西脇順三郎、栗山理一、それに森澄雄という三人の方の、芭蕉を中心としての座談会が出ておるんです。そのなかで西脇さんは、俳句は第二芸術だという説があるが冗談じゃあない、俳句は「超一級芸術」なんだと、こういうことをいわれておる。この「超」という、一級芸術でなくってこれにまだ「超」という言葉をつけたところに、これは皮肉でなくって、ある意味合いがあろうかと思うんです。

それからもう一つ、暮れから正月にかけて読み散らした雑誌のなかでの座談会としては、『俳句研究』の座談会が眼についたんです。それは歌人の佐佐木幸綱さんと俳人の高柳重信さん、それにこの人については私あまり知識はないんですが、詩人の清水さんという方。この清水さんという方はあまり発言はしておらないんですが、そのすくない発言のなかで、俳句ってのは「名人芸」じゃあないかと、こういわれておるんです。ということで、この「名人芸」ということ、それから「超一級」といい、先ほどの「俳句余技説」といい、私はこれらの諸説には、期せずしてある一面の共通点があるように思うんです。

そういう意味でもうひとつつけくわえれば、まあ私が申し上げたいことを側面からおぎなってくれるような説として、これもやはり新年の座談会ですか、開高健と井伏鱒二、このお二人が、釣りを中心にたいへんおもしろい内容で語っておられるんです。そのなかで、小説を書くなんて気持ちは、人間が二流三流でなければ駄目なんだ、ということを井伏さんがおっしゃっておられる。人間が一流になれば、小説なんて書きやしないと。でまあ、ああいうユーモラスな方ですから、俺なんかいまもって小説にかかわっておるのは二流三流だ、一流になったら小説なんか書かないだろう、こういうことをいわれておるんです。

こういうきたえぬいた体験からズバリと言い切ったような言葉にくらべれば、私の俳句観なんてものは御粗末なものかもしれないんですが、しかしまあ、こういう諸説を参照していえば、私は俳句というものは、立派な作品が生まれればいちいち何のたれがしという名前は必要ないだろう、いわば俳句は無名がよろしいのではないか、昨今はこういう印象が非常に強いわけです。つまり、最初の話にもどっていえば、実用にいちばん遠いもの。このごろチリ紙だ、石油だといろいろ騒いでおりますが、世の中、いま一番不足しておるものはそんなものではない。いま一番不足しているものはこころの余裕ではないか、そう思います。余裕というのは、実用から遠いものを大事にする気持ちではないかと思う。

俳句というものは、実用から遠い一見無駄であるなかでも、とりわけその要素が強い。「古池や蛙飛びこむ水の音」。「蛙」が池に飛びこもうと飛びこむまいと、そんなことは実生活にはなんの関係もないことです。「遠山に日が当」たろうと、「くろがねの風鈴」が鳴ろうと、あるいは「大根の葉」が早く流れようと流れまいと、世の中の移り変わりにどうってことはないわけです。しかしここで大切なのは、そういうもっともどうってことがないものを言い止めたひと、従来名句といわれる大方の俳句はそういう要素を持っておる。つまり「無用の用」という。名句の要素もそこに根ざしておるわけです。で、こういうことを今日の作品でいうならば、たとえば、

見なれたるものにも年の移るなり　有泉　七種

この作品にしても、そういう意味では、「見なれた」ものはなんだというようなそういう日常のこまかい叙述を一切はぶいて、実際の生活を離れた時点で、自分のこころに見いだした実相といいますか、姿というものをとらえておると思うんです。それからもうひとつ、

松過ぎのたそがれの田に水流れ　米山　源雄

この作品にしても「田に水が流れ」ようが流れまいが、実生活上はどうってことはないわけです。だから俳句はくだらんことをいうなといってしまえばそれまでですが、しかしそのくだるかくだらないかということに対して、作者がどれだけ必然性を感ずるかどうかということが、その人の作句の姿勢を決めると思うんです。したがって、西脇さんが「超一級」といい、あるいは「名人芸」といい、「二流三流」というお話も、つまるところはそういうことだろうと思うんです。

ということになってくれば、また話は脱線しますが、これまたずいぶん前の話になりますが中川宋淵《なかがわそうえん》さん、みなさんもうご承知の三島の龍沢寺《りゅうたくじ》のたいへん高名の和尚さんですが、俳句の上からいえば師弟という関係でしょうか、蛇笏とたいへん親しくされて、しかしここ二十何年かは、ほとんど俳句というものを発表されておらないと思うんです。ですが、この方の戦前、それからわずかな戦後の期間にかけての作品というものは、これはたいへんすばらしいものです。そういうことが、最近私もいくらかわかってきた。まあ、ああいうレベルの高いものは、こちらが未熟なせいかなかなか納得がいかない点があったんですが、たまたま宋淵老師のことをしらべる必要があって、一応いままでの作品を読みかえしてみて、これはまあたいへんなレベルのものだと改めて感じ入ったんです。

その中川宋淵さんが、これまた二十年ぐらい前でしょうか、山廬に見えられたとき、ふっとこういうことを洩らされたことがありました。あの方の師匠は山本玄峯《やまもとげんぽう》さんというやはり龍沢寺の先師ですが、これまたたいへんな高僧で、その先師があるときニコニコほほえまれながら「宋淵よ、俳句も結局お前にとって迷いのひとつなんだよ」と、こう言われたというんです。

山本玄峯さんという方は、非常な傑物だったそうで、たとえばあのポツダム宣言を受諾したときに、天皇がお示しになった終戦の詔勅。あのなかに「耐エ難キヲ耐エ、忍ビ難キヲ忍ビ」というなかなかうまい文句がある。これは鈴木貫太郎という、時の総理大臣が、ポツダム宣言をはたして受諾すべきかどうか、その結果日本の将来はどうなるだろうということで非常に悩まれて、こころ千々に乱れて、思いあまって三島の龍沢寺に山本玄峯老師を訪ねたらしいんです。そうしたら玄峯老師は、玄関でチラッと顔を見ただけで、なんにもいわない前にただ一言、「いまは耐え難きを耐え、忍び難きを忍べ」と言ったというんです。いわれた鈴木大将もまた、黙って深く頭を垂れて辞去したのですが、それがそのまま勅語のなかに生かされた。ともかくそういうことで、たいへん傑出した坊さんです。

死にかたなんかもねえ、八十いくつで亡くなられたそうですが、俺は明後日あたり死ぬことになるよ、だからもう食べてもしようがないから、このまま静かにしておいてくれと、それで斎戒沐浴《さいかいもくよく》というんですか、全部衣類を取りかえて、そうして正座したまま二日か三日かしらないけれどお経を唱えながら、そのままバッタリ倒れた……。

死にかたも見事ですが、まわりの人もえらいですねえ。明後日死ぬよなんていわれると、われわれだったらすぐもう、死なれちゃあ困るってんで（笑）、やれお医者だ、カンフル注射だと大騒ぎするんですが、まわりの人もよくまあ見ておれたもんだ。中川宋淵さんは、そういう老師からすべてを託されたほどの人ですから、その宋淵さんが、先ほど申し上げたような老師のお話を洩らされておるわけなんです。

むろんこれを、人物が一流になれば文芸なんてものにはかかわらぬと、こういうこととすぐ結びつけようというわけではないが、しかしどこか似かよったところはあるように思う。ともかくそういう意味で、私はそこいらが、すくなくともこれからの俳句というもの、ないしは俳句とはなにかという、そういうことを考える上の、ひとつの手だてになりはしないかと思います。なにやら中途半端な心境めいたことを申し上げましたが、以上です。

（一九七四年一月）

33 「大根の葉」に見る虚子の力量

須並一衛さんの『海の石』という句集が、つい二三日前にできあがりました。須並一衛さんについては、いまさらとやかく申し上げるまでもないくらい、『雲母』の方達にはなじみが深い人ですが、こうして一冊にまとめてみますと、その力量はただならぬものがあると思います。ご承知のように、須並一衛さんは、長島という瀬戸内海の、非常に小さな島ですが、なかなか風光明媚《ふうこうめいび》な、そこの愛生園という療養所で病いを養われておるんです。しかし、もう病気のほうはすっかりよろしいんで、ときに句会へ出席される場合もあります。いま四十いくつでしょうか。

二十代のとき、きびしい世相のころ発病されて、新潟から瀬戸内海の、例の『小島の春』という文章で戦前有名な存在だった小川正子さん、あの方の勧めておられたその島に療養されておるわけです。須並一衛さんの作品については、私もこれまで何度も触れておりますが、いくら書いても書き足りない。ただ作品の特徴のひとつとしては、たいへんきびしい環境にありながら作品がいつも明るくのびやかなことです。それから限られた環境から生み出しておる作品には違いないけれど、その発想が自在だということ。で、やはりこれはある意味でその道一筋につながっておる専門家ではないかと思うんです。

これは須並さんだけに限らないのですが、俳句の場合ふたとおりあると思う。ひとつは狭い環境のなかから広い表現を求めて自在に表現する人、それからいろいろの生活体験を経て、ある年齢になってから俳句に熱中して秀作を生むひと。こういう二つの形があると思うんです。

前者の場合はともかくとして、後者の場合は自分の実際の体験、あるいは波瀾の生活、そういうものをふりかえって、それを俳句に表現するということはしないのが特徴だろうと思います。もちろん須並さんの場合でも、いろいろな体験は経てきておられるわけですが、その体験のありようというものは深いけれども、ある限られた範囲内のことです。ところが、たとえば官庁、あるいは会社、そういうところの要職を経て、その間に俳句をたしなみながら、ある時期になってすぐれた作品を発表されて俳壇的にも著名になる、こういう人が何人かおります。

そういう人の特徴は、先ほど申し上げたように、いちいち自分の体験というものをこまかく俳句にするというのでなく、自分が一番魅力をもった、そういう狭い部分というものに強く執着すると思う。したがってこういう人の場合は、かりに人の作品を眺めても、嫌いなのは最初から嫌い、そういうものは初めから自分には縁はないものときめてかかる傾向がある。ある意味で趣味的な要素が基盤になっておると思うけれども、俳句に対する才能と情熱に裏打ちされた場合には、すぐれた作品を生み出すこともある。

反対に須並さんのように実人生の体験の幅の狭さ、それをおぎなうためには、人の作品に対して、かりにそれが自分の嫌いな傾向のものでも深い関心をもつ。最近よくあれはプロだ、あれはアマだというようなことをいいますが、専門家だとか趣味的だということの区別も、人の作品に対する関心の度合いによってきまると思う。

ところで、今日の作品ですが、

風の間のしばらくうるむ二月空　井沢小枝子

自然観照もこれだけ透徹してくると、作品はもう鋭さよりも豊かさのほうを多く感じさせると思うんです。これほど「二月」というものの、立春から三月にかけての、いわば早春の情感といいますか、あるいは自然の相といいますか、そういうものを的確に、しかも豊かにとらえた作品というものは、そうザラにあるものではないと思うんです。私も選をする場合、かなり感覚的なものにひかれた選もしますし、いろいろな選句をすることがあると思いますが、しかし結局は、俳句の本当の醍醐味ということになると、この井沢小枝子さんのような作品になにか俳句の本道がある、そういう感じを強く受けるわけです。

いつしんに家を泛べて枯木山　竹川　武子

にも同じことがいえると思う。それからもう一つ、

蒔きてきし山畑にいま雪が降る　南　俊郎

この作品は今日の席題の「雪」で作られた作品ですが、席題の句としては抜群にうまい。下五の、何ていいますか、間をつめた表現のなかにおもしろいニュアンスがあると思うんです。降ることをある程度予期して山を降りてきたが、やはり「雪」が降ったなあと、つまりその土地に生活しておる人の日常感といいますか、生活感覚といいますか、それがじっくりとこめられた作品。

ところで、この作品には、「蒔き」という字が使ってありますね。これは「播く」という字もあります。で、この「蒔き」のほうは、なんか小さな種を蒔く感じだろうと思う。それから「播く」のほうは、たとえば馬鈴薯なんかの場合にこちらを使う。そういうことがありますから、私はこの点はもう一度作者が検討されてもいいんではないかと思うんです。ということは「いま雪が降る」には案の定という気持ちが見える。それならば馬鈴薯なんかいいんじゃあないかとね。しかしこういうことをあまりこまかくいって、自分の好みにあわせるっていうのはよくないな。それからこういう作品があります。

朝の雪樫の天辺より降れり　広瀬　直人

これを取ったのは、この表現でもよろしいということ。たしかに大粒の雪があざやかに見えます。同時にまた常緑の「樫」、しかも背の高い「樫」をとらえたところに、作者の眼のよろしさがあるわけです。

ただ問題はこの「朝」ということ。まあこの場合、そういうふうに対象が「樫」ということになれば、そして「天辺より降れり」という状景からいえば、この「雪」は細雪《ささめゆき》というよりも牡丹雪《ぼたんゆき》がすぐ思い浮かびます。だとしたら、これは特別に「朝」に限定しなくってもよろしいのではないか。たびたび申し上げるように、作品の焦点をできるだけあざやかに描写するには、他の部分にあまり感覚的な要素を用いないのが賢明なんです。そうなってくると、この場合も「朝」よりむしろ「春の雪樫の天辺より降れり」という表現がよろしいように思う。

それから逆に、中味は悪くないんだが、どうしても採れなかった句があります。参考ついでにいいますと、

受験子がしづかに窓を開けにけり

という作品。なぜ「受験子」なんてややこしい言葉を使ったんだろう。前にもこういうことを申し上げたように思うんですが、「帰省子」だとか「受験子」だとか、これらは明治のころ

に使われた言葉ではないかと思う。たとえば「編輯子」だとか、「二三子」だとか、あるいはすこしむずかしい言葉では「豎子《じゅし》」なんていうのもある。あの若僧がっていう意味合い。しかしここでいう「子」というのは、必ずしも子供という意味ではない。

それはそれとして、この句、「受験子がしづかに」とあるが、あまり「しづか」な感じがない。表現としてはそれは「しづか」かもしれないけれど、耳にきこえてくるリズムとしては決して「しづか」ではないですね。なぜ「受験の子しづかに窓を開けにけり」と、素直にいわないいんだろう。

こういう点でもうひとつ申し上げると、

黄梅の土にまみれて咲きゐたり

ここで脱線するけれど、みなさんすでにご承知の「流れゆく大根の葉の早さかな」、もちろん虚子の有名な句です。ところがこのあいだ、なにかの雑誌だったか新聞だったか見ていたら、「大根の葉の流れゆく早さかな」とあったんです。なるほど「大根の葉の流れゆく」でも、あるいは「流れゆく大根の葉」でも一見同じようなものかもしれない。しかしどこが違うかというと、「大根の葉の流れゆく早さかな」というのは、ただ「大根の葉」が流れてゆくだけなんです。もっといえば、なにも「大根の葉」でなくったっていい。ところが「流れゆく大根の葉の早さかな」ということになると、「大根の葉」が早く流れていく前に「水」の早さを表現しておる。「水」の早さと同時に「澄み」も表現しておる。ここに私は、非常に簡単な表現のようだけれど、ズバリ「流れゆく」と表現した高浜虚子の並々ならぬ力量を感じるんです。「葉」よりも先に「水」をとらえながら、それを表現のなかにかくして一句をまとめたというところに、見事な技倆を感じます。それを単に「大根の葉の流れゆく早さかな」では、それはただプカプカ「大根の葉」が流れていくだけのこと。そういうところが俳句の微妙なよろしさではないかと思うんです。しかし微妙なよろしさだけれど、それは俳人だからわかるんだということではない。これは大事なことだと思います。

またまた脱線すれば、今月の『馬酔木』で、六百号記念ということで、主要な各雑誌の編集関係の人が四、五人で座談会をやっています。福田甲子雄さんも出席されておるんですが、たいへんおもしろい座談会で、いろいろな問題がそれぞれの人から提起されておるけれど、そのなかで、甲子雄さんは、俳句の、あるいは俳壇の賞というような場合に、俳句を作らない評論家のような人も銓衡の場へ起用したらどうか、こういう提案をされておる。しかしほかのベテランの方達はそれに対してほとんど賛意を表しておらない。賛意を表しかけたけれど、ひっこめたような人もいるし、なかには俳句は専門家でないとわからんという考え方を強く打ち出した人もいる。しかし私は甲子雄さんの意見に大賛成なんです。

たとえばいまいったような、「流れゆく大根の葉の早さかな」のこまかい秘密というものは、いくばくか作句に苦労した人のほうがわかりやすいかもしれない。しかし同時に、そういうふうな経験を積んだことによって、かえって「大根の葉の流れゆく早さかな」との区別を見失う危険もあるんではないかと思うんです。

ところが、そういうこまかい分析はしないけれど、「流れゆく大根の葉の早さかな」という、このよさということ、非常にあざやかでおもしろい句だなあということは、殊に詩の方面などで造詣の深い人ならば直感的に感じると思う。結局、俳句は俳人が有名にするんではなくて、俳人が作って、そして俳人もいいけれども他の分野でもその作品を認めたときに、はじめてそれは一つの場をもつと思うんです。俳人がいくらほめても俳人の範囲内だけでは名句にはならない。そんなわかりやすい事実を俳壇の人はうっかりしてやしないかと思います。

ところで、この「黄梅の土にまみれて咲きゐたり」という表現は「大根の葉の流れゆく早さかな」という表現と同じところがある。勝手な私見を申し上げれば、この作品は「土まみれなる黄梅の咲きゐたり」ということになって俳句の余慶を得ることになりはしないでしょうか。

（一九七四年二月）

III　秀句の条件

新年

元日や豆腐湯気たてても異国　　古屋　伸子

元日に湯豆腐か。だが、遠い故国をしのぶよすがとしては、なるほど絶妙の案。薬味はなんにしよう。割箸はあるか。安物でもいい、せめて有田の小鉢がほしいと。

作者はスウェーデンのイエスボリーという町に居られる若い主婦のようである。それ以外、私はなにも知らぬが、この句を見ると異邦での郷愁が胸に沁みる。切々とこころにひびく。表現もまた直截《ちょくせつ》。

戸口より山路はじまる屠蘇の酔　　宇佐美魚目

じつに巧みな句だ。省略がまた絶妙。これならその家の風情に、一語の注釈も要しまい。また、「屠蘇《とそ》の酔」に今昔を忘れた俳味がある。俳味から読者の眼を覚ます措辞《そじ》に万全の配意。見事である。

年新た神はそのまま居給へり　　石毛　鳥山

なんとまた愉快な句ではないか。あかあかとゆらめく灯明の明り。かすかにそよぐ新《さ》らの注連《しめ》。新春を賀して深々と一礼し、柏手《かしわで》を打って、さて神棚を眺めると、いや、家の中ではなく社頭でもいいが、神さまには別段お変わりなく、去年のままの姿でそこにいらっしゃる。勝手にめでたがっているのはこちら側のことかと。いささか注釈にアヤがついたが、大筋のところは変わりあるまい。一歩あやまると川柳。表現で品位を保ち、冷《さ》めた目でとらえた、まさに珍重の一句。

いづかたも敵と思はず弓始　　赤尾　兜子

月並みをおそれず、おもい切って言い止めた句だ。月並みかしからざるか。鑑賞者の評価は、作品内容のとらえ方でわかれるところ。私はこの作を、きわめて客観的な視点を持った句と解する。無念無想の境、と主観を強調した句というより、その一歩前の情景。「いづかたも」にはそんな背景のひろやかさがある。つまり「見える」句だ。

手毬うた土蜘蛛土にかくるるか　　庄司　圭吾

手毬唄《てまりうた》はもとより新年の季題。新年でいいが、この毬の音も、童のこえも、なんとのびやかであたたかいことか。おもわずこんがりとした日溜りを想像したくなる。また、土蜘蛛《つちぐも》というと、あるいは芝居に出てくるあのおどろおどろした化け物を想像するひともあるかもしれないが、この句の場合は庭先の植木の根株近くに見かける地蜘蛛のこと。すると、唄声よりむしろ手毬の音がますますリズミカルにきこえてくる。

太箸やふところふかき父のこと　　佐々木菁子

太箸《ふとばし》は正月雑煮を祝うときに用いる太い白木の箸。一般には柳を用いるというが、私の近辺では白膠木《ぬるで》の木で作る。それも十五日正月の小豆粥《あずきがゆ》の日。土地土地によってこうした風習にはちがいがあろう。いずれにしても太箸は縁起をかついでのこと。そのことにかわりない。父の手作りの白木の太箸。しだいに箸の形をなすにしたがってかすかに木の香がただよう目出たさ。そんな幼時の思い出に、慕父のおもいが蘇る。この歳になってみると、やっぱりあの親父《おやじ》はたいしたもんだったな、と。しみじみとした独白だが、「ふところふかき」には肌のぬくみがある。

春

鷗舞ふ夕日の中を二月過ぐ　　城　松喜

さらりとした表現だが、浜辺の早春の気配を申し分なく言い止めている。景のなかに光陰の風趣が宿っている。「二月過ぐ」という把握が的確なためだ。あるいは目を細めたこころのなかに静かな詩心のたかぶりが秘められている故であろう。さりげなく、おだやかな句だが、滋味は深いと思う。

自転車に積む子落すな二月の陽　　長田　蕗

私は、小学校一年生のときハシカをした。二ヵ月ちかく休学した。ハシカは癒ったが、栄養失調で眼が悪くなった。父が自転車に乗せて、何日も甲府の眼医者に通った。いまのようなハンドブレーキの自転車ではない。コースターという種類で、ブレーキはペダルを逆回しする。坂をくだるときは、ペダルに体重をかけるから楽だが、平地でとっさにブレーキをかけるのがむつかしい。かけたとたんに転倒する危険がある。まして、小さな子供を乗せた場合は、乗せるほうも乗せられるほうも必死である。その上、狭い田舎道。片側にはふかぶかと川が流れていた。ここで落ちたらたいへんだ、と思いながら、懸命にしがみついていた。一度は巡査から注意されたこともある。シカルという態度ではなく、「あぶないから注意して下さい」という程度だったようだが、何かオヤジに気の毒で、その後も、この時のことを思い出すと、なんとなく負い目を感じた。

この句を見て、ふっと、そんな幼時のことを思い出した。が、この場合は、「積む子」という言葉から幼児用の荷籠のついたそれだろう。そのなかに楽々収まる二、三歳の子供だろう。私が経験したような危険な感じはないだろうが、いまの自転車は外見が繊細で、それにスピードも出るから、思わず こんな言葉をかけたくなる。

それはそれとして、この句の「二月の陽《ひ》」がいい。文字通り早春。それもひろびろとした郊外風景なら一層ふさわしい。自転車と、そして乗せられた子供の姿と、共々まことに鮮やかに見えてくる。一抹の不安が、車輪のきらめきとなって読者の前を通り過ぎる。

影は主を待ちては歩む春隣り　　金井　徳夫

一見「春隣り」は不安定に見える。冬隣りでも一応それなりの姿になるだろう。しかし、

「主」という語感を受けて影に情感を託したこの句の調べは、単に克明な印象を求めてはいない。かれがれとした早春の地の遍照に季節の微妙なよろこびをとらえた句だ。そこに主という言葉の、さだかならぬ天上の恵みを思ってのこと。

きさらぎや馬よりも濃く水動く　　伊藤　伴子

白馬《はくば》馬にあらず、という譬《たとえ》がある。このでんでいくと、尾長鶏は鶏にあらずとなるか。鶏といえば白いレグホン系を想像するのが一般常識。ともかく、この場合も栗毛の馬色をおもいたい。それより水が濃く暗く眺められたという内意だが、「動く」という言葉に静止した馬との対比を巧みに描き出している。したがって作品の重点は、「きさらぎの水濃く動く」にあるわけだが、そのかすかな動きのなかに、実在の馬をとらえた作だ。もとより馬は単なる比喩ではない。

　また、きさらぎは二月の古称。陽暦なら三月も末になるだろうが、しかし、こんにちもなお、われわれの日常感覚のなかには（たとえば師走と同じように）寒気をおぼえる言葉として生きていよう。敢えて言えば、春近いころ、それに冴《さ》えかえるという季語を重ねあわせたような印象がある。早春の印象は背景を明るく展き、寒気は足下の水面に残ってこの作品に自然の静寂感をにじませているように思う。

うすらひを琴うたゆきてかへるかな　　　　斉藤四四生

琴唄は、歌舞伎の下座《げざ》囃子で三味線を琴の代わりに用いる場合もいうようであるが、この場合は、琴にあわせてうたう歌の意だろう。

私はこの句を見て即座に元日を思い浮かべた。いささか屠蘇気分。それなら元日の午後の感じもあるが、ここでは一応薄氷（春）と解してもいい。しかし、「うすらひ」（薄氷）とあるからには矢張り朝方と解したい。「ゆきてかへるかな」がじつに旨い。首尾さだかならぬ琴唄ののどかな抑揚に、合わせて琴の音が薄氷にひびく。ことに薄氷を仮名書きし、琴唄の唄をまた仮名にした。印象を柔らげてたいという調べを示そうとしたのだろう。把握と表現がぴたりと一致して、感覚の上澄みをすくいとったような鮮やかな句である。

薄氷のなかの深空も中有かな　　　　毛呂刀太郎

中有《ちゅうう》は俗にいう四十九日。中陰と同義だが、要するに、死して次の仏生を得るまでの期間を指す。薄氷を透かして見える真澄みの青空に中有を感ずるというのなら、その服喪もすでになかばを過ぎたころであろうか。悲愁はいつか諦念と祈念にかわって無限の空の深みを漂うばかり。

すぐの枝からひらひらと雪が止む　　安部美どり

春雪という言葉を用いず、それらしい背景も用意しないで、これほど春の雪の風情を見事にとらえた句を私はいままでに見たことがない。まさしく春雪だ――といってしまえば、もうこの作品の鑑賞言は一切無用ということになるが、「すぐの枝から」とは、いわば心眼と讃えたいほどの鮮やかな把握。しかも、一句の持つ明るいリズムのなかに、はやくも西空に青空が見えてくる感じだ。ひらひらと舞い降りてきて瑞枝《みずえ》に止まり、たちまち消える雪片の鮮やかさはいうも更なり。

斑雪野の夕日湯の宿まで蹤くか　　大野林火

凍て厠わが糞りしもの匂ひけり　　林火

食うて寝て雪を眺めて湯治人

客土掘りまんさくの黄にちかきかな

まことに自在。軽みだの重みだのと、理屈はどうでもいい。まずは眼前の事実、実態にとっぷりと我が身をひたした俳諧の風趣。したがって上掲「斑雪野《はだれの》」のような秀品を天が賜わったのだろう。

月の出の風吹きかはる遠山火　　本村　蛮

二月末から三月はじめの早春は、最も山火事の発生しやすい季節である。落葉が枯れつくし、空気が乾燥するから、わずかな火種でも大火になる。しかし、俳句の上の山火は、この山火事ではない。ふるくは焼き畑、あるいは火田のため、ないしは萱原などの新芽を育てるために火を放つもの。とくに九州阿蘇山系の山火はよく知られた風景である。

ただし、山焼きの火が山火事になることもしばしばある。たとえば、

遠山火こころにかかる早寝かな　　窪田　星詩

という戦前の作など、幼時からの見聞から、私は、多分そんな場合にちがいないと解している。早春の夕ぐれ、北の秩父山系が夕闇につつまれると、忽然と山火事の焔が現れ、二夜三夜と燃えつづけた。病中の作者には、それがひとしお身にしむおもいであったろうと。

しかし、上掲の作は、作者が九州のひとというだけでなく、作品そのものの情感からして、高原地帯の山焼きの火と解すべきだろう。「風吹きかはる」に、凄絶の趣はあっても恐怖感はすくない。ことに「月の出」を受けて、原始の饗宴を連想させるようなこころのたかぶりを感じさせる。やさしく豪快な作である。

腰曲りたる婆はやし犬ふぐり

川崎　展宏

この作品には「寂光院へ」という前書がある。一般論として、私の好尚からすると、俳句に前書はあまりつけたくないほうであるが、この句に関する限り、前書が一段と風味を加えた。是非とも必要である。ことに「寂光院へ」の「へ」の一字がじつに旨い。むろんこの場合は、寂光院へ行く途次の所見という意味である。寂光院でも大原にてでもない。「へ」はこころの動きを示す。寂光院のたたずまいをこころに浮かべながら、折からの春景色をたんのうし、足下の犬ふぐりに眼を遊ばせてゆっくり歩いていく、そんな気分だろう。そのときたまたま腰の曲がった婆さんに出会ったのだ。やや遠景として、畦道を行く情景をとらえた場合、ないしは傍らを素早く追い抜いていった場合。その点はこまかくせんさくせずともよろしかろう。重要な点は、寂光院という悲話を背景にした場の設定である。この前書でなにやら老婆にただならぬ気配がただよってこないか。

しかし、眼をこらせば老婆はただの老婆、もとより建礼門院の化身であるはずはない。そのことが「はやし」に示され、ついで犬ふぐりと微妙に照応するとき、ほのかなおかしみを誘う。即妙の俳味を持った作品である。

をんなわれを風呂に沈めて恋の猫　　加藤　直子

高邁な詩境などというものではない。卓抜な技術というのでもない。むしろ、高邁でも卓抜でもないことを身にしみて知った上の、正直な表現がこの作品の図太さであり、面白さだろう。風呂に身を沈めた女体をモチーフとした作品なら、これよりもっともっと巧みな作品の先例がある。また「恋の猫」も、表現の微妙を求めるなら「猫の恋」としたくなる。

それもこれも一切無視して「をんなわれを」とズバリと言い切り、下句に煩悩の実体を据えた。聞こえてくる恋猫のこえが、いつか自分自身の身体のなかにしみ透《とお》ってしまったような、それこそ女体の業《ごう》というものかと。少々深入りした鑑賞で、あるいは作者に失礼かもしれぬが、作品そのもののなまなましさはそれ以外に味わいようがあるまい。それが大人の情念、いつわりない女人の胸奥というなら、これも大事な生身の一瞬にちがいない。

白猫の恋のはじめの闇夜かな　　藤本　始子

猫の恋、恋猫、うかれ猫、猫の妻、その他さまざまな季語はあるが、馬の恋、犬の恋、猿の恋、などとはあまりいわぬようだ。ただし、妻恋う鹿は古来なじみ深い言葉。あるいは春駒という言葉もあるにはあるが、猫の恋だけ、どうして古来からこんなに珍重されるのか。

しかもあの声は、正常の神経の持ち主なら好意を抱くはずはない。もっともホトトギスなども悪声の最たるもの。それが詩歌にもてはやされるのと似たようなものか。

猫の恋止むとき閨の朧月　　芭蕉

さしずめ堀口大学流のエロティシズム。あるいはまた、

なの花にまぶれて来たり猫の恋　　一茶

も機智の作。その他現代俳句の例句は数限りないが、すくなくとも私がいままで接した恋猫の俳句で、上掲の句ほど高雅な趣を持った作を知らぬ。高雅というよりも、むしろ、清純の感さえある。そのことは中七字の「恋のはじめの」という措辞《そじ》によるものと思う。「はじめ」は、季節のはじめと同時に、白猫そのものにとって、いわば初恋の夜。更に闇の一語を重ねてその声はひとしお切々としたひびきを伝える。陳腐な凡情に陥りやすい素材を見事に昇華したこの作者の詩心に敬意を表したい。

真清水の珠のみどりご芹の中　　今井　勲

早春、芹はいち早くみどりに萌《も》える。ことに清冽《せいれつ》な清水のほとり。あるいは岩間から洩れる滴りの飛沫《ひまつ》を浴びていたか。朝日射すとき、その水滴はさんさんと輝く。「珠のみどりご」とはまことに絶妙の把握。摘みとることを忘れてしばらくその瞳に見入る。

三月は人の高さに歩み来る　榎本　好宏

巧みな比喩である。比喩に確かな自然相の把握がある。二月はなおしばしば寒気が戻って料峭《りようしよう》。三月に入ると、寒気はようやく地を離れるが、目をあげると、あるいは白雪をいただく嶺をとらえることもあろうか。視野一望のなかに、ときに人影を認めるならまさしく等身の春。

この作品を収める句集名の『寄竹』とは海岸に流れ寄った竹の意というが、この著者自身、全身を水中に沈めて句作りしているようにみえる。水の浮力は重力をやわらげ、関節の自在をゆるす。たとえば、

ころもがへ母が隠れて妻のこゑ　好宏
一粒の晒の雨の神無月
寝て恋の猫のくらさにゐたりけり
茅舎忌の足音あをき深山かな
立てば木の影をふやしぬ桃の花
あたたかき石の上にて梅のまへ
ゆふがたの富士にあつまる寒雀

花あんず日焼はじめの鼻のうへ

蜩や臍のごとくに寺の井戸

しゃぼん玉背中押されて人のまへ

あるいは、

国引の師走の月の力見ゆ

のような作品にしても、この「力」は大気外に浮遊して燦光をまとい、師走の俗界に夢をもたらす。やさしいひとつの世界を持った句集といえる。

春昼や荒ぶる神を岩の中　　近藤ひかる

大岩を祖神とする社、さてどこを思い浮かべたらいいか。私にはとっさに念頭に浮かばぬ。だが、この句は、そのような特定の場所が思い浮かばぬともよろしかろう。作品そのものが確かな世界を持ち、岩は実景として眼前に見えてくる。それもこれも「春昼《しゅんちゅう》」というさりげなくしてもっとも確かな季語の配慮によるものと思う。そして一句は、明るく静かな春のひかりにつつまれている。

洛中をすぎゆく風も朧にて　　長谷川双魚

洛は洛水、つまり中国河南省を流れる黄河の支流だが、その北にあるところから古都洛陽の名が生まれたという。これにならって京都を洛と称した。したがって洛中は京都市中の意。

作品内容は一読鮮明。なんの解説も要しない単明な句であるが、二読三読を重ねるごとに頬のあたりを吹き過ぎる夜風がしだいに鮮やかになる不思議な感触の句。つまりは下句の「朧にて」が、一切の物音を消して旅の孤心をはぐくむためか。あえて朧月《おぼろづき》を仰ぎ見るまでもなく古都の春宵は千金の風雅。そのなかにいくばくか哀愁のただよいをおぼえながらも。なお、私の愛誦する古俳句のひとつに、

大原や蝶の出て舞ふ朧月　丈草

があるが、双魚作にはなんの構えも見せぬ情念の澄みがある。

束ねたる塔婆の届く雪解寺　山本三風子

三月彼岸のころか。ちかごろは、寺で塔婆を一括買い入れ、檀家の便をはかるようである。ことに春の彼岸には、結構需要が多いそうだ。塔婆というのは、梵字戒名を書くと陰気になるが、白木のままでは、さほど暗い感じがないもの。ことに何枚か束ねたものなら一層清潔な感じだろう。それがどっさり庫裡《くり》に届けられたという。「雪解寺」とはまた巧みな季語の用い方である。白木の塔婆に早春のひかりが当たる。

雪解川人の世の音たててゆく　　川村　静子

雪解川というと荒々しい白濁のいろとひびき。それが一般の印象だが、「人の世の音」とは意表を衝いた把握。いわれてみるとなるほどと思わぬわけにはいかぬ。ことに春待ち遠しい雪国では、そのひびきが荒々しければ荒々しいほどよろこびを増幅するにちがいない。

のみならずこの句は、私には何やら夜闇の彼方からきこえてくる川音のような印象を持つ。かすかな遠音が鮮明に。それこそ春を待つひとびとすべてのこころを包みこむように。人の世はすなわちこの世。自然と人界とのわかちがたい交情のよろこびにとっぷりと身を浸して詠いあげた作者の情感に、限りない懐かしさをおぼえる佳品と思う。

雪解風熊の罠組む鉄の音　　四條　五郎

特異な素材をとらえたものだ。実景に接しないと想像ではおもいつくまいと思われるところに、臨場感の確かさと迫力がある。

なお、念のためつけ加えると、雪解のころは、いまはすでに猟期外とすると、この熊は、例の房州の寺の虎のように、あまり歓迎されない危険な場合だろう。それなら鉄の音も一段とつめたくひびく。

朧夜の寺より出でて畝鮮し　福井　雪山

じつにキッパリとした写生句だ。そのたしかな写生のなかに、やわらで豊かな情感をたたえた句である。その畝《うね》につちかわれたものが麦なら、ほのかな月明にそよぐみどりの葉をもいたい。「寺より出でて」は、作者の動作と解してもいいが、寺があり畝があるという実景。その擬人化と解してもいい。私は朧夜に比重をかけて後者をとる。そのほうが田舎のささやかな寺の、ひいては春の夜の風情が濃いように思われる。

絢爛の重みをつねに雉子翔べり　三浦　秋葉

総じて南方の、わけても熱帯の鳥は極彩華麗だが、北の鳥は色彩が地味のようだ。風土によるものだろう。あるいはまた、チベットのような高原の鳥も派手なものがある。渡りを別にすると、日本の場合留鳥は地味である。そのなかで雉子《きじ》だけがとくに華麗——ということを、この句で改めて気づかされる。

のみならずこの作品の観照の見事さは「絢爛の重み」という、この重みの一語。雉子の飛翔するときはまさにこの通り。とくに飛び立つときは、おもおもした金襴緞子《どんす》姿がまことにこころもとない風情。したがって猟には絶好の獲物になるが、ただし、この句は、そんな殺伐たる場合をとらえたものではなく、やや高みの空を一直線に鮮やかに飛翔する姿。なお、雉子は春の季物。とすると「つねに」は、満月荒涼の冬はもとより、の意か。

種選ぶ鼻先すぐに信濃川　　加藤有水

説明するまでもなく、信濃川は日本最大の川。越後平野を流れるその姿は洋々たるものだ。それと対照的に種選びはチマチマした手先の仕事。そこに一種のユーモアがあり、生活するひとの日常感がある。「鼻先すぐに」は、その間の呼吸を素早く言い止めた巧みな表現。

苗売りに橋筋の灯が針のごと　　二反田秋弓

いつかたそがれが迫った。今日ももう商売はこのくらいのところか。春とはいってもさすがに夕冷えの気配。遠い橋筋の灯がチカチカと針のようにまたたく。橋筋は、心斎橋筋などというあれだろう。作者が大阪のひととなるといわゆる八百八橋、橋の向こうにも橋の明りが見えてくる。

かがやける筧の水と子遍路と　　鈴木あぐり

札所《ふだしょ》の庭は白装束の一団に埋められる。念仏の声に鐘のひびき。三月半ばなら白梅紅梅はもとより、レンギョウの花にコブシか。引き続いての季節ならいうも更なり。しかも絶好の遍路日和。だが、子供ごころには、信心よりもまず咽喉の渇《かっ》えを癒したい。青竹の樋《とい》からさんさんとあふれ出る泉の光りこそ眼前の至福。甲斐甲斐しい装束ゆえに、この対照は一段と瞭《あき》らかに眺められたろう。愉しい句である。かつまた見事な寸景でもある。

胸ふかく財布しまひぬ酢茎売　　森田　峠

「京極付近」と頭書する。京極でもいいが、別に京極でなくともいいだろう。たとえば大原のあたり。いつか観光客の人影もすくなくなった冬のひと日。酢茎《すぐき》は格別高価というものではない季節の風味である。そのわずかな代価の取り引きにも、おもおもしく財布を出し入れするところが面白い。何やらこの財布、定九郎の縞の財布を思い浮かべたくなるような。相手が女性なら西陣織か。それも存分に使い古した品。また「胸ふかく」という用語も、相手の服装を巧みに暗示する。一句全体の調べに、動作の遅速を生かして過不足ない表現を得ている。

土の音松にのぼりぬ春の暮　　藤田　湘子

松は常緑。葉は四季絶えることなく梢上にあるが、この作品は一読して幹を感じさせる。

それもたかだかとのびた赤松の幹がいい。「土の音」は、現実にある土の音だ。掘る音、耕す音、どちらでもいいが、鈍く重くひびく。そのひびきが、たそがれの幹をのぼって梢上の葉叢にしみる。つまり、土の音は、現実にひびく音であると同時に、土中に秘められた春の目覚めの音。静寂を秘めた中七字の把握には、そんな二重の感覚が重層している。だから、梢上に春の土の香がのぼってさやぐ。

春落葉このあかるさにたはむるる　　細田　寿郎

春の落葉なら、椎樫などの常緑樹。ないしは竹の秋という竹の落葉でもいいが、一般的には前者を想像するだろう。折しも晴天の強風。この季節にはよくあることだが、秋冬の落葉とちがって、時をたがえた常緑樹の落葉は、椎は椎、樫は樫だけのひとりの世界。「あかるさにたはむるる」には、そんな感傷を消した把握がある。かりに秋の落葉なら、感傷そのものであることを知れば饒言は無用か。無用を承知で附言するなら、「このあかるさ」の「この」の一語は絶妙。落葉の嬉遊を無視した外光を鮮明にとらえている。

豹よりも虎美しき弥生かな　　大内　史現

陽春弥生《やよい》の動物園風景といえば、おそらく百花爛漫。その華やぎのなかで眺めるなら、猛獣もまた美しと見るのは人情の常だろうが、さて、豹と虎ではどちらが猛々しいか。ここで審美眼がわかれる。かりにわが身をふりかえってみるなら、鮮やかな豹斑としなやかな姿態、そしてどこかにやさしさを感ずる豹のほうに親近感をおぼえはせぬかと思う。それもこれも、いつしかしのび寄った老境のなせるわざだろうかと思うと、逆に、虎をより美しと見る作者の若々しいバイタリティーを羨望する。作者二十五歳という。なるほどさもあろう。おのずからにじみ出た感性の若さ。だがこの句、下句の「弥生かな」はまことに落ち着いた措辞《そじ》。抑制のなかに華やぎを秘めた巧みな表現である。

鶯や水神はいまうまいどき　服部　嵐翠

たとえば苗代風景。いわゆる水口祭という慣習がある。播種するとき、あるいは苗代から田植えに移るまえ、豊作を祈念してささやかな祭りのまねごとをする。水口に野の花を挿し、ときに幣を奉る。ときは春昼。静かな水面に鶯の遠音。水神もしばしば睡気がさしたとしても、致し方あるまいだろう。

つばくろや雪国はまた雲の国　石井　健作

雪魔からようやく解放され、春風の大空に翻る燕を眺めるとき、思わず深呼吸をしたくなるような快感が湧き上がってこよう。遠く望む山々のかなたの、鮮やかな碧空と団々たる白雲。

「雪国はまた雲の国」という表現のリズムに乗ったこころの明暗の転置。しかも燕の点景はまさに絶妙。おおらかに詠って存分に風土感を湛えた見事な作である。

なお、燕は季別の上では春。しかし、この作品の場合は、春といってもすでに夏めく気配の暮春のころと解したい。

松籟のしきりに羊歯を青くせり　岸田　稚魚

辞書をひもとくまでもなく、松籟《しょうらい》は松の風のことである。それなら「松の風しきりに羊歯《しだ》を青くせり」でも意味合いは同じことになるだろうが、句の味わいはちがう。松籟には、文字の感覚に針葉のひびきがある。木の印象より、颯々たる葉のどよめきをおぼえる言葉だ。そこに春めいた渓谷の風情をおもいたい。あの美味なコゴミ（ソテツシダ）なら、すでに採取適期を過ぎたころか。「しきりに」は、「にわかに」とちがった柔らかな主観を含む措辞《そじ》。かまえなく自然に寄せる詩心の純度が、まことにこころよい作品といえる。

鶯の山をうしろに神馬かな　木田真佐恵

十数年前、こんな季節に、これとそっくりの情景を日光東照宮で見た。神馬はもうすっかり年老いて、かつては神々しい白馬であったろうが、たてがみは汚れ、眼はしょぼしょぼして、なんとも哀れな姿であった。折から杉木立の奥に、老鶯のこえがさえざえとひびいて暮春の静けさを深めた。もっとも、この句の神馬は、私の追想よりはるかに美しいようである。風景も展けて明るい感じである。下句の「神馬かな」に、憐憫の情は見えない。

松露掻く白波は目の高さにて　　鬼塚　昭子

さる年の秋、宮崎を訪れたとき、町外れの松林を通りすぎると、その地の俳友のひとりが、「このあたりには松露《しょうろ》がとれますよ」と言った。私は、松露をいちどだけ食べたことがある。歯あたりは、どこかマッシュルームのような感じであったが、さて、おいしかったかどうか、味のほうはとんと記憶がない。むろん、自生の姿を知らぬ。知らぬが、この句を見、そして宮崎の浜辺の松原を思い出すと、図鑑で見たその松露がありありと目に見えてきた。松露掻きの、背をこごめたそのひとがこの作者だったら、松露に清浄とした春雨のなごり。そして、白波は碧波を彩《いろど》ってはるかな沖に遊ぶ。

濤あがる崖のどこかに雛のこゑ　　須並　一衛

飛沫をあげて岩壁に打ち寄せる大濤《おおなみ》が引くと、一瞬あたりに静寂が戻る。耳を傾けると、どこかで雛の鳴くこえがする。か細い可憐なこえだ。岩壁のどこかに巣があるにちがいない。海猫か海鵜の子か。まことに鮮やかな把握である。明快そのものの句である。同時に、大自然の不思議と、生きとし生けるものへのいたわり。

くすぐつたいぞ円空仏に子猫の手　　加藤　楸邨

「吹越」は、「谷川岳あたりが北の吹雪になると、その一部が風に乗って岳越しに南の山麓に飛んでくるもの」だそうだ。豪勢な風花のようなものだろう。谷川岳は越後と群馬の県境、例の清水トンネルはこの東麓を抜ける。南麓なら水上のあたりか。北にそばだつ谷川岳に雪煙りがあがり、抜けるような青天から雪片がさかんに舞い下る状景は、なるほど見事だろう。それならこの作者の作風に、いかにもふさわしい句だ。

吹越に大きな耳の兎かな　　楸邨

も面白いが、面白いという点では、前掲の句はとびぬけて面白い。鉈彫《なたぼ》りの、あの飄々とした円空仏に、ひょいと子猫がじゃれる。一瞬真黒な木彫仏がくすぐったそうな顔をした、という。いわば無心の子猫の手を借りて、仏顔に入魂の一瞬を見てとった句である。「くすぐったいぞ」という平俗な言葉が、傍若無人のおかしみと無垢《むく》な詩心を誘う。

夏

目の下のほくろがしんと夏はじめ　針　呆介

随分ひとを喰った作品である。ニコリともしないで卓抜なジョークを効かせたような句だ。むろん、作品の表面に笑いは見えぬ。ここがこの作品のきめ手にちがいない。ということはつまり、対象人物がすでに相当に風化して、浮世の外を見ている感じがあるためだろう。それもこれも下句の季の扱いの巧みによる。同時にこの「夏はじめ」は黒子《ほくろ》そのものを鮮明に印象させた。それ以外のことは、読者各自の周辺を見回して、適当に御想像下さい、という作品。私の場合は、とりあえず作者と同じ大阪の、いまは故人となったさる先輩俳人の慈顔を思い浮かべたい。

巌に佇つ鵜のときめきも五月かな　岸本　國清

とらえた素材と表現がぴたりと一致し、景に作者の心意がにじんだら、理屈抜きで俳句はたのしいものである。格調とは、そういう場合に生まれる。ことにこの作品の中七字は精妙的確。巌を打つ五月の飛沫まで見えてくる。心意とは、背後に限りない晴朗の碧海の大空を託した「も」の一語か。

どこか隙ある人のごとくや五月富士　　植松とし夫

裏富士か表富士か。裏富士なら間近く全貌を仰ぎ見る岳麓の地。ともかく、五月富士は七、八合目まで残雪をいただく。しかも下界は新緑の季。その対照は、まことに絶妙な景だが、冬富士のきびしさに比べると、どこか放心した感じだ。日ごろは寸分の隙もみせないひとが、浴後単衣に着がえて端居しているような、その横顔を垣間見たような。あるいは盛装の貴婦人がソファーにもたれてまどろんでいる場合。

胸ひろくねむれる釈迦に南風吹く　　飯野燦雨

南風はミナミと読む。あえて晴曇にこだわることもないが、戸内と戸外ではいくぶん印象に相違は生まれようか。かりに戸外とすると、背後に新緑をおもいたい。堂内なら晴天の日がいい。「胸ひろく」は仰ぎ見て慈愛の静謐《せいひつ》をとらえた言葉。

熔岩つねに荒涼とある薄暑光　冨川仁一郎

熔岩が荒涼と見えるのはもとより冬。だが、満目みどりしたたるばかりのこの初夏にも、かたくなに季節を拒んでいる、と。だが、この句から、わずかばかり雑草のみどりが見えてこないか。そのみどりゆえに、かえって冬枯れの折より荒涼とした感じがあろう。薄暑光という下句の季語の働きによるものと思う。

雲夏に入る庭下駄は縁の下　小山　三壺

四季春秋、雲はいち早く季節の表情を示す。五月初旬、さんさんたる午前の陽を浴びて縁側から大空を仰ぐと、青空に団々たる白雲。いよいよ夏に入ったか、と思う。庭前を散策しようと、三和土《たたき》の上を見ると、そこにあるはずの庭下駄がない。おおそうかそうかと思って縁の下を覗くと、寒いあいだ中、ずっと履《は》くことのなかった庭下駄がうす埃をつけ、乾ききってあったという内容。

軽妙な句だが、季節を背景にしたさり気ない動作と心理が巧みにとらえられた句である。靴下ならサンダルが便利だ。足袋をつけての下駄履きは重々しい。素足に軽い下駄の感触。これこそまさに夏の醍醐味だろう。庭下駄ならなお更のこと。

調べ高く、短詩の気力をこめた秀作もとより結構だが、一読明快、しかも一瞬俳句であることを読者に忘れさせるような、そんな味わいの句も有難いものである。そういう佳句は、心身共に充実していながら、作者にその気負いがなく対象をとらえたときに生まれるように思われる。

夏の雪山大空を曳きやまず　　岩谷　滴水

炎天の澄みに飛ばざる白馬岳　　滴水

が並置されているところから、対象は北ア白馬岳の風景だろう。共に自然の大景をとらえて秀抜な作。

五月薫風のさなか。山麓の村々はすでに目ざめるばかりの緑に蔽われているが、聳える高嶺はいまなお白一色。仰ぎ見るとき、白嶺を軸として碧空も目くるめく思いがするという。「曳きやまず」は、大いなる地霊の威を感得させるというのであろう。

新緑の尼寺に古る御所人形　　村上　賢一

御所人形は、身体に比較して頭が特別大きな童児をかたどった人形である。蕪《かぶ》に目鼻をつけたような感じだ。江戸中期ごろ、京都の公家で愛翫され、大内人形とか拝領人形とも称したという。その名称からも推察されるように、この場合、尼寺そのものの寺格もしかるべきものと考えたい。とりあえず東山山麓の青蓮院あたりを想像するが、もっとひそやかな寺でもいい。ともかく、新緑の一語に、浮世をへだてた尼僧の生活が深い陰翳をまとって感じられる作。

バラ真紅医師のふりして死神は　　米山　達三

慄然か冷厳か。この句を医師の側から眺めたら、一瞬面をそむけたくなるだろうが、しかし苦笑してうべなわぬわけにもいかないだろう。医師としては、死病と知っても時に患者をたばかることもある。万にひとつの望みをつないで執刀する場合もあるだろう。あるいはまた、作者自身ではなく、ことの次第を知悉して患者に付き添ってきた場合と考えることもできる。ともかく内容の激しさにくらべて、極度に口かずのすくない句である。それゆえに真紅のバラは怨の焔を噴く。

蚕は糸を蛙は声を吐く月夜　　林　翔

「桃花村」と題する作品中の一句。附した短文によると、その桃源は甲州と見える。がしかし、桃の花にこだわることはない。だいいち桃の花の季節に、蚕は繭をつくらぬ。最初の春蚕にしても繭をつくるのは六月下旬。したがってこの句は、旅で得た印象を胸中に収めて、詩情の糧とした作品だろう。それが見事に成功した。作者は曾遊《そうゆう》の地に確かに立っている。その身に夏の月光が、惜しみなくふりそそいでいる。こんな夜の上蔟《じょうぞく》は、上質の繭ができるそうだ。それを田蛙がかしましくはやしたてる。明るい句である。表現もまたこころの弾みに乗って自在。秀れた旅吟といえよう。

鬱と木があり夏蜜柑まざとあり　椿　爽

一般的なとらえ方とすると、夏蜜柑がまざまざと見える。その実は鬱然とした葉叢に蔽われている——こうなるわけだが、この句は逆だ。鬱然たる樹相を最初に提示した。そこに確かな距離感を与え、近づいて個々大ぶりの夏蜜柑を読者の視界に投げる。これこそまさしく夏蜜柑だ。小粒の蜜柑との差をここでハッキリ示した。同時に、秋冬と初夏の季節の差まで含めて。

軒菖蒲夜風の出羽は山ばかり　斉藤　繁夫

出羽の山といえば月山・羽黒山・湯殿山、いわゆる出羽三山を思い浮かべるが、五月五日の節句のころなら、まだ峰に残雪をいただくだろう。さみどりの軒菖蒲との対照はこよなく美しいはずだが、この作品は美しさよりも山深いみちのくの生活の翳が濃い句だ。「夜風の出羽は山ばかり」という表現にそんなひびきがある。あるいはその夜風の中に、矢車や幟のはためく音があったとしても、この句からは聞こえてこない。すくなくとも作者の関心の外である。

刺虫《いら》のよろこび刺を光らせて　　牧野　麦刃

刺虫は刺蛾の幼虫。二センチほどの虫だが、刺《とげ》に毒があってさされると痛い、痛みが去っても、ときに小さな水疱状になっていつまでもむずがゆい。梅や柿によくつく害虫で、女人には格別のきらわれもの。それはそうだが、夏の朝露のなか、ダンダラ模様の刺をきらめかして威をほこっているところは結構愉しい風景ではないかと。

この作者は、これとは別に、

見るかぎり日本の海親鸞忌　　麦刃

という句も同時に発表している。親鸞入寂は弘長二年（一二六二）の陰暦十一月二十八日。いまは陽暦になおして一月九日から十六日まで修忌するのが報恩講。ことの大小を問わず、また自然と人界をわかたぬ作者のおおらかな詩心に讃したい。

六月や京へ行かんと水勢ふ　　徳本　映水

京へ行く川、といえば上賀茂に出る高野川か。あるいは貴船山に源を発する鞍馬川。ないしは嵐山の麓を流れる保津川だろうか。そのどれでもいいが、「京へ行かんと水勢ふ」という語感語調には、古くは義経、義仲のころの京の都を、あるいは信玄や信長の時代を彷彿させるものがある。

ことに上句の「六月や」というキッパリした措辞《そじ》がいい。激《たぎ》ち流れる清流に流速を加え、韻《ひび》きを与えて満目のみどりを眼前にひらく。寿永のころも、天正のころも、はたまた昭和の現代も、水の澄みとそのひびきに、暦日の隔りはあるまいと思う。

事実また、代々京都に生まれ、京都に育ったひとは、今日もなお日本の中心は京都であると信じているようにみえる。囲繞《いじょう》する山の向こうはすべて鄙《ひな》の地。好悪は別として、この牢固たる考えが昔ながらの京都の山水を守り、神社仏閣を支えてきた。この作品にも、それと相通う気息が発想の基盤にあるように思われる。

六月の京より届く床柱　　生野　照子

京都の床柱、あの北山杉だろう。ていねいな梱包《こんぽう》を解くと、艶やかな木肌が現れる。折から薄暑の温気。そのいろはひとしお鮮やかに眺められた、という内意。さらりと表現してまざまざと見える見事な把握である。

どこまでも真夏どこまでも故郷　　川村　静子

たとえばこんな表現はどうだろう。
どこまでも海どこまでも真夏
どこまでも大地どこまでも真夏
なんと陳腐ではないか。ありふれたポスターの文句のようなもの。わずかな表現のちがいだが、いきなり「どこまでも真夏」と打ち出した感性の鮮らしさ。それを受けて「どこまでも故郷」と胸裡の感慨を示したこの表現の集約は、じつに素晴しい。作者は北海道在住のひと、と注をつけるまでもなく、こんな風景は内地にはあるまい。だが、私が北海道に住んでいたとしてもこんな作品は作れないだろうと思う。同時に、北海道在住のひとは、自分の作品のような気分になって思わず莞爾《かんじ》たるものがあるのではないか。在住の有無にかかわりなく読者を包容する作品の豊かさ、これこそまさしく風土俳句の典型といっていい。かつまた破調にして正調のリズム。

夏鳶や紀の国いづる安房の船　　衣笠　葉

まことにリズミカルな句。表現のリズムに乗せられて、ついつい紀国屋の蜜柑船などを想像したくなるが、季節は夏。しかも、出航してゆく船は安房の船籍。ここで読者の眼を実景に戻す。戻してもなお懐古の情が消えないのは、凪《な》いだ夏海の碧りと、その上を悠々と飛翔する鳶《とび》の群れ。そのわかちがたい今昔のおもいがたたみかけた古名に生き生きと乗った。何とも気分のいい作品である。

松葉杖抱いて涼しき天を航く　　佐々木菁子

いまの旅客機は気密になっているから常温だが、この「涼し」は、空港の炎暑を抜けて機上のひととなった安堵《あんど》と、窓外の碧空を見ての両方を含む言葉だろう。座席につけば足の自由不自由はもう関係がない。「御苦労さま、お前もしばらく休みなさい」といった気分だろうか。松葉杖とは、風雅な名前だが、それ自体は異形のもの。それだけに「抱いて」に感慨がこもる。作者自身のことか、あるいは機内所見かは作品評価の外と考えたい。

墨染の衣も明け易きもののかず　　角免　栄児

僧堂夏暁。それもかなりの大寺にちがいない。暁闇をついて、はやばやと行《ぎょう》にいそしむ修行僧の何人かが散見する幽邃《ゆうすい》の中。東天が白みはじめると、闇にまぎれていた墨染姿が、次第に明らかになってきたという内容だろう。

もうひとつは、僧堂の中の衣桁《いこう》にかけたままの僧衣ととる解もあろうが、前者の見方のほうが私には魅力がある。季語の効果も大きいように思われる。

心音を聴きゐる部屋の夏景色　　布川　武男

作者は医者である。医者といわなくとも医者であることがわかる句だが、この作品には、なにやら午前の明るさがある。それもはつ夏の印象。つまり、夏に模様替えした診察室の風景だろう。窓のカーテンも涼しげなレースにかえた。スリッパも絨毯も夏物に。すべて昨日言っておいた通りだ。その上、棚の壺には切りたての矢車草が活けてある。その準備をした清潔な白衣の看護婦はもとより夏姿。胸に当てた聴診器からは異常のない心音が正確にひびいてくる。作者の専門は小児科という。それなら心臓の鼓動も漣《さざなみ》のように可憐にきこえてくるだろう。

雲の峰京より出でて大河かな　　二反田秋弓

京を発する大河といえば淀川だろう。それも河口近いころの姿。河口に佇《た》って北方を望めば累々たる積乱雲が青空を画す。こころはおのずから流水を溯って洛中に及び、いつか京都の翠微に入る。たとい目の前の大河は汚濁していても、作中の水はしだいに澄みを増して胸裡にひびく。ときに、

六月や峰に雲置く嵐山　　芭蕉

という古句を思い浮かべても悪くない表現のおおらかな気息。

法廷に入るに間のあり雲の峰　　芹沢統一郎

むろん、裁く側でも裁かれる立場でもない、傍聴者の場合だろう。入廷の手続きは済んだ。結果はどう出るか。気がかりなことだが、もうここまできては、なるようにしかなるまい。強い日ざしの前庭に出ると、街路樹の向こうに、巨大な積乱雲。ふと、人の世の善悪など、瑣末《さまつ》なことのように思われる、と。「入るに間のあり」に、微妙なゆとりが見える。臍《ほぞ》をきめた諦観か。はたまた、義理ゆえの無聊《ぶりよう》か。

雷の後現はれて夜の富嶽かな　　金子青銅

月明の夏富士をとらえた句だ。しかも雷雨一過の涼風に屹立《きつりつ》する。実景としても見事なものだが、「現はれて夜の」と、瞬時の変貌に表現のリズムをあわせたところがいい。この句、表富士でも裏富士でもいいが、ともかく中腹にはなお靉靆《あいたい》する層雲の帯。その夜雲にもまた耿々《こうこう》たる月の光り。堂々たる自然詠の秀作である。

五月雨の洛中一樹一樹かな　　長谷川久々子

五月雨《さみだれ》、つまり梅雨《つゆ》である。ミダレは「水垂れ」の義ともいう。五月の雨という字句の印象から、梅雨よりなにやら明るい感じを受けるのが今日一般の印象ではないかと思うが、この句にもそれが若干作用しているように見える。つまり、その一樹一樹が必ずしも陰湿な感じに思えぬためだ。むろん「洛中」は京のただ中の意。この日、行楽客もあまり見かけまい。しかも古都が歴史を負って新緑を滴らすとき。そこに作者のひそかな自足のおもいが見える句だ。

根こそぎの草流れくる土用かな　　西川　文子

一読驟雨《しゅうう》のあとの濁流の景か、と感じたが、再読してそんな限定は無用と気づいた。澄んでいようが濁っていようが、一句の要《かなめ》はそんなところではなく「土用かな」だ。つまり、川面に照りつける土用の暑光、そこに「根こそぎの草」との対比がある句だ。田草取りの場合、大きくなった株間のヒエなどを抜きとる。それが根つきのまま大川を流れてくる。真白な細根をつけたままの真青な葉茎。衰えをみせぬ真夏のひかりを浴びて。まさに単明そのものの対照を端的に表現した作品。

　切れさうな月あらはれる草いきれ　　　三城佳代子

モチーフも、あるいは比喩にも、とくに新奇なところは何ひとつない句だが、この省略には不思議な気迫がある。とらえどころのないある鬱屈した情念が、たまたま眼前の鮮烈な景に触発されて一気に迸《ほとばし》った作品のように思われる。炎威なおおとろえぬ地上。そこに忽然と白光を帯びて中天に繊月が現れる。明と暗と、あるいは乾湿躁鬱《かんしつそううつ》のさかいに身を置いて、思わず繊光にこころ奪われた故か。ともかく私には十分解明の言葉が見いだせない作品であるが、再読三読を重ねるにしたがって月は光りを加え、大地は重く沈む。得体の知れない密度を持った句である。

　夏山を見しときめきの大きくなる　　　古川ウヰ子

あの山は誰の山だ　　　　　井伏　鱒二

どっしりした
あの山は
そんな風景だろうか。

大いなるものを、さらに大きく感じることは誰もが経験すること。だがそれを、誇張と感じさせずに「実感」として印象づけることはなかなか容易ではない。まして単明直截の表現にかえることは、ますますむつかしいもの。この句はそれを苦もなくやってのけた感じ。存在の確かさを素早く、しかも的確に。たいした技量というほかはあるまい。

遠くには遠き雨降る青すすき　冨川仁二郎

なだらかな表現をとるとすれば、「遠くには遠く雨降る」となるだろうが、口語表現から一転して文語型が用いられた。それだけ「遠き雨」に感情がこめられたことになる。いわば目を細めて夏雨を望む風情であろう。眼の前の青すすきを介して、視線は無限の彼方に及ぶ。遠方にこころをゆだねてロマンを宿した。しかも景はあくまでも鮮明。

密猟か試射か夏野の銃声は　加藤　親夫

散文に書きかえると、「突然夏野で一発の銃声がした。密猟だろうか、それとも興味本位の試射だったろうか」。これではいわば通俗小説の書き出しのような中身になるが、下座に「夏野の銃声は」と表現されると、散文にはないこころの動揺が生まれ、その虚に広漠とした夏野がひろがってくる。つまり、散文では、ただならぬ銃声そのものにウエートがかかり、この句では、銃声のあとの静けさに不安が集約される、短詩の骨法を巧みに生かした作。

冷えといふまつはるものをかたつむり　　宇佐美魚目

この句、「冷えのまつはるかたつむり」でも内容は同じことになるだろうが、「といふ」とわざわざパッキンを嵌《は》めた。さらに「を」で、またひと区切り置いた。この手法は、必ずしも作者の独創ではないにしても、ここがこの作品の風味。わざと直截の感覚をさけて季節の推移をえらび、蝸牛の実在感をとらえている。なにやらもたもたと読み下して、かえって瞭《あき》らかに見えてくるところが面白い。

翡翠は流れをかつと涼しくす　　長倉いさを

翡翠《かわせみ》棲息の有無は、川の清濁、公害の有無をきめるバロメーターだそうだが、たしかにあの鳥は清流にふさわしい彩だ。飛翔はす早く静止すれば微動だもしない。この句は、突然眼前をよぎり、瑠璃色の彩羽をひるがえして水面すれすれに飛び去った一瞬の印象。「かつと」

は、まぶしいばかりの暑光を負って飛翔する翡翠の姿と、きらめく水の澄みをとらえた形容。

藻の花のゆるゆる動く香もたてず　　中村　苑子

眼を離さず、対象に身をゆだねてねっとりと厚味をつけた写実の句。「香もたてず」に懸命な把握がある。

暮れなづむ陽は木々の上枝蛙　　苑　子
梅雨香し迷ひ鴉の深眠り
またひとり消えて明るき青芒
古池の冷えや身の透く夏衣

すべて明快鮮明な作品だが、いずれも孤心の勁《つよ》さがある。

郵便局に早乙女の足のあと　　米山　達三

郵便局のすぐ近くに田植さ中の田圃があるのだ。窓から局員が首を出す。「おーい、〇〇さん、お宅から電話だよ」まあ、そんな情景だろうと作者は想像したろうと思う。「足のあと」は素足のあとだ。それもまだはっきりと足型の残った濡れいろ。

こんな句は想像ではなかなか生まれぬ。ただし、実景を見たからといって、誰もがこう見事に省略できるとは限らない。そこに作者のさりげない風土感と日常性が居すわっている。

ひらかれて穴子は長き影失ふ　　上村　占魚

穴子は関西の夏料理。どちらかといえば淡泊な風味だが、たとえば狐色に焼いて薄味をつけたものなどには独特の香気がある。むろん酢には好適。鰻《うなぎ》に似た魚体だが、外皮のいろが薄く、それに白身の肉色が涼味をさそう。俎《まないた》の上の生きた影もあわあわとしたものだが、消えたその影がひらかれた肉に沁みこんだような塩梅《あんばい》。そんな風趣をその通り詠みとった句だ。これが「鰻は長き影失ふ」だったら、いささか生臭くなろう。穴子だからいいのだ。そこにこの句の鍛えた写実の眼がある。

木材の市の前ゆく日傘かな　　山崎　満世

木材の市というもの、私は実景に接したことはないが、多分あたりに木の香が漂っているにちがいない。しかも炎暑のさ中なら、その香は格別。言葉に綾《あや》をつけるなら、なにやら壮年の男の息吹き。もとよりそこに参集している人達は屈強な男ばかりである。これなら日傘の女性が印象的に見えぬはずはない。しかも、両者が互いに意識の外。そこに作者の眼。

火の山のいま水無月の雪明り　　古川　進

不尽《ふじ》の嶺に降り置く雪は六月《みなづき》の
　十五日《もち》に消《け》ぬればその夜降りけり

は、万葉集にみえる高橋虫麿の有名な反歌。だがこの場合は他の活火山を想像したい。木曽御嶽か浅間山か。いや、いっそのこと私の知らぬ異国の姿でもいいのだ。ちまちました事実の詮索におもいをめぐらすより、この作品の持つ世界にとっぷりとつかってその鮮烈を愉しみたい。まことに豪快な大自然の姿。しかも作者の詩心は繊細。

産着縫ふこと涼しさのはじめなり　　臼井　悦子

生まれ出づる子の産着《うぶぎ》を縫うことは、母にとってこの世の至福にちがいない。白一色の木綿の手触り。涼気四辺に漂うころ。それを朝夕ととってもいいし、あるいは晩夏のころと解してもいいが、この句の「はじめなり」は、「産着縫ふ」にもかかって眼前にひろげた白衣を清潔に描く。至福といったが、そこにはかすかな不安もないわけではあるまい。あるいはときめきと緊張と。涼気は、そんな心理も含まれての感受にちがいない。

夕焼けや子の指のぞく乳母車　　和田　知子

夕焼けと乳母車。よく見かける取り合わせである。取り合わせが陳腐に見えるのは、乳母車に睡る赤子の顔が見えるからだろう。空車でも事情はさして変わりはない。この句は指だけをとらえてその陳腐を破った。乳母車といえば、

乳母車夏の怒濤によこむきに　　橋本多佳子

がある。すでに晩夏のころか。大景を背後にしての、ある種のあやうさをとらえた句だ。好尚は別にして、確かな感性を示す作といえる。と同時に、両句を較べると、乳母車からのぞく赤子の指はますます微妙。近くに人影がなかったら一瞬、少々不気味に感ずる場合もあるだろうが、作者は、句のうしろで安否をたしかめている。上句の切れ字は、その安堵を示している。

羽抜鶏沼へ急ぐがおそろしき　　秀　旭

そう、たしかに気味悪い句だ。不恰好な羽抜鶏が、とと走りする姿は、なんとも滑稽、と、そう思いながら眺めていると、ものに憑《つ》かれたようにいっしんに走る。その向こうは沼だ。まさか自殺ということはあるまいが、思わずヒヤリとする、という句意。池でも湖でも、あ

るいは川でもないところが作品の奈落。

夕水鶏夫の匙とるさまが見ゆ　潮　不二子

匙《さじ》での食事。幼児以外なら、もうそれだけで内容の説明を要しないだろう。看病がいつか日常の為事となった夕ぐれどき。水辺から水鶏《くいな》の声がきこえてくる。そのことを夫に知らせようとして——多分、そんな場合だろうと思う。思い深い作というほかに、私には、これ以上つけ加える言葉はない。

日傘さしても頭上より原爆忌　詫間　酉三

いうまでもなく日傘は女人の用いるもの。かつ、明るく華やかな色彩を持つ。天上の炎日をさえぎって柔らかなひかりを面上にそそぐ。「頭上より」は、その華やぎを鋭くえぐった把握。

羅にぐらりと暮るる箱根山　小林明日香

羅《うすもの》は、夏の紗《しゃ》や絽《ろ》、あるいは明石《あかし》などの軽やかな着物。理屈をいえば洋服もそれに入るかもしれぬが、一般には和装と考えるのが妥当だろう。和服なら中年を想像したい。久々に家事を離れて清遊の一日。涼風身をつつめば刻を失って忘我のおもい。眼前の山稜に日が没した瞬間、箱根の山全体が、そして我が身そのものまで、ぐらりと薄暮に沈む感じであった、という句意。

一粒の真珠ころがる夏座敷　　原　裕

まことに印象鮮明。誰にも見える句だ。しかもその印象は実景を超えている。まさしく俳句の骨法にちがいないが、「夏座敷」という把握がまた素晴しい。他の季節に見られぬ清潔感と涼気をはらんで一個の燦光にいのちを与えた感じだ。表現も単明をきわめ、作為も技巧の跡もとどめぬ。かろやかな句だが、内質には剛直な詩情がつらぬいている。

漆黒の音の聞ゆる遠花火　　米山　直昭

漆黒《しっこく》の音――音そのものを闇の化身とした表現の手柄だ。同時にこの闇は、天上のみならず地上も塗りつぶしておもおもとひびく。季別にしたがえばむろん花火は夏であるが、夏も末つかたの、たとえば湖仕舞いの湖上祭の夜などどんなものだろう。端山にさえぎられて光りは見えぬ。いや、見えてもいいが、光りが闇に吸いとられたあとに、しばらくしてにぶい音が聞えてきた。その音はまさしく漆黒であったと。

秋

爽涼や船に積み込む網の量　鈴木真砂女

たしかな写生の句である。しかも季語の用法、というより正しくは季節の把握が的確。この上句には出漁の活気と、同時に秋暁の爽気をぞんぶんに持つ。事実、遠洋に出る場合の漁網の量はたいへんなものだ。つぎつぎとウインチで巻きあげる渋柿色の網で、甲板《かんぱん》はたちまち蔽われる。その機械音にまじって海の男の大声がとび交う。勇壮なものである。勇壮な風景に「爽涼や」と、季節をあわせた技法の妙をたたえたい。この作者、常に身辺に素材を求めて独自の風趣を示すが、胸をひらき、眼を開けてこのような作品を得ることにあらたな自在をおぼえる。

海山のひたととのふ秋の杭　平井照敏

これも微妙な句だが、省略の切れ味がいい。河口の景か。むろん「ととのふ」は海山にかかる表現だが、杭《くい》の影も凪《な》いだ水面にひたと定まって、まさに初秋の静けさ。「秋」の一語に消し忘れた線描のあとがわずかに残るところが惜しいが。

秋に入る空をはなれて釧路川　　新村　写空

多分旅吟だろうが、旅情もここまでおおらかに展いたら随分とたのしいだろうと思う。内地とちがって水量ゆたかな北辺の川だ。しかも「空をはなれて」というから、河口に近い平野を流れ行く姿にちがいない。そろそろ鮭の溯《のぼ》ってくる季節――まあ、しかし、そんなことは、想像しても想像しなくとも、作品の価値と何のかかわりもないこと。こういうのが大柄の句というのだろう。

いわし雲ほとけ拝みしばかりにて　　河野　友人

弔意弔問の気持ちにおのずから濃淡があるのは自然のことわり。だが、たとい故人とはあわいえにしでしかなかった場合でも、永別の錘《おも》りは胸に残る。そんな緊張感をいだいて葬場から出たとき鰯雲が仰がれ、生死の不思議がふと、こころをよぎったという句意だが、「ばかりにて」には、いくぶんうしろめたいような気分がかくれているようにも見える。淡々とした表現に微妙な心理をとらえた句。

鰯雲ある日の海豚調教師　四條　五郎

近ごろ、内外を問わず、水族館などでイルカ（海豚）の芸を見せるのが大流行。いまは珍しくもないが、最初に思いついたひとはなかなかの智恵者である。同じ見世物でも、象や虎や熊などは、なにか痛々しい感じで面白うてやがて悲しくなる。しかし、イルカの芸にはそれがない。瞼に思い浮かべても明るい印象。
ただこの作品の、「ある日」という措辞《そじ》のなかには、見物人の姿は見えないようだ。イルカと調教師だけの交情のとき。夏の賑わいの過ぎた海辺の水族館。あるいは開館前の朝のひととき。休館日と考えてもいいだろう。ともかくこの「ある日」は、まさにある日だが、調教師にとっても、イルカにとっても、まさに余人を交えぬその日。作者もまた垣間見て微笑をうかべ、静かにその場を去ったにちがいない。

稲妻や童のごとき母の貌　恩田　秀子

老いて童顔のごとしと。別段奇とするに価しない形容だが、この「稲妻や」は素晴しい把握。凄味といっては内容の温《あたた》かみを傷つけることになるが、顔でなく貌と記したところに身を離したリアルな眼がある。しかもワラベという柔らかな言葉に、つややかな肌のぬくみ。

長寿をいとしむ気持ちと、すでにこの世を超えてしまったような人生に対する一抹のさびしさと。それもこれも「稲妻や」という、ただならぬ把握の妙。作品のうらに複雑な万感を秘めてしかも表現は鮮烈明快。

遠嶺みな雲にかしづく厄日かな　上田五千石

厄日は九月初旬から中旬にかかる二百十日と二百二十日。颱風はむしろ下旬に多いようであるが、言い古されたながい慣習は、たやすく消え去るものではない。つらなる嶺々もまた同じおもいであろうか、と。「かしづく」がまさしく一句の手柄。自然に随順し、つつましくころゆだねた佳詠といえる。

立秋や簞笥の上の水枕　小林富士夫

立秋は八月七、八日ごろにあたる。陰暦なら正しく初秋の気配。陽暦では文字通りの盛夏である。この季題にかぎらぬが、こうしたところに俳句の季題の厄介なところがある。まあしかし、慣行として（たとえば元日を新春と称するように）陽暦の立秋を主眼とするのが一般だろうと思う。この句、立秋という文字のひびきに、水枕の対比が絶妙。それも「簞笥《たんす》の上」が旨い。さりげなく在るものに素早く目をとめ、そこに微妙な感受を示した。口金の白いひかりと飴いろのゴム。用途を含めて色彩そのものの把握が鋭い。

青空をむさぼりのぼり葛の花　布川　武男

葛《くず》の繁殖力はまことに盛大。草原を蔽い、崖を埋めつくし、樹木を巻きのぼって逼塞《ひっそく》させんばかり。それもしかし、盛夏の間。山野にいつか秋風が吹きはじめるころになると、繁茂の猛威を収めて可憐な花房を点ずる。「むさぼりのぼり」のあと、かすかな間を置いて「葛の花」と下句に据えた表現に、動と静が、あるいは猛々しさとやさしさとが、見事にとらえられている。平明だが、気力の充実した把握といえる。

ひぐらしの二声三声火事見舞ひ　つじ加代子

火事といえば、むろん冬の季題だが、火事は冬に限ったことではない。比較的多い季節というにすぎない。この作品の場合は夏火事である。ひぐらしは明け方と夕方に鳴くから、夜の火事か昼の火事かはいちがいに断定できないが、かりに夜の火事とすると、しらじらと明けはじめた朝空のかなたから、鈴を振るようなひぐらしの声。夕方なら迫る暮色の中。どちらにもそれぞれちがった鮮烈な印象があろう。

ただ、この作品には、作品の調べに切迫した感じはない。妙な喩えだが、葬儀の場合の一般焼香者のような塩梅《あんばい》で、被害を受けた家との関係はそれほど濃密ではあるまいと思う。だが、ソッ気ないというのではない。同情はしても、それを、ことごとしく口にする関係ではないのだ。そこが、ひぐらしの「二声三声」に巧みに表出されている。

木犀の香の沁みてゆく隣りの木　　野沢　玲子

木犀《もくせい》と沈丁花《じんちょうげ》――その季節になると作例がはなはだ多い。しかもたいてい闇の中から匂ってくる。それはそれで正直な実感にちがいないがいささか食傷することも事実。この句は闇でも月夜でもいい。むろん朝でも夕でも真昼でも一向さしつかえない。そこにひろやかな把握の確かさがある。さらに、沈丁花とはちがった秋日の静けさが一句全体をつつむ。

川へ行く燈籠を持ち亡父を持ち　　藤原美規男

燈籠流しの作品。もうその燈籠には、ほのかな灯がつけられていよう。その灯明りが、おのれの歩みと共に闇のなかを行く。燈籠といくのではなく、亡くなった父そのものと共に行くような気持ちだ、という句意。「亡父」にチチとルビする作品が間々あるが、私はあまり好まぬ。亡父は亡父でいい。あるいはこの句の場合、父だけでも亡き父の意と解し得られるかもしれぬ。

裏富士は鷗を知らず魂まつり　　三橋　敏雄

いうまでもなく駿河から見る富士が表、甲州側が裏富士である。その裏富士は海に舞う鷗を見ることができぬのだ、という。いわれてみると至極もっともなことだが、鷗を念頭にすることによって、当然表富士のゆったりとした大景を、さらにはびょうびょうたる駿河の海を読者はいや応なく想い浮かべるだろう。のみならず大事な点は下句の「魂まつり」である。祖霊をまつる日だ。作者の出自《しゅつじ》をつまびらかにしないがこの下五字は容易ならぬ措辞《そじ》。作者の来し方を暗示していないか。しかもこの作品の場合は、裏富士の峻烈な容姿をも見事に描き出している。眼前の景として確かな実在を示しながら、一句のなかで表裏二重の想念を重ね、富嶽の大景をとらえた。まさに秀品。古格をふまえながら鮮烈の気息を宿す見事な句である。

夕ぐれの声かけ合ふて墓まゐり　　田中一荷水

いち早く日暮るる蟬の鳴きにけり　　蛇　笏

という晩年の作がある。「いち早く」とある以上、この蟬はヒグラシと考えたい。「墓参り」は秋季。しかし、夕ぐれどき墓参の人でにぎわうというなら、秋彼岸ではなく、盂蘭盆《うらぼん》の情景ではあるまいか。迎え盆か送り盆か。どちらでもいいが、どこかに明るい暮光のたゆたいをおぼえるたそがれ時。鮮やかでひと懐かしいおもいを誘う句である。

昼までに少し間のある秋の風　　名取　文子

斬新な素材や感覚を自在に駆使して瞠目させるのも「危うきに遊ぶ」ことだろうが、平凡に隣りし、薄紙一枚を隔てて非凡な感受を一作に収めることもまた同前。作品鑑賞のたのしさもまたそこにある。この作品の大事なところは、中句と下句の「秋の風」の間合いにあると思う。そこにたっぷりと間合いを感じとるとき、この句は、平凡を超えて容易ならぬ作者の感性の鋭さを知る。

秋はもとより一日一日と日短になる季節。なにやらこころ急《せ》くおもいに駆られるときだが、身近な仕事が一区切りついた午前。ほっとひと息ついて何気なく戸外を見る、という句意。この「少し間のある」はまことに平凡な言葉だが、この場合はなんとも絶妙。その間合いに作者自身の日常感が見事にとらえられている。秋風は、いわばその折のこころの漣《さざなみ》のような姿。

暗澹と芦原ありぬ九月尽　　中村佐智子

大柄の句とはこういう作品の謂だろう。大景に呼吸を合わせて一気に言い止めている。その止めた呼吸を「芦原ありぬ」に的確に示した。
場所をどこと限ることもないが、たとえば、千曲川も越後に入って信濃川と改名されるあたり。あるいは、記憶のなかの山上湖畔。場所をいずれと定めようと、この九月尽は行人の影を絶って大自然の相を眼前に示す。語調また凜然。作者が女人であることを知れば、ふたたび詩心の鮮烈に敬意を抱く。

汐ざゐのいづくへ月の蜜柑山　　黛　執

月明の蜜柑山。まことに鮮やかな情景。しかし、この句は、その鮮やかさに驚く旅人の眼ではあるまい。見馴れ、住み馴れた、いわば常の景。それが上句から中七につづく柔らかな調べに見事に表現されている。景を超えた情の世界。その寂光に較べるなら、つぶらな実をちりばめた柑樹の相などしょせん濁世のことと、やや大仰にいいたくなるほど、月明の夜空は美しく静かであったと。

五位のこゑ空の露けきところかな　　平松　良子

サギには各種あるが、シラサギやアオサギの類は群れをなしてコロニーをつくり、夜はねぐらへ戻るが、ゴイサギは単独夜行性の鳥である。ときに、田や川辺の杭に止っている姿を見かけることがあるが、採餌は明け方が多いようである。これにねらわれたら、養魚池の幼魚などは、ひとたまりもない。留鳥《りゅうちょう》であるから、とくに季別はないが、近くの夜空でクワッ クワッと鳴くあのこえは、あまり気分のいいものではない。

ただし、この句のように、秋ただ中のはるかな空でそのこえを聞くと、一種霊妙な感じがあろう。ことに「空の露けきところかな」は、姿の見えぬその所在を念頭にしたまことに巧みな把握だ。途端に大気の澄みと静けさをおぼえる。こえのひびきにしたがって夜空のひろがりを、そしてしっとりした露の夜の潤いを感じさせよう。

銀漢や研師佐助は父の祖父　清水　青風

研師は、刃物や金属製の鏡を研ぐ職業。僅かだがいまもある。が、父の祖父、つまり曾祖父で、しかも作者が美濃《みの》のひととなると、時代はぐんと溯る。研ぎ上げる打ち物も、さえざえとした刀剣を想像したい。というのは上句の銀漢という天象の把握によろう。真夜の秋天に懸かる銀河の澄みは、研ぎ上げた剣のひかりに似て、その神秘に祖霊の魂をおもう。

ことにこの句の「佐助」という名前がいい。あの『春琴抄』の主人公と同名だ。おそらく旧幕時代はあちらにもこちらにもあった名前だろうが、研師佐助となると、そこに一徹のひ

びきが宿る感じだ。ふと私は、同じ美濃出自の画家長谷川朝風の、

絵師われは鍛冶の三男月しぐれ　朝風

の一句を思い浮かべる。時雨るる夜の鍛冶の音と、画家といわず、絵師といったところが微妙にひびき合う。それが研師となり、かつまた遠い時代の曾祖父ともなれば、おもいはおのずから茫洋として天空にきらめくばかり。

病廊の不意に岐るる秋の冷え　安松伸布代

入院の場合でもいいが、見舞客の心理としてとらえた句と見たい。「○○さんは階段を上った二百何号室です」顔も見ないで受付の看護婦が事務的に答える。同じような部屋がずっと続く。部屋の番号を追っていくと、不意に廊下は折れ曲がった。その向こうにも病室がつづく。病状の不安が動悸をたかめ、しんと静まった廊下にひとしお秋冷をおぼえる、という句意であろう。

秋彼岸濯ぎ慣れたる川瀬あり　友岡子郷

秋の彼岸なら、いつか水澄みそめるころ。手を浸す水の感触もひえびえとしてはや炎暑に遠い。その親しさ懐かしさに住み馴れた地の月日が鮮やかに蘇るという。

私はこの句から、ふと、

冬川に出て何を見る人の妻　　蛇笏

という一句を思い浮かべる。歿する数年前の作であるが、後期の代表作のひとつと思う。ちょうどこの句の想念を裏返したのが前掲の作。あるいは蛇笏の情念を薄めて、別な方向から明るいひかりを当てた句といってもいい。

こほろぎや北極ほのと壁の地図　　川井淵

「北極ほのと」か、なるほど。一片の緑地をも持たぬ北極圏は、地図の上でも白一色。わけても更夜の灯明りにはその所在もさだかならず。折から忘れ音《ね》に鳴くころおぎの声。夢ともうつつともわかちがたい視覚と聴覚のあわいに深みゆく秋をおもう。

塔を掃く男地上の鹿呼べり　　福田甲子雄

奈良所見——といえるのも、じつはこの実景、先ごろこの地で催された俳句会に出席した折、私も作者と行を共にして見聞したところ。折からひとりの男が、五重塔の上から順次下段へ鳩の糞を掃除していた。あのときはたしか三重のあたりで、しかも下には無数の行楽客。実際にはそんなしぐさはなかったように思う。それがそのときの「事実」だが、さて、改めてこの作に接してみると、作品から行楽客などすっかり消え去って、霊域はしんかんとした朝の静けさ。塔上にしばし小休止しながら鋭く口笛を吹く。それに応じて一斉に鹿が駆け寄ってくる。そこに塔上の男と地上の鹿との、声なき交歓のさまが生き生きと見えてくるではないか。見るものだけを見、感ずべきところを正確に感じとって、ひとつの世界を展開したこの技量は鮮やかである。

岩茸に小諸停りの貨車の笛　　長田喜代子

岩茸は、亜高山地帯の岩壁に生える茸。灰褐色の枯葉のような感じだが、ロープを用いての採取はずいぶん危険だそうだ。土産物として店先で見かけることもあるが、この句は自生の茸と解したい。小諸《こもろ》は信越本線が通り、小淵沢《こぶちざわ》を出た小海《こうみ》線の終着駅でもある。どちらと決めかねるが、句の背景としては小海線がいいか。

さざなみの芒原より甲斐の川　　清　きくえ

四周を山に囲まれている甲州から他国へ流れ出す川といえば、富士川と桂川のふたつ。ただし桂川の場合は、甲州から出ると相模川と名をかえて平塚海岸にそそぐ。したがってこの作品は、富士川河口近い風景と断定していいだろう。

満目一望の芒原。そのただ中を甲斐峡中を抜けた富士川がとうとうと流れる。晩秋の陽光を浴びて銀波となびく芒に、川波もまた銀鱗のかがやき。「芒原より甲斐の川」は、まことに直截の表現といっていい。水澄むころの山川の碧りもまた念頭にしたい。ゆったりとして大柄な秀作。

墓を出て兵が月夜の芋を掘る　　小鷹奇龍子

読者としての立場には、誰にも好ましい傾向の作品というものがある。つまり、好尚の問題だが、好尚に執しすぎると、停滞の原因となる。停滞を破るためには、好尚を超えた作品に関心することだ。超えて気づかぬような作品なら、それほど有難い栄養はないだろう。この句は、私にとってそうした作品の好例。

戦後すでに三十余年を経た。戦争はこりごりである。もうそんな思い出は忘れたいと思う。忘れたいと思う一方で、近ごろ、忘れてはなるまいという気持ちがとみに強い。この句は、そんな自戒のおもいを鮮烈に刺戟する。しかも、戦後三十余年、という時の流れをたっぷりと含んでわが身に重くのしかかってくる。その重みは、あきらかに感傷をこえたものだ。

秋深しひとの見る木をわれも見て　　針　呆介

その「ひと」が特定の人物と限る必要がないように、その木も何の木だろうと詮索しないでいい。しいて言えば、常緑樹より落葉樹の風情かもしれぬ。ただし、一本の木だ。たった一本の木を漫然と眺めている場合。たとえば短日の午后、バスの停留所で、あるいはプラットホームで。このとき、作者にとっては、傍らのひとも落葉をいそぐ木もひとしく深秋のあわあわとした存在。

一遍の秋空に遭ふ日暮かな　平井照敏

一遍上人は十三世紀、伊予生まれのひと。時宗の開祖。遊行上人ともいわれる。十五歳で剃髪し、末代出離の要道はひたすら念仏にありとして、四国・九州から関東・奥州に、あるいは山陽・山陰と生涯、説法の旅をつづけ、正応二年、摂津の観音堂で、教えはただ念仏の一語あるのみと自著のことごとくを火中に投じ、阿弥陀経を誦しつつ、五十一歳で入寂したという。

まさしく手だれの句だ。その巧みさを情念に置きかえて、胸裡のつぶやきを伝える作である。作者は仏文学をえらび、詩作を出自とするときくが、この句を見ると、すでに過去の足跡を消して、俳句の道をふみしめているように見える。

波音は岸に集まり秋の風　　稲田　秋央

波が岸辺草にささやけば春の風、そんなむかしの訳詩があったけれども、波の音が音としてつめたく意識されるのは、秋ももう半ばを過ぎたころか。「集まり」とはまた巧みなとらえ方をしたものである。昭和も明治もない原初の、それだけにひとごころのやさしさとかなしみを永劫の自然相に見た抒情の極。

月の夜を蟹ゆでる湯のたぎりをり　　大橋富士子

一般に蟹《かに》といえば夏の季に入る。沢蟹や川蟹、あるいは磯蟹を指すためだが、むろんこの句の場合は晩秋から初冬にかけて獲る海の蟹だろう。北海道なら大型の鱈場蟹《たらばがに》だが、越前や山陰の毛蟹は天下の珍味。世の中でいちばん好きなものをひとつだけ選べ、といわれたら、私は躊躇なく季節の毛蟹にしたい。大鍋に湯を煮立て、適当に食塩を加えて生きた蟹を入れ、落とし蓋をする。約十五分。茹で過ぎては風味が落ちる。茹で足りないと肉が緊《しま》らぬ。大鍋からさかんに湧きあがる湯気が、折からのひえびえした月明の中に、ひとしお鮮やかに眺められたという句。ただし、この句を見て、私のように食慾のとりこになるものばかりとは限るまい。憐憫の情を催し、それゆえにひとしお月光の冴えをおぼえる、というなら、あるいはそのほうが、優にやさしい詩情というべきかもしれぬ。

湖に馴染みし雁の声ならん　和田渓

晩秋のころ、遠いシベリアから渡ってくる雁列を高空に仰ぐ。それも幾夜か経て、いつか避寒の地に馴染《なじ》んだようだ。しばし安住の湖。湖上に睦み合う声がはれやかにきこえてくると。

いま暗くなりしばかりの落霜紅　毛呂刀太郎

落霜紅はウメモドキ。カマツカを雁来紅と書くのと同じように、晩秋、初霜のころ紅玉が細枝を飾る。落葉しつくした晩秋のころがもっとも印象的である。つまり、つるべ落としの秋日の季節。さきほどまで、鮮やかに夕日を浴びていたウメモドキのくれないが、気がついてみるともう夕闇に溶けている、という一瞬の感じ。ウメモドキを媒体として季節感を素早くとらえた句だ。闇にまぎれ易い赤色。目をこらしても、いまは黒い顆粒としか見えないウメモドキだが、さきほどの燦光がいまなお瞼に残ってひとしお秋の深まりを思わせるという内意であろう。

単明をきわめた句柄である。しかも、季感の把握は的確無比。平明な表現のうしろに、きびしい自然観照の眼が居すわっている。

橙や峠越えなば海あらむ　　奥野　久之

平明な句だ。何の鑑賞言も必要としないだろう。ただ、橙は秋期といっても黄熟するのは晩秋のころ。加工はするが、そのまま生食するものではない。かつまた、正月の飾りにするめでたい彩。そのふたつを踏まえて折からの晴天を仰ぎ、彼方の碧洋をおもうという句意。

西山の下橙の一樹あり　　高浜虚子

群叢する蜜柑などとちがって、多くはこんな風情。それなら一段と句意に適うだろう。ここにこの作品の把握の妙がある。なお、同一作者の、

冬ざれの空なるものに拍手打つ　　久之

は、空（クウ）と読み、拍手（カシワデ）と読む。これもまた別趣の佳句。

冬

をちかたのみどりさだまる冬日かな　長谷川双魚

落つべき葉はことごとく落ちて冬の眠りにつき、中天の冬日また謐《しず》か。「みどりさだまる」その木叢は、椎《しい》か楠《くすのき》か、あるいは樫《かし》や黐《もち》などでもいいが、針葉樹では作品の風味にそわぬようだ。やわらかな仮名書きの配意を含めた表現のおだやかな円《まる》み。小春日につつまれたような閑《のど》かな句だが、詩心の澄みにこころゆだねたひとの清冽《せいれつ》な観照の勁《つよ》さをおぼえる。

冬の峠夕闇のほか登り来ず　衣笠葉

つまり、峠の上には作者だけ、という理屈になるが、むしろこの作品のよろしさは、その作者の姿さえ読者に感じさせないところにある。あるいは作者自身、みずからの存在を忘れ去ってきびしい山気に身をゆだね切った姿ともいえる。だが、この句が仮に「冬の山」となると情景は一段と鮮烈に見えるが、技巧が表に出て内容は薄手。この峠はそこを往来する人々の四季の変化と、さらには歴史を負った風土感をにじませた把握。そこにこの作品の厚みがあろう。

夕冷えの終の光りの絮も消ゆ　　中島　秀子

指先でつまんだ細糸を、ピンと張ったような句だ。細糸といっても絹糸やテグス糸のような強靱なものではない。無理すると、プッツリ切れてしまう、躾糸《しつけいと》のようなもの。そんな微妙な、不安と緊急感が漂っている。「も」の一語には、それから解放された虚脱の間合いを示す。「も」をとって「穂絮《ほわた》」としてみたらこの作品の呼吸がわかる。

短日の卒塔婆真直に立てり　　村上　賢一

卒塔婆《そとば》は朽ちやすいものだ。真直というのは、多分、真新しいそれだろう。真新しいから冬日のなかに鮮明に見える。だが、この句は、冬日でなく「短日」としてとらえた。冬日なら視覚だけの句。短日はそこに別の情念を生む。作者が僧籍のひとと知ると、常の風景に一層季節の背景が深い。

冬晴や琵琶湖溢れんばかりにて　　吉田　耕夢

わたしは一度、友人に誘われて琵琶湖をぐるっと一周したことがある。季節は晩秋であったが、その経験からすると、この句の場合は、人家もまばらな湖北のあたりがいい。また、玄冬の季節なら湖上に一舟も見ないだろう。「溢れんばかり」とある以上、そうありたい。ただし、水禽の点在はかえって面白かろう。また「ばかりにて」は、突然湖光に接した一瞬のおどろきを示す。その点に関心すると、別段湖北と限ることもないが――。直截の感動を一気に畳みこんだ写実の作。

甲斐駒に初雪の来し女郎蜘蛛　　福田甲子雄

甲斐駒ケ嶽は峻険な山である。南アルプス連峰中、ひときわ目立つ偉容。亡くなった深田久弥氏も日本随一の名山のひとつに加えていたように思う。初冠雪はおおむね十月の半ばごろが多い。ただし、孤立した峻険な山相であるから初冠雪は斑《まだ》らな縞模様になる。そこがまたいい。この季節の女郎蜘蛛は腹部がはち切れんばかり肥大し、黄と黒のだんだら模様は豪華な蒔絵《まきえ》を見るような塩梅《あんばい》。甲斐駒と女郎蜘蛛。鮮やかな対照である。それで十分。十分すぎるほど省略の強さを示す句だ。

黒衣着て女の目なり夕時雨　　甫喜本のぶ女

並置された他の作品から、母堂葬送の場合か、と思われるが、しかし、この句は、背後の事実を切り離し鑑賞することによって一段と鮮烈。黒衣は黒衣で、喪服と限定しないほうが「夕時雨」の味わいを深めるようだ。ことに「女の目なり」が生きる。薄明になまなまとひかりを帯びる。それを艶とみるか、怨と感ずるかは、断定の限りでないが、これが女性の側からの観察となると、内容はさらに重く沈む。

しぐれ雲から落ちてきし棗の実　　六角　文夫

棗《なつめ》の実は食べて特別おいしいというものではないが、実った風姿は、なにやら郷愁をさそうものがある。

棗の実鈴成り母郷知る人なし　　村山古郷

その棗の木の所在さえ忘れて通りかかると、眼の前にポトリと熟れた実が落ちてきた。棗の木から、というより、雨気をふくんで漠々たる時雨雲から降ってきた感じだという句意。だが、この表現を誇張と見てはなるまい。見馴れた木に対するいつわりない季節の摂理、それへの驚きがこの句の眼目。ふり返って棗の木を仰ぎみても、鈴なりの実は静止のまま。雲はしだいに厚さを加えていく。

小春日やものみな午后の位置にあり　清水　青風

午后といっても、多分正午を過ぎていくばくもないころか。というより、私にはなにやら飽食の安息感、そんな印象を感じさせる句だ。凪《な》いだ青空に輝く日の光り。細めた目を眼前に戻すと、家も木も、そしてもののすべてが、季を忘れたような一瞬。たしかに春ののどけさに似ているが影はすべて克明。冬に入る静止の姿。小春日とはたしかにそんな印象。

小春日の風にときめく昏ありし　浅井　硯水

十一月末から十二月のはじめにかけて、木枯《こがらし》がぴたりと止んで、嘘のような日和になることがある。これが小春日。だが、目をこらすと枯草の穂に、あるいはあわあわとした返り花のはなびらにそよぐ微風がある。それこそ晶《しょうしょう》々たる天日がおくる清風の昏。「ときめく」は、まこと精妙の措辞《そじ》。

綿虫や納戸いろなる妹背山　矢部　白茅

綿虫の舞う初冬のたそがれどき、吉野川のほとりにある妹背山《いもせやま》が納戸《なんど》いろに見えた、という句意。納戸いろは、ねずみ色がかった藍である。おなんどいろともいうが、暮靄につつまれた冬山の形容としては適切であろう。その限りでは、この句は素直な写実に従った作品と見ていい。

ただし、妹背山は古歌に知られた名所というだけでなく、読者は当然「妹背山婦女庭訓《いもせやまおんなていきん》」というあの歌舞伎狂言を思い浮かべるのではないか。藤原鎌足と入鹿《いるか》との争いに浄瑠璃特有の男女の葛藤を織りこむ代表的な王朝もの。となると、この「納戸いろ」は、単に写生としての巧みな形容というだけではなく、はなはだ情緒纒綿たる風情を帯び、暮色に漂う綿虫は一段と幻妙。しかも、そんな幻想をまといながら、現実に見える実景。ここにこの作品のよろしさがある。

八方の枯れをうかがふ女郎蜘蛛　　宮田千鶴子

女郎蜘蛛は、数ある蜘蛛のなかでも、もっとも貪欲《どんよく》な性《さが》と見える。仲秋のころ、あちらこちらの樹間に網を張って獲物を待つころは、細身の縞も可憐で、山の踊子といった感じがするが、木々が彩づき、秋風がひえびえと頬を過ぎるころになると、にわかに肥大し、囲《い》の周辺に何匹かの眷属《けんぞく》を従え、毒々しいまでの姿になる。女郎といっても奸智、いや姦智に長《た》け、男の血を吸いつくし、同輩に君臨する年増の相。しかも、ひと霜ふた霜の寒気にはとんと衰えをみせず、まことこの作品の通り、おぞましいまでの生きざまを示す。「枯れをうかがふ」

とは、改めてなるほど、と合点《がてん》したくなる的確な写実。

蓮根掘り濃き山影の中に入る　　須ケ原樗子

蓮根掘りは冬季の農作業。それも格別きびしい労働である。それを詠んだ作例はいっぱいあるが、この作品はいうまでもなく作業が終わろうとする風景。「山影」は文字通り山の影と解したい。ただし夕景だろう。ところで掘った蓮根を持っているのかいないのか。この句の鑑賞の要《かなめ》はその一点にあろう。結論をいえば、持っているかいないかを読者の意識から消したところがこの句の迫力である。きびしい労働の終始を見た、その感銘が作品の主調。作者自身、そのひとになりかわったような深い疲労感がこの句のリズムに滲んでいる。平明な写実の姿をとって重い情感を含む作。

墓へ廻りて捥ぎたての蜜柑置く　　須並一衛

墓のうしろへ廻ればおなじみ放哉《ほうさい》の詩句。この句の「廻りて」は、予定した墓参ではあるまい。見事に実ったつぶらな蜜柑を掌にして、ふと故人を思い、その一個を墓前に供えた、という句意。そこに放哉とはあきらかにちがった詩品の温みがある。無言で故人に語りかけるような独白のおもいを伝える。しみじみした作品であり、同時に鮮明な情景がいつまでもこころに残る。

鑑真の眼か堂守の埋火か　　　福田甲子雄

さきごろ、大阪の会に出席した作者は、会後、俳友二、三と奈良へ回ったようである。鑑《がん》真《じん》とあるから、唐招提寺にも詣でたのであろう。むろん、平時に開帳はないから、国宝の和《わ》上《じょう》像を拝するわけにはいかぬ。だが、あの像は失明の姿。それならほのぐらい堂の一隅に垣間見た埋火《うずみび》のいろを鑑真和上の心眼と観じてもいい。

鑑真は唐より来朝した天平の高僧、と説明するまでもないが、「鑑上人秘方」でも知られるように、医薬の術にも長《た》けたひとであったという。七十六歳で示寂《じじゃく》するとき、諸弟子に肖像を造らせたものというが、東大寺にある木像は、唐招提寺のこの紙塑《しそ》を模したという。

恐山に冬のブルドーザー近づく　　　城　岩喜

恐山《おそれざん》は、下北半島の北部にある火山群。標高千メートル足らずの群峰だが、一木一草も生ぜぬいわゆる八地獄を擁する怪奇な山容は、いまなお参賽《さんさい》の地、巫女《みこ》の念珠はかの世の霊を招くというが、地霊をおそれぬブルドーザーの響はさらに異様な対象。表現の速度もまた神威を無視した重い地響を伝える。

伐折羅《ばさら》吐きたまふ白息なかりけり　　阿波野青畝

寒気凜烈。四隣静閑。そのなかに読者は仏体の白息を想像し、打ち消して作者のおもいに従う。「たまふ」という敬虔《けいけん》な一語が、下句の詠嘆にひびいて延べ金のような句にした。気力のこもった作。

夕凍みの山彦山に残りけり　　秋山ユキ子

やまびこ——山の神・山霊が原義。転じて単にこだまの意となるが、この作品の場合は、転義から原義へもどった感受。「戻りけり」なら、こだまそのものの諷詠となろう。それはそれで一応の作となるが、この作品のいちばんの焦点は「夕凍み」という一語だ。落葉しつくした蕭条《しょうじょう》の山容。そこに凍雪を想像するひともあろう。突兀《とっこつ》とした巌肌を思い描く場合もあろうが、白一色の深雪の山姿はふさわしくないかもしれぬ。

ともかくこの「残りけり」は、しだいに夕闇につつまれていく極寒《ごっかん》裡の山相にこころの残映を描きとった把握。

人が来て人が出てゆく霜の家　　今場　忠男

この句、たとえば「雪の家」であったら人影は一段と鮮明になろう。鮮明になるが、「人が来て人が出てゆく」というしんかんとした時間の経過は生きない。入っても出ても、なんの変化もない一軒の家。そこにまざまざと感じられる真冬の静けさがある。単明をきわめた作品だが、なにかしら底深い寂しさを宿す句である。

山風の音のとどかぬ冬の空　　岩谷　滴水

真澄みの冬空は、おそらく百年千年前も、あるいはこれから何百年の後も、人間の生死にかかわりなく、このような感じにちがいない。しかし、それと気づいたのはたったいまだ。この新鮮な印象は大事にしたいと思う、と。平明な自然詠の秀作の多くにこのような作者の独白がこめられているように思われる。

撃たれたる狐のにほふ月夜かな　　木川　夕鳥

動物園で垣間見たひとなら知っていようが、狐臭という言葉があるほど、狐は強烈なにおいを持った獣である。中七まではまさにその通り。しかし、下五の「月夜かな」は、それゆえのあわれさを言い止めた措辞《そじ》。のみならずあの俊敏な動作を失って、いまは単なる一個の屍体となった獣のあわれさをも含めて、狐臭のなまなましさを伝える。

冬耕の老をつぶさに見て去らず　栗林田華子

おのずから作者の年輪をも秘めた句だ。こんな感慨は、若いうちは慮外のこと。つまり、自らの老いを意識して、はじめて冬耕の老人のすこやかさに驚き、そこに、共感と祝福をおぼえてのこと。

木の枝に人語卑しむ鴛鴦ならん　市村究一郎

鴛鴦《おし》（オシドリ）は美しい渡り鳥である。雌雄のむつまじさもよく喩えられるところ。それだけに詩歌の手垢がまとわりついて厄介な素材のひとつ。だがこの作品は、そんな先入主をふり捨てて、樹上の姿態を正視した。湧き出た感動を作品の中心に据えた。美しさもむつまじさも一応作品の背後に置いて、昼の眠りをむさぼる静かな姿にこころを寄せている。人語はもとより、鴛鴦の夢のなかには街騒さえかかわりない別世界のこと。ただし、「卑《いや》しむ」という言葉は、なかなか手きびしい。世相に対する作者の批判の鞭か。鞭のひびきをきき止めると、鴛鴦の彩羽は一段と冴えを増して眺められる感じがする。

大年の嵯峨清涼寺闇に入る　広瀬　直人

洛西はなんべんとなく行ったところだが、清涼寺は遠望しただけだ。しかし、清涼寺縁起で知られた寺だ。もと源融《みなもとのとおる》の山荘であったというからおおかたの想像はつく。二尊院の近く、大覚寺の南に位する。この句、まず表現のリズムに注意したい。嵯峨大覚寺闇に入る、でも別段さしつかえはないようだが、大年の闇に溶けこむ印象はこの作品のほうが自然だろう。そこに机上では得られぬ臨場感がある。これがこの作品の最大の眼目。固有名詞が生きるかしからざるかは、読者に直截な臨場感を与えるか否かで決する。たとえば、川端茅舎《かわばたぼうしゃ》というひとは、その面での類《たぐ》まれな巧手。

橇の子のうれしき悲鳴いくすぢも　　成田　千空

つぎつぎに雪の斜面をすべりおりる橇《そり》の子。うれしさと怖さが綯《な》いまぜになって、猿のような悲鳴がいくすじも――いや、この「いくすぢも」というとらえ方がただごとではないのだ。雪原の静けさとひろやかさを、鋭刀で断ち切ったような見事な表現。まことに初々しいとらえようだが、鍛えた感覚なくしては適わぬこと。

突兀として少年らストーヴに　　小川　芳江

突兀《とっこつ》は、山や岩などがごつごつと突き出ているさま。とすると、この形容は意表を衝いたものだ。これが少年でなく、青年とか漢《おとこ》とかいうのなら、この意外性は薄らぐ。つまり、ストーヴを囲んだ数人の姿、それがまだ少年であると気づいた一瞬のおどろきを素早い感覚でとらえた形容。たとえば冬の山小舎の情景と解したらどうだろう。図体はもう十分大人なみの身体。だがつややかな豊頬はあきらかに幼く、ういういしい少年のものであったと。それ以外の想像は作品の外。

一月や川にみなぎる海のいろ　　戸板　康二

「花の屑」と題する三十句中の一句。どこにも河口とはないが、当然そう解していい内容である。一月の凪《な》いだ海から足下の川に眼を転じた一瞬の感覚を素早くとらえた句である。「一月や」の切れ字もピタリと据わって、れいろうたる寒気のひかりを帯びた。まことに堂々の諷詠。のみならずこの三十句中には、

北京にて花柳章太郎の訃を聞く
うつくしく夢みて蝶の凍てむとす　　康　二
ネクタイの縞やはらかき弥生かな
花冷えのパンねんごろにちぎりけり
短夜やねむりぐすりのちさき瓶

栗の花耳搔耳になじみけり
　　能登一の宮
打ち連るるひとの日傘や沼空忌
病院の犬おとなしき良夜かな

など、手練の秀作をつらねる。ことに季語の用意が秀抜。

凍雪に墓参の花を切る音す　　滝沢　和治

散文にこういう表現はない。切る花は何かと明確に示さないと、文意が成りたたないためである。読者の想像にまかせてしまっては次がつづかぬ。ところが俳句ではこれで十分。庭前の沈丁花でも、あるいは寒椿の一枝でも結構。ないしはまた、すでに買いととのえておいた花の束を、適当な長さに改めて切り揃える場合もあろう。要は極寒の季節に墓参するという一事と、花鋏の音がひびく凍雪《いてゆき》の大気。そのふたつに感性のすべてをゆだねて読者の共感を待つ。

逆にいえば、前記のような細部にこだわって鑑賞に戸惑いをおぼえるひとは、俳句の骨法から外れた無駄歩きをしていることになる。その意味では、この作品は俳句の特殊な技法を極度に示した作例のひとつといえる。

雪山の晴天を寒過ぎにけり　日美　清史

近ごろ、珍しく大柄な自然詠の秀句である。大柄とは、必ずしも大景という意味ではない。鋭い感覚で対象をとらえながら、一呼吸置いて柔らかく表現したその気息のおおらかさにある。こんな作品について情景の説明は一切無用。どんな美辞麗句をならべて鑑賞の言葉をつらねても原句に及ばぬ。ただし、限りなく碧《あお》いその大空の澄みにわずかな潤《うる》みを、そして間近い春の訪れへのよろこびを感じとることは許されるはずである。

大寒の鵙むさしの声張れり　渡辺　桂子

冬の鵙《もず》はひっそりしたものだ。蛇笏《だこつ》の句にあるように、光陰を梢に忘れ、枯茨《かれいばら》に止まってただゆるやかに尾を揺るのみ。だが、思いもかけず鋭声を放った。そのこえは四隣の寒気を貫いてひびいた。夕ぐれどき、たしかにそんな場合がある。「むさしの声」とは面白い。作者のおどろきを作品の鮮烈にかえて読者の耳に伝えた句。

薄雪に念珠入れたる鞄置く　須並　一衛

たいへん巧みな作品である。しかし、把握や表現に個性を強調した句ではない。むしろ、個性を殺して作品から作者の顔を消した作品だろう。自分のことでもいい。自分のことでなくともいい。ともかくこの「薄雪」に共感するひとは、すべてこの句を公有して滋味に浸る。

鈴振って母の呼びゐる雪明り　　須並一衛

長島愛生園で療養をつづけていた作者は、すっかり癒えて、時に雪深い故郷に老いた母を訪うことがあるようである。父は先年世を去っている。老母もまたいまは病臥の身であろうか。枕上に振鈴を置き、用事の折はそれらを鳴らして家人を呼ぶのだろう。その鈴の音が雪明りにひびいてきた、というまことに平明な句だが、そうした真実の解明は格別必要としまい。

この作品の素晴しさは、調べのなかに、得もいわれぬ縹渺《ひょうびょう》とした神韻を宿すところである。距離を置いてひびいてくる鈴の音が、雪明りの障子を透して、この世のものとも思えぬ澄みをもって聞えてくることだ。いや、もうこの世も彼の世もないような、そんな不思議な静けさのなかで、ただ鈴の音だけが母の生命の証しとして聞えてくるのだ。

雪月夜塗椀つぎの世の音す　　川村静子

漆塗りの什器は、使用後水を切ってやわらかな綿布でから拭きする。大事に用いるなら、上質のものは二代も三代も使用に耐えるものである。椀と椀とが触れ合うとかろやかな音がする。自分のなくなったあと、嫁も、あるいはその子の代までも、その音にかわりあるまい。また、そうあってほしいと思う。

「つぎの世」という言葉のなかには、同時に前の世、つまり母や姑の世界までも思い及ぶそんな婦人のこころばえをうかがわせる。つつましい女人のおもいをさりげなく示した作品である。しんとした雪後の月明は、そんなひとりのおもいを、そしてまた、作者のたんねんな仕草をひとしお鮮やかに眼前する。

ふり出して雪ふりしきる山つばき　　森　澄雄

淡々とした句だが、的確な写実を踏まえ、掌中の手ごたえをまぎれない表現に移した句だ。この場合、叢中の花は、もとより作者胸中だけのもの。それが、読者の胸に一輪か二輪のくれないを点じて作品に艶を添えてくれる。

雪の夜や乳房のほかは知らざる嬰　　布川　武男

上句の切れ字が、切れ字としての効果を存分に発揮した作。たとえばこれが「雪の夜の」となると、表現はなめらかになって調べ美しい句になるが、そのために内容まで流れる。上句に切れ字を用いたことにより、雪夜は重く沈んで一作をつつむ。さらに、乳房にすがる赤子の無心の動作だけを灯明りのなかに浮かび出す。つまり「や」の切れ字は、雪と赤子とを秤の両端に支えて同量の均衡を示す。

しんしんと降り積む雪の夜の静けさ。それも何やら雪深い土地を思わせる日常を含んで、眼前の鮮やかな生のいとなみと対比するとき、この作品からいい知れぬ温みが伝わってくる感じがする。乳房にすがる可憐な幼児、そして豊満な母体、それもこれも含めて「乳房のほかは知らざる」静かな時の流れ。鮮明で奥深い味わいを持った作品と思う。

聴診器ことりと置けば雪嶺あり　　岡本　正敏

聴診器はいわば医者のシンボル。わけても内科や小児科にはいまなお欠かせぬ用具だろう。あれを肌に当てられると、途端に胸さわぎがする。「ハイ、こんどはうしろを向いて」こころもち語尾をあげ——。「ハイ、大きく息を吸って」。固いテーブルに置く聴診器の音がいやにハッキリときこえるものだ。むろん、この句は医者としての立場から詠ったもの。その点は至極自明で、かつまた、中七までは医者にとって平凡な日常の動作。しかし「雪嶺あり」でその日常がにわかに覚めた感覚にかわった。いや、別次元の世界がそこにさりげなく存在することに、改めて気づいたのだ。その説明をはぶいて「ことり」と読者の前に置いた。澄明で限りない静けさがいつまでも尾をひく作品。

天寿とは遠き雪嶺の雪煙り　　細田　寿郎

天寿は、天から授けられた寿命の意であるが、いまは一般に長寿を全うしてこの世を去った場合に用いられるようである。この作品の場合も後者と解したい。「雪嶺の雪煙り」と雪が二重に用いられて雪白の世界を強調しているが、同時にこの雪嶺には、故人そのものの大きさをも象徴した、畏敬のおもいをこめた言葉と考えたい。「天寿とは」は、たとえていえば、の意であるが、具体的な人物像が念頭になければ、「雪煙り」という表現は生まれてこないはず。顧みるとき、改めて清冽《せいれつ》のひとであったことよ、という感慨であろう。ここに単なる比喩をこえた実景の裏づけを持つ。

陽の枯草生まれおちたる獣容れ　　大井　雅人

獣とあるから、家畜のたぐいより、野生のものがふさわしい。したがって「容れ」は天為の恵み。満目なお枯色を帯びるといえども天空の陽はすでに春の訪れを告げるころか。まことに鮮烈な内容である。しかも、化育の摂理にこころゆだねて、豊饒の詩心をひらいた作。再読して、眼前にまざまざと情景を現ずる。

寒雁の身より雫す昼茜　　乾　燕子

寒雁のつぶらかな声地に落ちず　　蛇笏

は、『椿花集』に収められた晩年の作。この句について、安東次男氏は、説明を絶した凄い作品だ、という。併せて芭蕉の「病雁」の句を思い出すが、蛇笏の場合も、そして芭蕉の場合も、共に更夜の景。これに対して上掲の作は日中。しかし、おそらく昼も夕べに近いころだろう。そして雨後か、雪後の状景ではないか。

本書は、飯田龍太著『龍太俳句教室』『龍太俳句作法』『龍太俳句観賞』（いずれも実業之日本社刊）の抄録を『俳句入門三十三講』（講談社学術文庫　一九八六年）として出版されたものを、小社より新たに刊行するものです。

飯田龍太（いいだ　りゅうた）

1920年，山梨県に生まれる。國學院大学国文学科卒業。『雲母』主宰。第6回現代俳句協会賞，第20回読売文学賞，昭和55年度芸術院賞恩賜賞受賞。芸術院会員。著書に，句集『百戸の谿』『童眸』『麓の人』『忘音』『春の道』『山の木』『涼夜』『今昔』ほか，随想集『無数の目』『思い浮ぶこと』『甲斐の四季』『山居四望』など多数がある。2007年没。

俳《はい》句《く》入門《にゅうもん》三十三講《さんじゅうさんこう》

飯《いい》田《だ》龍《りゅう》太《た》

2015年９月30日　第１刷発行
2018年７月10日　第２刷発行

発行者　堺　公江
発行所　株式会社講談社エディトリアル
〒112-0013 東京都文京区音羽 1-17-18
護国寺ＳＩＡビル６階
電話　代表：03-5319-2171
販売：03-6902-1022
装　幀　漆崎勝也（AMI）
印　刷　株式会社廣済堂
製　本　株式会社廣済堂

ISBN978-4-907514-31-0 N.D.C.911.307 338p 15cm

飯田龍太自選自解句集

飯田龍太　著

◇四六判／定価：本体二三〇〇円（税別）／ISBN978-4-907514-32-7

講談社エディトリアル

※定価は変更することがあります